OUTARU
皇《おう》たる鷹《たか》は
若《わか》葉《ば》の月《つき》を
寵《ちょう》愛《あい》する
TAKA HA
SURU
WAKABA NO
TSUKI WO

皇《おう》たる鷹《たか》は若《わか》葉《ば》の月《つき》を寵《ちょう》愛《あい》する

葵《あお》居《い》ゆゆ

ILLUSTRATION：壱《いち》也《や》

皇たる鷹は若葉の月を寵愛する

LYNX ROMANCE

CONTENTS

皇たる鷹は
若葉の月を寵愛する

「脚をひらけ、緑月《りょくげつ》。可愛《かわい》がってやる」

玖《きゅう》国の皇太子である静鷹《せいよう》は、深く張りのある、尊大な声をしていた。

緑月は言われたとおり、おしめを換える赤子のような格好に脚をひらいた。屈辱的だが、不興を買うのに比べたらましだ。

緊張しているのを悟られないよう、表情を保って、潤滑油のありかを聞こうと口をひらいた、そのときだった。

「……っ、あ、く、ぅ……っ」

ふいに窄《すぼ》まりにひんやりしたものが触れたかと思うと、一息になかへと入ってくる。硬い棒状のそれは、ぬめりをまとった静鷹の指だ。竦《すく》んで締めつけてしまえば異物感はいっそう際立って、緑月は敷布に爪を立てた。

「静鷹様……っま、だ、慣らしてな、……んぅっ」

「だからこうして慣らしている。初ものだけあってきついから、しっかりほぐしてやろう」

「っひ、……ん……っ」

受け入れた経験のない秘所には強すぎる刺激だった。ぬっ、ぬっ、と動かされると本能的な恐怖が湧き、無意識に身体《からだ》をずらして逃げようと試みる。途端、内部からびりびりと刺激が駆け抜けて、緑月は背をしならせた。

「ぁ……っ、ぁあ、あっ」

「気持ちいいだろう。中睾丸《ちゅうこうがん》といって、いじられると達《い》きたくなるらしい」

「や……っぁ、あっ」

指で押され、粘膜の下のやわらかい塊がくにくにと動く。性器が熱かった。それは見るまに角度をつけ、身をよじるたびに頼りなく揺れる。

浅いその場所を、静鷹はゆっくりと揉《も》んだ。

「――っん、ぅ、……っ」

「しっかり勃《た》つじゃないか。奥もほぐれてきたぞ」

かくんと腰を揺らしてしまう緑月の上で、楽しげな静鷹の声が響く。彼は挑発するように唇を舐《な》めた。

「おまえの痴態を、聞き耳を立てている者たちにも伝えないとな」

「……っ、そんな」

屏風《びょうぶ》でへだてられただけの前の房《へや》には、これから学友として寝食をともにする者たちが集まっているのだ。わざわざ聞かせなくても、衣擦《きぬず》れや会話は伝わっている。

「おまえがどんな扱いを受けるか、皆も知りたいはずだ。緑月は遠慮せずに喘《あえ》げ」

「……あ、喘ぐなど、しません」

「なに、今はこらえられても、すぐに我慢できないくらいよくしてやる」

言い放ち、静鷹が深く指をうずめた。圧迫感と異物感。だが今度はさきほどと違い、重く響くような感覚があって、じわじわと身体が昂《たかぶ》っていく。

「く……っ、ふ、ぅっ」

「呑《の》み込みが早いな。奥を抉《えぐ》られても快感か」

「違……っは、……ん、……っ」

「自分でもわかるだろう？　こんなにぐずぐずにして」

わかるはずがない、と思うのに、指先でいじられる腹の内側は、たしかに蕩《とろ》けたかのようだった。勢いをつけて出し入れされるとじゅぷじゅぷと音が鳴る。苦しい。気持ち悪い。

だが、同じくらい、熱くてかゆくて、たまらない。

緑月は混乱した。

どうして、もっとかき回してほしいだなんて、思ってしまうのだ。

抱かれるのは出世のための手段で、自分はけっして色欲に溺《おぼ》れるような人間ではないのに。

◇　◇　◇

初夏の蒼穹《そうきゅう》の下、黒雀宮《こくじゃくぐう》の甍《いらか》が陽光に煌《きら》めいている。正門を抜けるとすぐに広がる一の庭は、武術での入宮《にゅうぐう》を望む若者たちと皇太子の静鷹との試合を一目見ようと、大勢が詰めかけていた。

我が子や親族の息子を見守る大人たち。先日まで黒雀宮に籍を置いていた若雀《わかすずめ》たち。彼らや受験者の従者たち。非番の浄身《じょうしん》までが、白砂《しろすな》の庭を囲んでいる。

緑月は文科に合格した者の一団のなか、最前列で皇太子の到着を待っていた。今夜は「伽《とぎ》科」がある。できるなら臨む前に、どんな相手かくらい見ておきたかった。

「それにしても、武科を受ける人がこんなにいるなんて……」

黒雀宮は皇太子のための宮だ。将来の妃《きさき》候補を集わせる雛姫宮《すうきぐう》と対をなす施設で、いずれ皇帝となる太子を支える人材を育成すべく、貴族の子息が住み込みで勉学や鍛錬に励む。入宮には有力な貴族の推薦が必要だったのだが、今年から「五氏《ごし》の者で齢《よわい》十七から二十四までなら推薦は不要」と改まった。

五氏とはこの玖国を支える貴族の総称で、青氏《せいし》、黄氏《おうし》、白氏《はくし》、墨氏《ぼくし》、それに皇家である赤氏《せきし》のことだ。いずれかの氏に属してさえいれば、どんなに末端の分家であろうと、学問の知識で受験する文科か、武術で受験する武科のどちらかを受け、基準に達すれば入宮できることになったのだ。おかげで、貧乏で身分はぎりぎり白氏を名乗れるだけ、という緑月も受験できた。

緑月にも機会が与えられたくらいだから、入宮を望む者が多いのはわかる。黒雀宮で名を上げ、皇太子の覚えがめでたくなれば、将来の出世が約束されるし、廷臣のなかで最も地位の高い「比翼《ひよく》」を目指すには、黒雀宮への入宮が一番確実な方法だからだ。

けれど一昨日《おととい》の文科より、武科を受ける人間のほうが多いとは思わなかった。天下泰平の世が長く続く玖国では、夏官《かかん》――武人の採用よりも、文官の採用が多い。その上、武科の試験は静鷹が直接相手をすると公布されていた。静鷹は文武両道で名高く、武芸の実力でかなう人間はそういないだろうし、たとえ試合でも、皇太子に勝つわけにはいかないはずだ。

「みんな伽科を受けたくないんじゃない？　武科で受かれば伽科は免除だから」

　ふいに隣から声がして、緑月は並んだ受験者から視線を戻した。

　薄黄色の衣に白の裳《も》、艶のある金茶色の蔽膝《へいしつ》。帯には黄玉《おうぎょく》を使った飾りを提げている。黄氏だ。齢は十七の緑月と同じくらいだろうか。彼は屈託なく笑いかけてきた。

「僕は仔空《しあ》、黄氏だ。きみは白氏だよね？」

「はい。分家の分家の分家の分家くらいですけど」

　緑月は帯に提げた房を見せた。帯飾りは氏を明らかにするものだ。黄氏ならば黄玉を、青氏ならば青《せい》玉《ぎょく》を、というように、各氏の色のものをつける。

　白氏は普通真珠を使うが、緑月はずっと使っている乳白色の絹糸の房をつけてきた。かつて母が作って父に贈ったもので、父の形見として受け継いだ、緑月にとっては大切な飾りだった。

　仔空は声を立てて笑った。

「やだなあ、これから学友になるんだから、そんなに畏《かしこ》まらないでよ。名前はなんていうの？」

「緑月」

「ぴったりじゃないか。きみ、すごく綺麗《きれい》だもの」

「………それは、どうも」

　面食らうくらい素直な褒め言葉だった。緑月も、容姿は悪くない、と自負している。凛《りん》として整った姿は名のとおり新緑の季節の月のようだ、と地元では言われていたし、目尻の上がった猫のような瞳や細い顎、なめらかな黒髪はいつも褒められた。鏡を見ても自分ではぴんとこないが、美しいと感じる人間のほうが多いのだろう。

　だが、黒雀宮に入った以上、ともに学ぶ仲間であると同時に、地位を競う相手でもある。他人の足を引っ張ってでも自分の評判を上げようと考える者が多いのは当然で、実際、一昨日の試験ではみんなぴりぴりしていたのだ。なのに、仔空は人懐っこい。

　なんとなく、いいところのお坊ちゃん、という感じだ。

　友達になれそうな気がしたけれど、甘い言葉を発する人間には気をつけなさい、と楓雨《ふうう》先生に言われたことを思い出し、緑月は注意深く仔空を見つめた。声をかけてきた真意を知りたかったのだが、彼は無邪気に「ほら！」と前方を指差した。

「静鷹様だ」

　庭に、どっとどよめきが上がった。

　正面の階《きざはし》を、背の高い男が下りてくる。後ろにはひとりだけ供を従えていた。豪華な刺繍《ししゅう》を施した緋《ひ》色と黒の服に包まれた、堂々とした体躯《たいく》を見た瞬間、緑月は身体が竦むような心地を覚えた。

　遠目にもわかる秀麗な顔立ち。くっきりとした眉と意志の強そうな口元。悠然と前を見据える瞳は鋭く、放たれる気配も威圧感がある。二十四歳という若さで、すでに溢《あふ》れるほどの龍気《りゅうき》——帝《みかど》としての素質が見てとれた。身分の高い人間に不信感のある緑月でさえ、彼が人の上に立つべくして生まれてきたのだ、と感じるような、堂々とした佇《たたず》まいだった。

　——あれが、玖国の次期皇帝、静鷹か。

「はあ、噂《うわさ》に違《たが》わぬ美丈夫だねえ」

　仔空は扇子を広げて嘆息した。

「後ろにいるのが灰藍《かいらん》様だろうね。いつもご一緒だって噂も本当みたい」

「灰藍様？」

国のなかでも首都から遠い、西の白氏領・西嶺《せいれい》州にいた緑月には、聞いたことのない名前だった。

「静鷹様の一番のお気に入りだよ。太后様のご血縁とかで、乳母兄弟なんだって。たぶん、彼が比翼になるんじゃないかな」

「比翼に？」

それは困る、と思わず眉根を寄せたとき、試合開始を告げる声が庭に響きわたった。

屈強な若者が静鷹と向かいあう。試合用の刃のない剣を振り上げたかと思うと、静鷹の身体がわずかに沈んだ。

直後、巻き取られた若者の剣が空を舞い、白砂に突き刺さる。横に剣を薙《な》いだ姿勢でとまった静鷹の前で、若者はがっくりとうなだれた。一瞬で決着がついたことに、数秒遅れて賞賛の声が湧き上がる。

「さすがは静鷹様。お強いという噂も本当のようだ」

「剣を手にされても優美でいらっしゃる」

「弓も槍《やり》もお得意だとか。始祖帝の再来と言われるのも当然だな」

周囲の受験者は興奮して囁《ささや》き交わしたが、緑月は静鷹から目が離せなかった。

玖国の誇る皇太子の噂は、国の端で育った緑月でさえ聞いたことがある。曰《いわ》く、三歳で各氏家からの報告書を読んだとか、五歳で皇帝とともに狩に出て、熊をしとめて帰ってきたとか、十歳を前に兵法の先生を論破したとか。嘘《うそ》っぽい逸話に緑月は呆《あき》れたものだが、相手を瞬時に沈めても悠然とした様子は、いかにも自信ありげに見えた。

容姿に恵まれて文武両道なだけでなく、品行方正でもあるという。父の皇帝・皓俊《こうしゅん》は女好きで有名なのだが、静鷹は正妃になるはずだった従妹《いとこ》、紫杏《しあん》姫に一途《いちず》で、二年前に亡くなった彼女を今も偲《しの》び、妓《ぎ》女《じょ》とは戯れないのはもちろん、雛姫宮――すなわち、将来の静鷹の花嫁たちの園でも、儀礼的に相手をするだけらしい。

　他人にはめったに心を許さず、懐に入れるのはごくわずかな身内だけとも聞く。数年前からすでに政《まつりごと》に関わり、怠惰な者や汚職に手を染めた者には容赦なく、その厳格な態度を恐れられているそうだ。黒雀宮に新しく入宮があるのは三年に一度だが、静鷹が気難しいために、これまでは毎回数人しか入宮を認めない上、なにかと理由をつけて追い出すこともしばしばだったらしい。たったひとり、信頼している側近がいるというのは、後ろに控えた灰藍のことなのだろう。

　すでに比翼候補がいるのか、と思いながら見つめていると、静鷹が片手を上げた。

「面倒だ。五人ずつ、まとめて来い」

　響きわたった張りのある声に、受験者たちが困惑したように顔を見あわせる。静鷹は「端から五人ずつ組め」と指示して手招きした。

「どうせなら殺す気で打ちかかれ」

　口元には笑みが浮かんでいて、緑月はいっそう眉根を寄せた。静鷹はずいぶん自信家らしい。厄介なのは、ただの自信家ではなく、評判も実力も伴っていることだ。

（自分でなにもかも持っている人に、特別に認められるにはどうすればいいだろう？）

　躊躇《ためら》いがちに五人が歩み出て静鷹と対峙《たいじ》する。審判を務める浄身の掛け声にあわせて一斉に挑んだが、誰もが予想していたとおり、静鷹が苦もなく全員を退けた。

　再び湧く賞賛の声のなか、緑月は踵《きびす》を返した。佇空が声をかけてくる。

「あれ、もう見ないの？」

「十分見たよ」

　それより夜に備えなければ、と懐から薬入れを取り出した。具合は悪くないが、万が一にも熱を出したりしないよう、予防の薬を二種類ほど飲みくだす。
――あの、自信家で容姿にも才能にも恵まれ、気難しくて厳格、家族以外はたったひとりにしか心を許さないと噂の皇太子に、緑月は今夜抱かれて、気に入られなければならない。

文科で受かった者は、第二試験として「伽科」を受けるのだ。

文字どおり、閨《ねや》で皇太子の相手を務めるのだが、そこで不興を買えば入宮はかなわない。一説にはこの伽科こそが重要な試験とも言われていた。心身ともに忠誠を誓っている証《あかし》となるからだというが、理不尽な話だと緑月は思う。

世間では男色は軽蔑されるものなのに、皇家やその取り巻きならば嗜《たしな》みとして認められている、というのがずるい。重要ならば武科で受かった者も伽科があるべきなのに、文科だけなのもおかしい。

もっとも、理不尽な世の中だからこそ、緑月は出世しようと決めたのだ。

出世して特権を得るためなら、夜伽で奉仕をするくらい、なんともない。

(まだいい方法は思いつけないけど、静鷹様が即位するまでに一番のお気に入りになってやる。父様のためだもの)

灰藍とかいう乳母兄弟だって、蹴落としてやる覚悟だった。

黒雀宮の一番奥、正院のなかに設けられた控えの房に集められたのは三十人で、緑月はひそかに焦っていた。ひとりあたり三十分くらいは時間がもらえるだろうと思っていたのに、三十人もいたら、与えられるのはせいぜい十分だろう。それでも五時間もかかってしまう。

　しかも、房には甘ったるい匂いが充満していた。緑月も袂《たもと》に、欲を促す甘い香を焚《た》きしめてきたが、皆同じことを考えているらしい。

（伽科で一番に気に入られるつもりだったのに……ほかの手も考えてくれればよかった）

　とはいえ、今さら思いつく手段がない。恋をしたことのない緑月にとって、淫香はとっておきの切り札だった。行為についてひととおり勉強はしたものの、閨での気に入られ方など身についていないのだ。

　どうしたものか、と眉根を寄せていると、昼と同じく隣に陣取った仔空が囁いてきた。

「静鷹様は絶倫だっていう噂もあったけど、本当かもね」

「……私が聞いた噂だと、従妹姫を偲んで雛姫宮では儀礼的だって話だったけど？」

「うん、義務としてきっちり順番に各姫を回るんだけど、ご公務で行けない日があったりすると、一晩にまとめて三人回ったりするらしいよ。それも全員が疲れきるまで抱けるほどの体力で、精が尽きたのを見たことがある姫はいないんだって」

　宮中はそんな噂まで流れるのか、と目眩《めまい》がしたが、こうして三十人も集めるくらいだから、精力があるのは間違いないのだろう。それに、思った以上に色事慣れしているようだ。

　どうやって気に入られればいいんだ、とさらに焦りを覚えたとき、戸がひらいてすらりとした青年が入ってきた。濃い青の服は昼間も見た。灰藍だ。近くで見ると、涼しげな美貌と物静かな雰囲気の人だった。

　彼に続いて静鷹が姿を現す。夜にもかかわらず佩《はい》刀《とう》しているのは、なにかしきたりでもあるのだろうか。彼が上座に腰を下ろす前に、緑月たちは一斉に拝礼した。肘を上げ、両掌《てのひら》を上に向けて重ね、そこに額を押し当てるように頭を下げる。

「揃《そろ》っているな」

張りのある低い声が頭上を撫《な》でていく。

「昼の武科は見たな？　今年は数が多いから、五人ずつ相手をして見極めた。最後は面倒だから十人ずつにしたが、伽科はさすがに、十人では寝台におさまりきらぬから、五人ずつで相手をする」

緑月は思わず顔を上げた。

「困ります」

咄嗟《とっさ》に口をついた抗議に、静鷹以外の人間がぎょっとしたように強張《こわば》った。しまった、と思ったが、灰藍に睨《にら》まれても引き下がれずに、緑月は続けた。

「武科でも初めはひとりをお相手されていました。伽科だけ全員が五人ずつというのは、不公平ではないでしょうか。そもそも、我々は文科では合格しているんです。文科のみ伽科があるというだけでも理不尽です」

「無礼だ、控えなさい」

灰藍が美しい顔をしかめて叱責《しっせき》したが、静鷹が手を上げて制した。

「一理ある。では最初はひとりを相手にしよう。――おまえが抱かれるか？」

かるく首をかしげた静鷹は、値踏みするような表情だった。言葉遣いは気安く聞こえるが、眼差《まなざ》しは厳しい。まとう空気にも近寄りがたいものがあると、緑月は気づいた。龍気とも違う。覇気、というのだろうか。相対する者が本能的に竦むような、雄として、生物としての、圧倒的な強さが滲《にじ》んでいる。

今まで出会ったことのない類《たぐい》の人間だ。煌めく瞳を見返し、緑月は顎を引くように頷《うなず》いた。

「もちろんです」

そんな、とか、抜け駆けだとか、周囲から小さな声が湧いたが、気にしていられなかった。一度でも視線を逸《そ》らせば、二度と静鷹の目を見られなくなりそうだった。

心の底まで見透かされそうだと思ったが、知られて困る秘密はないと、緑月はぐっと肚《はら》を落ち着けた。あるのは比翼を目指す野心だけで、それは悪いことではない。父のことはどうせ、調べがついているはずだから隠すまでもなかった。

不安視される要素があるなら、今でも多少身体が弱いことくらいだ。それでも、自分にあう薬を何年もかけて選んできたから、寝込んだり倒れたりすることはなくなった。

しばらくのあいだ無言で見つめあうと、静鷹がおもむろに頷いた。

「わかった、おまえにする。来い」

静鷹様、と灰藍が咎《とが》めるように呼んだが、彼は気に留めずに立ち上がる。奥へと向かう背中に、緑月はもう一度拝礼してから従った。

美麗な屏風で区切られた奥の房は広く、寝台のほか、長椅子や卓も置かれていたが、静鷹はまっすぐに寝台へと向かう。飾り彫りされた柱を四隅に持つ、大きくて豪華な寝床の脇で振り返ると、上がれというように顎を動かした。上がって彼と向きあうように正座すると、いつのまにか灰藍が静鷹の後ろにいて、緑月はぎょっとしてしまった。

「なにを驚いているのです。これは伽科、試験の一環です。見きわめる者がつきそうのが当然でしょう」

灰藍は冷ややかに緑月を一瞥《いちべつ》し、その場に座った。

刀を外し、寝台に上がってきた静鷹が、緑月の表情ににやりと笑う。

「怖気《おじけ》づいたか？　隣では皆が聞き耳を立てているんだ、せいぜい頑張れ」

さっと血の気が引くのがわかった。ということは、三十もの人間に見聞きされながら、抱かれなければならないのか。

硬直した緑月へと、静鷹が手を伸ばした。

「伽科では忠誠心をたしかめる。武官は警備や有事の際に命をかけることで忠誠を証明できるが、文官はその機会がないからな。こうして普通はしないことも、俺のためならできると証を立てるべきだろう？」

　とん、と肩を押されて仰向《あおむ》けにされたかと思うと、静鷹は無造作に帯をほどいた。はらりと衣がはだけ、緑月は咄嗟に襟をかきあわせた。

「なっ、なにをするんですか！」

「なにって、媾合《こうごう》に決まっているだろう」

　静鷹は手際よく衣を肩から落とし、裳を引き下げて脱がせようとしてくる。蹴り飛ばしそうになり、緑月は両腕を交差させて中衣をかばった。

「脱ぐ必要はないはずです！」

「脱がずにどうやって交わるんだ」

　呆れた顔で静鷹が見下ろしてくる。

「伽科でなにをするか、知らないわけではないだろう」

「――知ってます」

　性行為がどんなものかは、緑月だって知っている。口づけあったり身体を愛撫《あいぶ》したりして、男性器を女性器に挿入し、吐精したら終わる。男同士ならば後孔を使うから、粘液を補ってほぐして挿入するのだ。だが、伽科はあくまで試験であって、愛しあうわけじゃない。

「下だけ……ずらせば、挿入できます」

「そんなつまらない行為で、おまえの忠誠心が証明できるとでも？」

　緑月は反論できずに口をつぐんだ。尻に突っ込まれてやるんだから十分だろう、と思うが、静鷹が満足できないならだめなのだ。

「……では、どうすれば、信じていただけますか」

　睨むように見上げると、静鷹は口の端に笑みを浮かべた。

「裸になっておまえのすべてを見せろ。俺のものになるのだから、隅々までたしかめたい」

　裸なんて夫婦でもめったに見せないものだ。いじめじゃないか、と唇を噛《か》み、それでも緑月は従った。父様のためだ、と内心で繰り返しながら、内衣の上を取り去り、胸をむき出しにする。下もだ、と指示されて腰の紐《ひも》をほどき、太腿《ふともも》まで下ろすと、緊張と恥ずかしさで顔が赤くなった。胸も腹も、性器も、人目に晒《さら》すのはもちろん初めてだ。

　静鷹は喉元からつま先へと視線を這《は》わせた。

「悪くないな。肌がなめらかだし、胸のかたちも清純そうだ」

「っ！」

　急に胸の突起に触れられて、意図せず身体がびくついた。静鷹の手を払いのけかけた動作はかろうじて途中でとめたが、静鷹は眉をひそめると、力強い指で緑月の手首を摑《つか》んだ。あっけなく両脇へと広げて押さえつけ、顔を近づけてくる。

「おとなしくしていろ」

「――ん、ぅうっ」

　唇を塞がれて目を見ひらき、緑月はすぐに瞼《まぶた》を閉じてしまった。間近で見ると静鷹の瞳は藍色で、燃えるように烈《はげ》しかった。身体の芯が竦む心地がして、全身冷たく感じる。なのに塞がれた唇だけが熱く、ねっとりとついばまれるのが恐ろしかった。

（なんで……なんで接吻《せっぷん》なんか……っ）

　硬直しきった緑月の唇を、静鷹は時間をかけて味わった。幾度も重ねなおしては下唇を吸い、摑んだ手首を撫でてくる。濡《ぬ》れた粘膜が熱っぽい。手首の内側、皮膚の薄い部分を触られるのはくすぐったかった。のしかかる静鷹の体躯は大きくて重く、がっしりとした逞《たくま》しさを意識すると、腹の奥が落ち着かない感じがした。

　まるで、喰《く》う前に味見でもされているみたいだ。

　気づくと小刻みに震えてしまっていて、落ち着こうときつく目をつぶると、静鷹は低く笑い声を漏らした。

「さっきの勢いはどうした。ひとりで相手をしろとねだったくせに」

「っ、て、手順どおりなら私だって――」

「房事を手順どおりにこなすなど、退屈なだけだ」

　静鷹は緑月の両手を縫いとめたまま、顎、喉、と口づけた。じゅっと吸われて痛みが走り、短く息が漏れる。静鷹の唇が喉仏を覆うとひくんと腰が跳ねた。恐ろしさと、得体の知れない予感のようなものがないまぜになって、ぞくぞくした震えが強くなっていく一方だ。逃げ出したかったが、このままでは呆れられて終わりだと、緑月は声を絞り出した。

「せ、静鷹様。衣の……袖の、匂いを嗅いでください」

「香を焚きしめてきたか？　西嶺州の淫香は有名だものな」

　鎖骨の突起を口に含み、静鷹は悠々と言った。

「嗅いでもいいが、後悔するのはおまえだぞ。香で鎮まらなくなったら朝まで責任を取ってもらう」

「そんな、ほかの人はどうする……んっ」

　ぬるっと胸の突起を舐められて、緑月は背をしならせた。じんとした余韻が胃のあたりまで広がり、初めて知る感覚に戸惑う。ほとんど意識したこともない、小さな突起がひどくむずつく。目を向ければつんと尖《とが》っていて、静鷹が見せつけるように舌を伸ばした。

「待っ……っ、ふ、ぅっ」

　唇で挟まれると目眩がした。ぬるい唾液はすぐに熱く感じられ、ころころと舌先で転がされれば疼痛《とうつう》が走る。痛い、のにそれだけではない。肌の奥、肉が痺《しび》れるような感覚。

（なに、これ――変だ）

「おまえが興奮させたのなら、おまえが相手をしなければほかの者に迷惑だろう」

「……っ、ぁっ」

かりっと歯を立てられ、かすかに声を漏らしてしまい、緑月は呆然《ぼうぜん》とした。こんな甘ったるい、か弱げな声を出してしまうなんて。

乳首はぴんと勃ちきって震え、心臓までが疼《うず》く。静鷹はようやく手を解放し、緑月の顎を掴んだ。

「香以外は秘策もなしか？　それとも、感度のよさを売り込むつもりだったか」

軽蔑するような口ぶりに、緑月は息を弾ませながらも言い返した。

「感度は、知りません。でも、殿下を悦《よろこ》ばせる方法なら学んできました」

「ほう。たとえば？」

「……あ、孔《あな》を締めたりゆるめたりする、とか」

楓雨先生に頼んで、行為をつぶさに描いた春本も読んだのだ。先生は「従順にしていればいいと思うよ」と消極的だったが、緑月としては、できる準備は怠りたくなかった。淫香だって高かったのに、無理して買った。なのに、静鷹は小馬鹿《こばか》にする笑い声をあげた。

「秘所の具合なら女にはかなうまい。どんな性技を持っているのかと思えば初心《うぶ》な反応をするだけで、備えは書物での勉強に淫香のみか。――おまえにあるのは度胸だけのようだな」

静鷹は寝台を下りていこうとし、緑月は咄嗟に袖を掴んだ。

「だ……抱いていただく約束です。約束を違えるおつもりですか」

「――俺が、約束を違えるような人間だと言うつもりか？」

すう、と静鷹の目が暗くなった。怒らせたのだ。剣呑《けんのん》な眼差しにひるみかけ、それでも緑月は言い返した。

「たしかに私は房事には不慣れです。知識だけあっても殿下にご満足はいただけないでしょう。――でも、お望みなら、どのように抱いていただいてもけっこうです。それで忠誠心を認めていただけるなら、身体くらい、殿下に差し上げます」

「ずいぶんと簡単に言う。口に出すだけなら誰でもできるぞ」

静鷹は脅すように低い声だった。

「俺が左腕をよこせと命じたら切り落とすか？」

「本当にご入用でしたらどうぞ」

もとより、浄身になれと言われたらそうするつもりで都まで来た。比翼は皇帝に仕える無私の存在だ。政において片腕となるだけでなく、一国を担う男に昼夜を問わずつきそい、風呂でも後宮でも決してそばを離れない。自分の時間などないに等しく、ゆえに比翼が家族を持つことはない。かわりに比翼を出した氏は三代にわたって重用され、さまざまな恩恵を受けることになっていた。

凄《すご》みを増した静鷹の顔を見上げ、緑月はきっぱりと告げた。

「そのかわり、比翼にしてください」

「――無礼な」

耐えかねたように床に座した灰藍が呟《つぶや》き、緑月は彼がいることを思い出した。美しい顔に怒りを浮かべ、灰藍が睨みつけてくる。

「伽科に注文をつけるだけでも不敬罪で放り出してもいいのですよ。少しは弁《わきま》えなさい」

「かまわぬ、灰藍」

片手を上げて静鷹が制した。視線は緑月に向けたままだった。

「なぜ比翼になりたい？」

「それが一番いい方法だからです」

「なんのための方法だ？」

「父の汚名を雪《そそ》ぐためです」

　そのためならけっして退かない、と意志を込めて静鷹を見つめる。彼は黙ってしばし見つめ返し、やがて短く尋ねた。

「おまえ、名は」

「緑月、白氏」

　静鷹様、と灰藍が咎めた。

「黒雀宮の者なら誰もが一番の信頼を望み、比翼になりたいと願うでしょう。各々事情も抱えております。その白氏だけを特別扱いする理由にはなりません」

「だが、緑月以外は誰も声をあげなかった」

　静鷹は身体の向きを変え、再び緑月を押し倒した。

「誰も面と向かって比翼になりたいとも言わぬ。たいていは灰藍様がいるからと諦めるらしいぞ。――おまえにとっては強敵だな？」

　ちらりと灰藍に視線を投げて笑い、彼は緑月の太腿に引っかかっていた内衣を脱がせると膝に手をかけた。

「脚をひらけ、緑月。可愛がってやる」

　どうやらその気になったようだった。興味を持ってもらえただけでもよかったと、緑月は言われたとおりにした。おしめを換える赤子のような格好は屈辱的だが、不興を買うのに比べたらずっとましだ。

　あとは慣らして挿入されるだけだと思い、潤滑油のありかを聞こうと口をひらく。

「……っ、あ、く、ぅ……っ」

　ふいに窄まりにひんやりしたものが触れたかと思うと、一息になかへと入ってきた。硬い棒状のそれがぬめりをまとった静鷹の指だと気づいても、どうすることもできない。竦んで締めつけてしまえば異物感はいっそう際立って、緑月は敷布に爪を立てた。

「静鷹様……っま、だ、慣らしてな、……んぅっ」

「だからこうして慣らしている。初ものだけあってきついから、しっかりほぐしてやろう」

「っひ、……ん……っ」

指が引き抜かれる感触に掠《かす》れた悲鳴が漏れ、再度ぬっと押し込まれて顎が上がった。

受け入れた経験のない秘所には強すぎる刺激だった。後頭部を枕にこすりつけて耐えようとしたが、ぬっ、ぬっ、と動かされると本能的な恐怖が湧き、無意識に身体をずらして逃げようと試みる。途端、内部からびりびりと刺激が駆け抜けて、緑月は背をしならせた。

「ぁ……っ、ぁあ、あっ」

「気持ちいいだろう。中睾丸といって、いじられると達きたくなるらしい」

「や……っぁ、あっ」

かるく指で押されるだけで、粘膜の下のやわらかい塊が動いて性器が熱くなった。孔に近い浅いその場所を、静鷹はゆっくりと揉んでくる。

「――っん、ぅ、……っ」

かくんと腰が動いてしまうほど、強い快感だった。緑月の分身は見るまに角度をつけ、身をよじるたびに頼りなく揺れる。

「しっかり勃つじゃないか。奥もほぐれてきたぞ」

楽しげな静鷹の声が響く。なぜ辱めるようなことを言うのかと見上げると、彼は挑発するように唇を舐めた。

「おまえの痴態を、聞き耳を立てている者たちにも伝えないとな」

「……っ、そんな」

「おまえがどんな扱いを受けるか、皆知りたいはずだ。緑月は遠慮せずに喘げ」

「……あ、喘ぐなど、しません」

「なに、今はこらえられても、すぐに我慢できないくらいよくしてやる」

言い放ち、静鷹が深く指をうずめた。圧迫感と異物感。だが今度はさきほどと違い、重く響くような感覚があって、じわじわと身体が熱くなってくる。

「く……っ、ふ、ぅっ」

「呑み込みが早いな。奥を抉られても快感か」

「違……っは、……ん、……っ」

「自分でもわかるだろう？　こんなにぐずぐずにして」

　わかるはずがない、と思うのに、指先でいじられる腹の内側は、たしかに蕩けたかのようだった。勢いをつけて出し入れされるとじゅぷじゅぷと音が鳴る。苦しい。気持ち悪い。――だが、同じくらい、熱くてかゆくて、たまらない。

　緑月は混乱した。どうして。

　どうして、もっとかき回してほしいだなんて思ってしまうのだ。

　抱かれるのは出世のための手段で、自分はけっして色欲に溺れるような人間ではないのに、まるで淫らであるかのように、快感を覚えてしまうとは。

「ふっ……、く、……ん……っ」

　引き抜かれ、二本揃えて入れなおされても、もうそこは竦まなかった。瞼の裏には極彩色の光がまたたき、いつのまにか目を閉じていたのだと気づいて開けると、静鷹が見下ろしていた。

「思ったより色っぽい顔をする。よほど受け入れるのが気に入ったようだ」

「き、気に入ってなど……っ」

「うん？　皇太子の指技が不服か？」

　ぐちっと音を立てて指をひらかれ、窄まりを無理に広げられて、視界が一瞬赤くなった。迸《ほとばし》る感触が性器の芯を貫き、まずいと思ったときにはもう射精していた。

「――ッ、は、ぁ……っ」

「あっけないな。こっちの素質がありそうだ」

　ぱたぱたとしたたる白濁に、静鷹が目を向ける。

緑月は荒い息をつきながら愕然《がくぜん》とした。孔に指を入れられて達してしまうなんて、想像したこともなかった。挿入されるのは苦痛なはずだ。

（……きっと、香のせいだ。ずっと嗅いでたから）

　私が変なわけじゃない、と思おうとしたが、静鷹の指が再度動きはじめると、かき回される感覚と込み上げてくる熱とが恐ろしくなった。

　緑月の知る、自分で慰めるときのささやかな快感とはあまりに違う。だが静鷹がもたらすのは、たしかに快楽だった。うねるように高まる、味わったことのない慾《よく》。

（だめ……いやだ。こんな……いけない、のに）

「……っふ、ぁ、……っん、んんっ」

「吸いついてきているぞ、緑月」

　指を曲げて襞《ひだ》を抉りながら、静鷹は愉《たの》しげだった。

「まるでしゃぶりつくようだ。すっかり欲しがるようになって——もう我慢できないか？」

「ちが……、っん、……ぁ、……は、ん……っ」

　否定したいのに、内襞が勝手に静鷹の指に絡みつくのが、はっきりとわかった。指の動きにあわせてひくひくと腰が揺れ、胸までが熱っぽく痛む。気を抜くと意識が溶けそうだった。なにも考えずに、ただこの気持ちよさだけを味わいたくなる。だめなのに。これは試験で、抱かれるのは忠誠の証で——。

「ッあ、ぅん……っ」

　ずっと指が抜き取られ、知らず身体がくねる。いつのまにか全身は淡く上気し、汗が浮いていた。

　静鷹は裳だけをずらして内衣をゆるめ、己を取り出した。かるく扱《しご》かれたものに目が吸い寄せられ、ごくりと喉が鳴った。

（嘘……あんなに、大きいの？）

　自分の分身しか知らない緑月には、ほとんど凶器に見えた。太さも長さも、色も、全然違う。幹から亀頭までどこも隆々としていて、それが尻に近づけられるとぞっと恐怖が襲った。

「……っ、く、……」

快感も恐ろしいが、未知の痛みも怖い。やめろ、と口走りそうになって唇を噛み、けれどそれ以上耐えられずに目をきつくつむる。静鷹は緑月の両脚を掴み、大きく広げさせて固定すると、股間に分身をあてがった。

窄まりを塞いだ鋒《ほこさき》は思ったよりも弾力が感じられたが、圧をかけて挿入されると、みしみしと股間が軋《きし》むような気がした。

「――ッ、う、ぐ……っ」

「力を入れるな。指のときのように、しゃぶるつもりでゆるめておけ」

命令めいた指示にも、応える余裕はなかった。ただ苦しい。体内に侵入してくる違和感は指とは比べものにならず、圧倒的な太さにぶるぶると太腿が震えた。押し返そうとうねる腸の動きに逆らってゆっくり奥に入れられると、不快感と重さ、無理やりこじ開けられていく感覚に、腹が何度も痙攣《けいれん》してしまう。占領された部分は焼けるようだった。

「怯《おび》えているな。初めてなら無理もない」

そう言いつつ、静鷹はなおも深く打ち込んでくる。かるく引いては突かれ、そのたびにずん……と衝撃が走った。胃までひしゃげるようでつらいのに、ゆっくりと、しかし休みなく静鷹は攻めてくる。六回、七回と繰り返され、もう無理だ、と思ったそのときだった。

「……っ、あ、ぁ、ああっ？」

ざわっと肌が粟立《あわだ》つような感覚があって、なにが起こったのか一瞬よくわからなかった。けれど遅れてじんわりと気だるい痺れが広がっていく。静鷹がもう一度穿《うが》つと、はっきりと快感が湧き上がってきて、緑月は目を見ひらいた。

「ここがおまえの、奥の『いい場所』だ。感じるだろう？」

「……っぁ、や、……っぁ、あ、……ッ」

相変わらず苦しいのに、焼けつくような熱がむしろもどかしい。粘膜を彼の太いものでこすられると、そのもどかしさが痺れに変わって気持ちよかった。特に、奥まで鋒が入り込んだときがたまらない。押されるとぱあっと光が広がるように感じる場所があり、そこ目がけて突き入れられると、視界がちかちかした。

「は……っ、ぁ、……ん、あ、あっ」

「馴染《なじ》んだようだな。ここが気に入ったな？」

「っぁ、は、……ん、ぁ、あ……あッ」

違う、気に入ってない。そう思うのに、出るのはうわずった喘ぎ声だけだ。こんなはずじゃない、と焦って逃げようと思っても、身体がいうことをきかない。

「…………っ、は、……ぁ、あ……っ」

「ずいぶん淫らな身体だ。灰藍も、顔を見てみるか？」

緑月の脚から手を離し、頬《ほお》に触れながら静鷹は脇に控える灰藍に視線を投げた。もの静かな腹心はわずかに眉をひそめて首を横に振る。

「あまり遊ばれませんよう。今宵《こよい》はあくまでも、伽科でございます」

「だが、気に入った」

はっきりと響く静鷹の声に、緑月はぼやけた目をまばたいた。彼はゆったりと緑月の顔を撫で、前髪をかき上げると額に口づけた。

「伽科はこれで終わりにする。ほかの者は全員合格でいい」

「――しかし、静鷹様」

「控えている者たちには下がっていいと伝えろ。気になるなら残って、最後まで聞いていてもかまわない」

静鷹の唇は、額から鼻の頭へと移動してかるくつ

いばんでくる。思いもしない優しい口づけで、どうしてだろう、と緑月はぼんやり思う。本気で緑月を気に入ったのだろうか。なにを気に入られたかわからないから、達成感もなく喜べなかった。

それより、おさまったままの静鷹の逸物《いちもつ》が、熱くて困る。動かなくても痺れて、ぞくぞくとした落ち着かなさが、腰から背骨を這い上がっていく。

灰藍はまだなにか言いたげだったが、拝礼すると立ち上がった。屏風の向こうへと彼が去るのを待たず、静鷹がぐっと腰を押しつけてくる。ぐりっと弱い部分を刺激され、緑月は身体をしならせた。

「――っぁ、あ……っ、は、ん、……あ、あッ」

「いい声だ、緑月」

ずくずくと攻めたてながら、静鷹は満足げに目を細めた。

「今日からおまえは俺の飼い猫だ。好きなだけ喘いで、愛されていろ」

「っン、ぁっ、……っひ、……ん、ぁ、アッ、あぁッ」

「懐いて可愛い顔を見せていれば、毎日でも抱いてやる」

強く突き上げられると稲妻のように快感が全身を襲う。翻弄されながら、それではただの人形だ、と思ったが、静鷹が動きを速めるとあっというまに思考が続かなくなった。

「ッぁ、あぁっ、待っ……ぁ、んッ、ぁ、アァッ」

達く。このまま穿たれていたら、それだけでまた達してしまう。

それだけはいやなのに抗《あらが》えず、緑月は強く背を反らせた。不規則に身体が跳ね、放出の感覚が性器を貫く。きゅんと体内が収縮しているのに、静鷹はなおも腰を使った。奥へ挿入した状態で動きをとめると、腹のなか、彼の分身はどくんと膨れ上がったようだった。ほどなくじゅわじゅわと染みわたるものがあり、緑月はひどく負けたような気分でそれを感じた。

――こんなはずじゃなかった。もっと要領よく、器用に振る舞って、手慣れた大人なのだと静鷹に思わせるつもりだったのだ。勉学の知識だけでなく、世知にも長《た》けた有能な若手だと思われたくて、だから淫香も用意した。

だが、香を焚きしめるくらいは誰もがやる常識でしかなかったし、毅然《きぜん》と乗り切れるはずだった行為では、感じさせられ、喘がされて終わっただけだ。気まぐれのように「気に入った」と言われたが、人柄や能力を買われたわけではなく、愛玩用としてだ。

淫らだと思われて取り立てられたって、全然嬉《うれ》しくない。

あの子が、と後ろ指をさされるのが、六歳の緑月にとってはなにより苦痛だった。

ほら、あの子がそうだ。父親が自死した、白氏の分家の子だよ。縁起でもないねえ。州司《しゅうし》様のおなさけで、親戚が引き取るようはからってくれたらしいけど、貧乏神を押しつけられた家はたまったものじゃないよね。綺麗な顔なんだから、妓童《ぎどう》にでもすればよかったものを。おまえも、近づくと厄がうつるよ――。

自分の子をかばう町人に睨まれて、緑月は俯《うつむ》きそうになって顎を上げた。

冷たい風に咳《せき》が込み上げてくるが、具合の悪さや空腹、寒さには慣れている。着るものが粗末でも全然いい。居候先にやってくる先生に、親戚の年上の少年と一緒に教えてもらえなくてもいい。病弱な子供など邪魔だと言われたら、そのとおりだからなるべく迷惑をかけないようにしよう、と思えるけれど、父の悪口だけはいやだった。

（でも、楓雨先生は、今は仕方ないっておっしゃったから、我慢しなくちゃ）

自ら死を選ぶことは、不名誉で忌むべきことだ。生きていく強さがないことは恥だし、死を選ぶほどの不運に見舞われるのは呪いのせいであることも多いからだ。

強さも運もなく、呪われるような人間は不吉だから、その家族にも人々が関わりたがらないのはわかる。だが、父には死ぬ理由がなかったはずなのだ。周囲から慕われていた彼を呪うような人間はいないはずだし、死ぬ少し前には、昇進することになったと緑月に教えてくれた。もっとも、出世するというのに、父はあまり嬉しそうではなかったけれど——

父様は自殺したんじゃない、と緑月は信じていた。

母は早くに亡くなり、物心ついたときから二人暮らしだった。母に似て病弱な緑月を、父は大事にしてくれた。武芸は苦手だと言っていたけれど、頭がよくて物静かな、粘り強い人だった。

父・宇然《うぜん》の家系は白氏の分家のひとつだが、分家では長男以外は、成人後、州や国を支える官吏にならなければ氏から外れる決まりだ。祖父は三男、父は次男で、官職についてなんとか氏を守ってきたような家だから、けっして裕福ではなかったけれど、官吏としての仕事のほかに農作業の手伝いもして、緑月の高価な薬代に当てていた。家事もすべて父がやってくれ、疲れていたはずなのに、弱音を吐くところを見たことがない。子供ながらに緑月が遠慮や我慢をしようものなら、優しくたしなめて、二言目には「父さんはおまえを愛してるんだよ」と伝えてくれるような人だったのだ。

そんな父が自分を置いて、死を選ぶはずがない。

何度もそう訴えているのに、耳を傾けてくれるのは父の友人だった楓雨だけだった。まだ若く、緑月が父の生前から兄のように慕っていた、町人塾の先生だ。「下男扱いしかできない」と言い放つ親族に引き取られてからは、緑月はこっそり彼のもとに通って、勉強を教えてもらっていた。

楓雨は態度を変えずにいてくれる数少ない人間だが、そんな彼でも、父についての評判は「仕方ない」と言う。だが、悔し涙を浮かべた緑月に、彼は言ってくれた。

「自死がよくないものだという常識は変えようがないし、州司が調べさせて自殺だと結論づけたのだから、その決定も覆せないよ。おかしい、違うと思うなら、緑月は州司よりも偉くならなくちゃ」

「州司さまよりも？」

「そう。たとえば玲汐《れいせき》の都に行って、宮中でも位の高い廷臣になるとかね」

玲汐は皇帝の住む宮のある首都だ。国の南側、南《なん》渚《しょ》州にあり、北西部の白氏領・西嶺州からはかなり遠い。緑月は、自分がそんな遠くに行くなど考えたこともなかった。楓雨は目を見ひらいた緑月の頭を撫でた。

「身分が上がれば、調べた結果に不自然な点があると指摘して、調べなおさせることもできるんだよ。それに、緑月が出世すれば、親の不運や恥を跳ねのけられるほど立派なんだと、世の中の人に思ってもらえる」

「……ぼくだけりっぱに思われても意味ないよ」

「緑月にとっては意味がなくても、宇然先生は喜ぶんじゃないかな。さすが私の息子だって、誇らしく思ってくれる」

父に誇りだと思われるのは魅力的だった。いい子だ、と撫でてくれる大きな手を思い出し、つんと目の奥が痛んだ。優しく守ってくれたあの父はもういない。

（でも、ぼくががんばれば、父さまはふめいよな人

間なんかじゃないって、しょうめいできるんだ）

　だったら努力するだけだ。緑月は濡れた目元を拭い、楓雨に向かって宣言した。

「ぼく、都に行って、いちばんえらい人になる」

「一番は難しいかなあ。玖国で最も偉いのは皇帝だからね。でも二番目にはなれるよ。比翼、というんだ」

「ひよく？」

「皇帝の右腕であり、一心同体となって生涯を過ごす、特別な地位の人間だよ。皇帝というのは、比翼なくしては生きていけないんだ。……そういう意味では、比翼は一番偉いかもしれないね」

　楓雨は皮肉げに肩を竦めたが、緑月は気づかずに両手で拳《こぶし》を作った。

「じゃあ、その比翼になればいいんだよね？　ぼく、なんでもがんばれるよ」

「その意気だ。緑月ならきっとなれるよ。黒雀宮に入るのは難しいだろうから、遠回りはしなくちゃいけないだろうけど、私が手伝ってあげる。――宇然先生のかわりに、私がそばにいるからね」

　ぽんぽんと頭を撫でてもらい、緑月はその日から比翼を目指すことだけを考えるようになった。

　今日も楓雨に勉強を教えてもらうため、寒くなってきたなか、道を急いでいるところだ。

　こんこん、と乾いた咳の出る胸を押さえ、向けられる視線を意識するかわりに自分に言い聞かせる。

　比翼になる。偉くなって、父の死を調べなおさせて、汚名を雪ぎ――天国の父に、「いい子だね」と褒めてもらうのだ。


　支給された黒雀宮のお仕着せは、白と黒だけのそっけない色味ながら、袖口や裾、帯の刺繍が美しい。

蔽膝のない略式だが、生地は上質だった。着るとだるかった身体もしゃんとして、緑月は悪くない気分で大講堂に向かった。

入ると、一斉に視線が集まる。ひそひそした囁き声のなかに「抱かれた」とか「寵愛《ちょうあい》」とか、「淫らな猫」といった単語を聞き取って、緑月は毅然と胸を張った。

噂くらい好きにすればいい。やっかまれることなど、どうでもよかった。

（今のところ、私が誰よりも気に入られているのは事実なんだから、堂々としていよう）

緑月も昨晩は屈辱だと思うばかりで、うまく眠れないほどだった。だが、微熱の出た身体で何度も寝返りを打ち、明け方になってやっとまどろんで目を覚ましたあと、悔しがるだけでは意味がないと思いなおしたのだ。

目的のためなら手段を問わない覚悟で黒雀宮に入ると決めてきた。愛玩用、上等。初めは侮られていても、これから勉学やほかのことで、静鷹の信頼を得ていけばいい。無難に振る舞って名前も覚えられずにいるよりは、これでよかったはずだ。

（しかも、昨晩は伽科のおかげで野宿しないですんだし、朝ごはんだってたっぷりあったもの）

朝食やお仕着せを持ってきた侍人《じじん》に冷ややかな目で見られたり、学友たちに陰口を叩《たた》かれるくらいはなんともない。体調だって、案じていたよりは全然いい。

顎を上げてゆっくりと進むと、なかほどの席で佇空が手を振っているのを見つけた。隣があいていて、そこに腰を下ろす。途端に尻がにぶく痛んで、緑月は顔をしかめた。腹のなかはなんだかぐるぐると落ち着かないし、股はいまだに太いものが挟まったような違和感がある。

「大丈夫？」

仔空に心配そうに聞かれて頷くと、彼はぱあっと笑顔になった。

「それにしても、すごいねえ。僕聞いてて真っ赤になっちゃった。静鷹様、すっかり緑月を気に入られたみたいじゃない？」

それも納得だけど、と仔空は自分を抱きしめてくねくねした。

「緑月の声、色っぽかったもの。周りでも何人か前屈《かが》みに――」

「仔空！　もう言わなくていいから！」

周囲の視線が痛くて、緑月は仔空の口を手で塞いだ。陰口はいいが、あんまり恥ずかしいのはいやだ。真後ろの体格のいい男が、不愉快そうに鼻を鳴らす。

「黄氏と白氏が、呑気《のんき》なものだ。特に慰みものにされてはしゃいでいる馬鹿は救いようがない」

「ほんと。人質枠のくせに、ちょっと綺麗だからって偉そうに」

彼の隣の、痩《や》せた色白の男も皮肉たっぷりに応じ、緑月は首をかしげた。

「人質枠ってなんですか？」

本当にわからなかったのだが、嫌味を言われたと思ったのか、色白の男がさっと顔色を変えた。

「白氏の分家風情が、この僕に――」

「どうもすみません、静かにしてますから。赤氏のお二人にはご無礼がないようにしますね」

口を塞いでいた緑月の手をどけ、仔空が愛想よく笑いかけた。緑月の袖を引っ張って前を向かせ、顔を寄せて小声で言ってくる。

「制服だからわかりにくいと思うけど、帯飾りはよく見たほうがいいよ。後ろの二人は赤氏、静鷹様のご親戚だ。まあ、黒雀宮に入るくらいだから、遠縁だけど」

「――そっか、皇帝に近い人なら、わざわざ黒雀宮には入らないよね」

「あと気をつけたほうがいいのは青氏だよ。今の比翼こそ赤氏だけど、青氏は太后の秀林《しゅうりん》様の生家だし、灰藍様も青氏だ。宮廷では一番強い。影がうすいのは墨氏かな。灰藍様のお母様が実は墨氏の血を引いているという噂もあって、取り入ろうとしているらしいけど、灰藍様は相手にしてないみたい。まあ当たり前だよね、祖母だの曽祖父だの言い出したらきりがないもの。どこの氏だってあちこちまじってるんだから」

どうやら、仔空は情報通らしかった。田舎《いなか》育ちの緑月にとってはありがたい。ちらりと後ろを盗み見て、帯飾りが紅玉《こうぎょく》なのを確認してから、聞いてみる。

「人質枠ってなに？」

「黄氏と白氏はそう揶揄《やゆ》されてるみたいだね。白氏はほら、静鷹様の従妹の紫杏様を呪殺したのが白氏の姫で、三年前に雛姫宮を追放、処刑になったでしょ」

「――ああ、あれ」

当時は西嶺州もざわついていた。意味もない嫉妬で罪を犯したということで、宗主の娘だというのに、地元ですら誰も擁護しなかったのだ。

皇帝の正妃は、五氏が順番に務める。現在の太后・秀林が青氏。次は赤氏に決まっているから、紫杏が正妃のはずだった。墨、白、黄、青、赤という順番は今まで変わったことがないという。それでも雛姫宮には必ず五氏の姫が集うのは、後宮に上がれば、側室として世継ぎを産む可能性もあるからだ。

おとなしくしていれば側室になれたのに、件《くだん》の白氏の姫は本気で静鷹に惚《ほ》れてしまい、嫉妬のあまり、寵愛を受けていた紫杏に呪いをかけて殺したのだそうだ。無論、大罪で処刑された。現在も雛姫宮には、白氏の姫だけがいない。

「皇家に仇《あだ》なした氏は、その皇帝の治世では出世できないって言われてるけど、たまたまそのひとりがやらかしただけで、一族としては忠誠を誓ってますよ、って示さないとならないじゃない？　だから黒雀宮に、出世度外視で多めに子息を差し出すわけ」

「なるほど、だから人質枠なんだ」

　ということは、末端の分家の緑月が知らないだけで、白氏の者も何人かここにいるのだろう。

「うちはわかったけど、黄氏は？」

「黄氏も似たような経緯だよ」

　仔空は肩を竦めてみせた。

「五か月前の冬狩《とうしゅ》で、静鷹様の弟君が怪我《けが》をしたでしょ」

「うん、聞いた。俊鈴《しゅんりん》様は流れ矢が当たって、ずっと寝たきりだって」

　その噂と一緒に、黒雀宮の受験資格が緩和されたと聞いたからよく覚えていた。

「あの事件で流れ矢を撃ったのが、黄氏か赤氏のどっちかだってことになってね。普通は矢にも氏の色房がついてるけど、当たった矢は取れてしまっていて、特定はできなかったらしいよ。それに、俊鈴様の母君は黄氏の出身だから、黄氏や赤氏が故意に狙《ねら》ったはずがない。それでお咎めはなしになったけど、黄氏としては知らん顔もできないじゃない？」

「……たしかに」

「おかげで僕まで黒雀宮に入れってことになってさ。しかも、推薦で入ればよかったけど、資格が緩和になったせいで全員受験しなくちゃいけなくなったから、大変だったんだよ。僕、頭もよくないけど武芸はまったくできないから、仕方なく文科で受けたんだけど、伽科がほんとにいやでいやで」

　扇子を広げ、仔空はその陰でため息をついた。だが、緑月に視線を投げかけた目つきは笑っている。

「誰かさんのおかげで免除になって、万歳したいくらい。なんなら毎日拝んであげたいよ」

「やめて。そういうのいらないから」

「でも、感謝してるのは本当だよ。僕で役に立てることがあったら、遠慮なく言ってね」

　ぱちんと扇子を閉じて言った仔空の声には真摯さがあって、緑月はちょっと顎を引いた。

（楓雨先生は、黒雀宮は全員が敵だと思うくらいでちょうどいいって言ったけど、この子は信じてもよさそう）

　人当たりがいいし、昨日から一度も、緑月を蔑んだり馬鹿にしたりしていない。ひとりくらい友達がいてもいいよね、と考えて、緑月は笑みを浮かべた。

「ありがとう。仲良くしてもらえるだけでも助かるよ」

「助かるのは僕もだよ。なんてったって緑月は初日前から静鷹様のお気に入りになったんだもの。くっついてたら僕もおこぼれに預かって、楽しい黒雀宮生活が送れるかも」

　冗談めかして言ってくる仔空に、緑月も笑いまじりに言い返した。

「反対に目をつけられて、静鷹様に『おまえも飼い猫だ』って言われるかもしれないよ？」

「えっ、それはやだ！」

　仔空が大袈裟《おおげさ》に仰《の》け反《ぞ》ったとき、盛大な咳払いが響いた。見れば前方の、教座脇に立った灰藍がこちらを睨んでいた。

「講義前でも、ここでは落ち着いて静かに待つ義務があります。本日からはあなたたちも黒雀宮の一員、名誉ある若雀なのです。お仕着せの色に黒が用いられている理由を忘れないでください。建国の際、墨氏から皇家へと捧げられた忠義の色――それに恥じぬよう、礼を守ってふさわしい振る舞いをするように」

　最前列の者がさっと手を上げて拝礼する。緑月と仔空も慌ててそれにならった。一同を見わたし、灰藍が重々しく告げる。

「黒雀宮では一週間のうち六日が講義や鍛錬にあてられています。なにを学ぶかは時間割が決まっていますので、各自張り出された表を確認して準備し、臨んでください。遅刻は厳禁、遅れれば受講はできません。食事と入浴も時間が定められていますから、それに従って行動するように。講義も鍛錬も日常生活も、時間が守れなければ減点の対象です」

「厳しそうだね」

　額を掌に当てたまま、仔空がこそっと囁いてくる。緑月は黙って頷いたが、これくらいの規則は想定内だ。

「なお、今年は入宮者が多く、宮内の房数が足りません。二人で一房を使ってもらうので、各自相手を決めて申し出てください。連れてきた侍人はひとりまでとし、例外は認めません。侍人がいない場合は、黒雀宮づきの者が雑事を担いますが、何事も極力己でやるよう努めてください」

　これにはあちこちで小さく声が漏れた。かしずかれて暮らしてきた貴族にとってはつらいのだろう。灰藍は気がつかなかったかのように続けた。

「授業は午前のみ、午後は自由時間で、週に一日、休日があります。自由時間は学友同士仲を深めるのもよし、寝たり休んだりしてもかまいません。ただし、三月《みつき》ごと、年に四回試験があり、及第点に至らなかった者は退宮です」

　つまり、自由時間も遊ばずに勉強や鍛錬に励め、ということだろう。

「平日は外出不可。休日は許可を取れば出かけられますが、基本的に、実家に戻ることはできません。氏という後ろ盾を離れ、自身の研鑽《けんさん》に努めるのが、この宮の目的です。よって客も、黒雀宮には呼べません。手紙は出すことも受け取ることもできますが、検閲が入り、内容に問題ありと判断されれば破棄します。許可を得て外出する際は制服を着用し、若雀の名に恥じぬ振る舞いをすること。街でも素行に問題があれば減点の対象です。反対に、成績が特によかった者、よき行いをした者には追加で点が与えられます。成績、日常の振る舞いの点数とをあわせて、問題ありと見なされればここにいる資格がなくなることを忘れないように。——今日の一限目は歴史です」

　言い終えると灰藍は大講堂を出ていった。かわりに老齢の男性が入ってくる。緑月たちは再度拝礼し、先生を迎えた。教壇に座った彼は濃灰色の衣を着ていて小柄だが、顔つきは鋭く、厳しそうだった。

「ではまず、諸君に知っているべき知識が備わっているかの確認からはじめる。我が玖国の成り立ちを、ここ南渚州は玲汐が都と定まるまでの流れにそって、各氏の特徴を交えて、簡潔にまとめなさい。時間は三十分あげよう」

　若雀たちは一斉に筆を取る。緑月も袖をまくって筆を手にした。歴史は得意だ。張りきって書き終えると、先生に命じられた若雀のひとりが紙を集めて回り、すぐに次の課題が出される。

「では、歴代皇帝の名を順に記し、即位年と没年、それぞれの時代の特徴を述べなさい。よいことだけでなく、災厄についても言及し、必要な際はそれぞれ何年の出来事かを明記すること。これも三十分だ」

　うわあ、と仔空が小さく声を出した。

「こんなのが毎日続くの？　何年かなんて全部覚えてないよ……」

「大丈夫だよ。初日だもの、間違ってたり知らないことがあっても、すぐに追放にはならないんじゃないかな」

　励ましつつ、これなら、と緑月はほっとしていた。全部すでに勉強したことだし、少なくとも遅れを取ることはなさそうだ。

　九十分の講義はみっしりと記述させられ、次の数学では延々と計算、国語では詩歌《しいか》の暗唱をさせられた。どの先生も厳格で、間違いがあれば容赦なく減点されたが、緑月は一度も「減点」と告げられることなく乗りきった。

　今日はここまで、と先生が告げ、全員が拝礼して見送ると、講堂の空気がどっとゆるんだ。仔空がぐったりと机に突っ伏す。

「無理……おなかすいたし、頭が痛い……あと身体がしぼみそう……」

「おなかはすいたね、たしかに」

　大袈裟だなあ、と笑うと、仔空が恨めしげに顔を上げた。

「緑月、頭いいんだね。歴史も数学も手をとめずに書いてたし、暗唱も上手だった」

「だって、どれも基本的なことばっかりだったでしょう。仔空も、緊張してなければできたんじゃない？」

　文科の試験に受かった者なら誰でもできると緑月は思う。

「緊張してなくてもできなかったよ……今日の三つは全部苦手なんだ」

「苦手なら、私が教えてもいいよ」

　復習にもなるし、と思ってそう言うと、仔空が手を握りしめてきた。

「お願い！　それと、僕と同室になろうよ。緑月となら楽しく過ごせそうだし」

「もちろんいいよ。知り合いがいないから私も助かる」

　すがるような仕草に笑みを返す。と、頭にかつんとなにかが当たった。

　床に落ちたのは紙製の筆箱だった。紙とはいえ何層も重ねて硬くした箱だから、けっこう痛い。頭を押さえて振り返れば、授業前も絡んできた赤氏の二人が嘲笑《あざわら》うように顔を見あわせた。

「見ろよ、手なんか握ってる。身体でたらし込もうとするやつは、普段から淫乱みたいだ」

「若雀同士の恋愛は禁止なのにね。同室になってなにをするつもりなんだか」

「穢《けが》らわしいやつには、神聖な黒雀宮にいてほしくないな」

仔空はぱっと手を離し、気まずそうに緑月を見てくる。緑月はむっとして赤氏の二人を睨んだ。

「そっちこそ、変な目で見るなんて汚れてるんじゃないですか？　なんでも性的なことに結びつけるほうが淫らだと思いますが」

「――貴様っ、言わせておけば……！」

かっとしたように、体格のいいほうが拳を振り上げた。仔空が慌てて後ろに隠れ、緑月は身がまえたが、殴られそうになった直前、後ろから誰かが赤氏の男の手首をねじり上げた。

「いっ……痛い！　なにをす――」

顔を歪《ゆが》めて振り返った赤氏の男が愕然と動きをとめた。彼の手首を摑んでいるのは、いつからいたのか、蘇芳《すおう》の衣をまとった静鷹だった。目立たないようにするためか、服は簡素だが、今日も刀を帯びている。

「喧嘩《けんか》は減点が大きいぞ」

「静鷹様……！」

周囲に残っていた若雀たちが息を呑み、緑月も驚いて静鷹を見上げた。静鷹はかるく押しやるように手を離し、赤氏は焦ったように横にどいた。拝礼する彼には目もくれず、静鷹は緑月の前に立つと告げた。

「三時に迎えをやるから、茶の席に同席しろ。これをつけてこい」

懐から取り出されたのは、金でできた若葉の意匠に真珠があしらわれた、美しい帯飾りだった。留紐は金糸で編まれていて、周囲からは感嘆のため息が聞こえた。緑月はむっと唇を引き結んだ。

「施しでしたら、いただく理由がありません」

緑月っ、と仔空が小声で咎める。緑月は意外そうな顔をしている静鷹に、自分の帯につけた房飾りを見せた。

「帯飾りならまにあってます。これを大切にしているので」

絹でできているとはいえ古びていて、粗末なのはわかっている。けれどこれは、両親の心がこもった形見なのだ。貧乏な居候の身で真珠の飾りが用意できなかったのも事実だが、もし買えたとしても、房飾りを外すつもりはなかった。

睨むように見つめると、静鷹はふっと笑みを浮かべた。

一瞬びっくりしてしまうほど、穏やかであたたかな表情だった。

「では、その房飾りと一緒につけるといい。どの講義でも優秀だった褒美だ」

静鷹はそっと緑月に帯飾りを握らせた。そのまま通りすぎて大講堂を出ていき、若雀たちが興奮したように声をあげた。

「静鷹様、講義をご覧になっていたんだ。我々の日頃の様子をたしかめていらっしゃるのかも」

「気難しいと聞いたけど、むしろ気さくなお方みたいじゃないか？」

「明日からはもっと気合いを入れて臨まないとならないな」

「それにしても、あの静鷹様をこんなに近くで見られるなんて、さすがは黒雀宮だ」

「でも、お茶の席に呼ばれたのはあの子だけどね」

皮肉と敵意まじりの視線を投げかけられ、緑月は帯飾りを懐にしまった。行こう、と仔空を促して踵を返す。

なんとなく落ち着かない気分だった。結局受け取ってしまったせいかと思ったが、引っかかっているのは最後の静鷹の表情だ。

（……あんなに優しい顔も、できるんだ）

苛烈《かれつ》で尊大なだけかと思ったが、握らせてきた手つきも丁寧だった。だが、褒美だというのはたぶん嘘だ。もともと下賜するつもりで用意してきたのを、適当な口実で渡してきたのだろう。高価なものを与えておけばありがたがると思われているようで、面白くない。

（でも、静鷹様が私を喜ばせようとする理由はないはず。なんで贈りものなんて用意してきたんだろう？）

　考え込みながら大講堂を出ると、仔空が「気にしなくていいよ」と笑いかけてきた。

「悪口は羨《うらや》ましさの裏返し。嫉妬されてるってことで、静鷹様のご寵愛をみんなわかってるってことでしょ。むしろ喜んでもいいくらいだよ。僕は妬まれるのはいやだけど」

「自分はいやなのに、私には喜べって？」

　適当すぎる言いぐさに、緑月も笑ってしまった。考えていたのは別のことだが、あっけらかんとした仔空の態度のおかげで、もやもやも薄れていく。

「まあ、たしかに、悪口くらいは気にならないかな」

「さっき静鷹様がかばってくださったから、陰で暴力をふるわれることもないだろうしね。贈りものだなんて、すごくない？」

　仔空はにまにまして肘でつついてくる。

「静鷹様、本気で緑月のこと好きになってたりして」

「……しっ」

　さすがにそれはまずいだろうと、緑月はあたりを見回した。大講堂から食堂へ向かう廊下にはほかの若雀の姿もある。

　同性で愛しあうのは世間では軽蔑されることだ。皇太子が若雀と同衾《どうきん》するのは性愛ではなく、忠誠心をたしかめるとか手ほどきを受けるといった建前があるからで、冗談でも「皇太子は男も好き」などと口にすれば、言った人間が罪に問われかねない。

「大丈夫、これだけ離れてれば聞こえないよ。もし聞かれて告げ口されても、静鷹様なら怒らないはずだよ。静鷹様と対立している皇弟殿下もさんざん悪口を言ってるらしいけど、取りあわないんだって」

　仔空は平然とした顔でおなかを押さえた。

「それより、おなかすいた。黒雀宮は食事がおいしいのが救いだよね」

　あまりにも呑気な態度に、緑月はふと首をかしげた。

「昨日も思ったけど、仔空っていろんなことに詳しいよね。静鷹様のことも詳しいみたいだし、もしかして、ご両親はすっごく身分が高かったりする？」

「すっごくは高くないよ、父が黄氏宗主の弟なだけ。宮中ではそこそこ偉いみたいだけど、先代の比翼が黄氏だったから取り立てられただけで、有能なわけじゃないって自分で言ってる。父上は地元で畑を耕してたいっていつもぼやいてるくらいだからね。黄氏《うち》は元来、出世欲が強い人間が少ないんだよ。僕も地道に、堅実に生きたい」

　おなかを押さえたまま、仔空は肩を竦めた。

「だから黒雀宮も来たくなかったんだ。争いごととかごめんだし、競争もしたくない。うっかり野心を出して誰かに呪われてもいやだしねえ。ぎすぎすするより、みんなで仲良く、平和が一番だよ。平和じゃなきゃ落ち着いてごはんも食べられないもの」

　後ろから来た数人が緑月たちを追い越して食堂に入っていき、仔空はそわそわしながら緑月を促した。

「早く行こう。緑月が出世したいなら応援するからさ」

「私が出世しようとしたら、誰かと争いになるかもしれないけど、それはいいの？」

食堂の戸口をくぐろうとした仔空は、心外そうに振り返った。

「そのときはちゃんと緑月の味方になるよ。友達だもの、当然でしょ」

緑月は目をみはった。友達といっても、まだよく互いのことを知らないのに、仔空の口調はきっぱりしている。

「……会ったの、昨日なのに？」

「正確には三日前だけどね。試験で見かけたときから、なんとなく緑月とは仲良くなれそうだと思ったの。そういう勘って大事でしょ？　それより早く食べよう、死にそうだよ」

緑月の後ろに回った仔空がぐいぐい背中を押した。あいている席を見つけて座ると、すぐに食堂係が膳を運んできてくれた。さっそく箸《はし》をつけながら、仔空はいたずらっぽく目を輝かせた。

「ちなみに、友人として、お茶の席に呼ばれた緑月に助言があるよ。いただいた帯飾りはもちろんつけていって、こう言うんだ」

「……なに？」

思わず聞くと、仔空はたっぷり間を取って、頰に手を当てて恥ずかしがるふりをした。

「『静鷹様。これからは贈りものは二人きりのときにしてくださいませ。皆に見られていては緑月、恥ずかしゅうございます』」

「――言わないよ、そんなこと」

一瞬でも有益な助言かと思ったのに、と緑月はため息をついた。

（……でも、助かる）

ちょっとお調子者だけど、仔空といると気分が明るくなる。友達だと言いきられたのはとても嬉しかった。彼がいなかったら、悪口など気にならないと思っていても、こんなに穏やかではいられなかっただろう。

羹《スープ》をひとくち飲んで、緑月は言った。

「ありがとう、仔空。友達ができたの初めてだから、嬉しい」

仔空は目を丸くした。ぽかんとした表情でまじまじと緑月を見て、頭をかく。

「そんなに素直に言われると照れくさいなあ。緑月って、美人系かと思ったら案外可愛いよね。ちょっと気をつけたほうがいいかも」

「気をつけるって、なにに？」

「ほかの若雀だよ。襲って汚れた身体にして、静鷹様のご寵愛を受けられなくしようとするやつもいるかもしれないから」

「まさか、誰もそこまではしないよ」

傷つけるためとはいえ、男を抱きたがる者はいないはずだ。下手をすれば自分のほうが、「男に劣情を催した男」と不名誉な評判がつくことになる。だが、仔空は真顔だった。

「ただの暴力なら跡が残るから、静鷹様の手前やらないと思うけど、汚すのは人でも雇えば、仮に罰せられたとしても、緑月を静鷹様から遠ざけられるんだよ。強姦《ごうかん》された人間を皇太子が抱くわけにはいかないでしょ」

緑月は黙るしかなかった。玖国の人間は「穢れ」や「厄」、不運や不幸を嫌う。

（たしかに、仔空の言うとおりだ。でも、犯された人間には罪がないはずなのに）

理不尽だと思う。自死も強姦も人々の反応は同じだ。追いつめられて死を選んだら、死んだ者がけなされる。強姦なんて、罰を受けるのは犯したほうでも、傷ものだとか汚れただとか非難されるのは、襲われたほうなのだ。

（――出世したら、意味のない非難や忌避は禁止するっていう令《りょう》を作ろう）

やっぱり頑張らなきゃ、と決意を新たに、懐に入った帯飾りを上から押さえる。これはつけていったほうがいいだろう。静鷹に嫌われるわけにはいかない。

食事を終え、仔空と二人で同室になると申請しにいって、割り当てられた房で勉強に勤《いそ》しんでいると、三時まではあっというまだった。

迎えの者は先に立って、黒雀宮の正院の横を抜けていく。

（皇太子が黒雀宮で過ごすのはここだって聞いたけど——もしかして私邸に呼ばれたの？）

黒雀宮は、大雑把に言えば「目」のかたちに建物が庭を囲んでいる。一番奥の三の庭に面して正院が建っていて、その裏、北側には門がしつらえられていた。隣接はしているが黒雀宮とはまた別の敷地になる向こう側は、皇太子の個人的な住まいだ。

私邸に呼ばれたのだとしたら、ものすごい特別扱いだ。まさか、と思ったのだが、案内の侍人は伽科を受けた正院を通りすぎ、奥へと続く門をくぐる。先には、広く美しい中庭が広がっていた。

内部に小房を備えた門も一棟として、四つの建物が庭を囲む、四合院《しごういん》の造りなのはここも同じだ。中庭には梅に桃、柑橘《かんきつ》、花水木、槐《えんじゅ》、百日紅《さるすべり》、紅葉と、季節ごとに目を楽しませるよう木々が配され、今は紫陽花《あじさい》が青い花をつけている。池から流れる小さな川に赤と金の橋がかかっていて、ぐるりと散策できるようになっていた。北の最奥に建つ、正院にあたる建物は、静鷹の名前にちなんで今は朱鷹殿《しゅようでん》と呼ばれる。屋根が広げた翼のように曲線を描く、壮麗な殿だった。

庭のところどころに四阿《あずまや》があり、そのうちのひとつで、すでに静鷹が待っていた。後ろには灰藍が、近くには給仕係が控えている。

遠目に見ても静鷹は、光をまとったかのように目立つ。本人は泰然としていても、くつろいだ猛獣のように感じられて、近づく者を威圧するのだ。

(落ち着いている様子だけど、完全には気を抜いていないって感じだ)

とはいえ、猛獣の機嫌はよさそうだった。膝をついて拝礼すると手招きされ、緑月は高い卓を挟んで静鷹と向かいあう位置に座った。

灰藍が立ったままなのが気になって目を向けると
「どこを見てる」と静鷹が笑った。

「茶の席の相手は俺だぞ？」

「灰藍様はご一緒されないんですか？」

「今日はおまえを招いたんだから、灰藍は席にはつかない」

気にするな、と言った静鷹がかるく顔を動かすと、ひざまずいていた給仕がさっと立ち上がり、恭しい手つきでお茶を淹《い》れた。ごく薄い青磁《せいじ》の茶器が綺麗だ。

けれど、高価な茶器よりも緑月の目を引いたのは、絵皿に盛られた菓子のほうだった。繊細な模様の月《げっ》餅《ぺい》。薄紅や薄緑、琥珀《こはく》色に煌めく宝石のようなお菓子。渦巻き模様のお菓子。

緊張も忘れるほど、どれもおいしそうだ。

「緑月は甜品《あまいもの》は好きか？」

「はい、好きです」

頷きつつ、たっぷりある菓子から目が離せなかった。甘いものは好き、どころか毎日食事のかわりにしたいくらいだ。めったに口にできないので、たまに楓雨がご馳走《ちそう》してくれるときは舞い上がるほど嬉しかった。

「正直だな。いくつか用意させたから、食べてみるといい」

「ありがとうございます」

　遠慮したほうがいいのかな、と思ったが、誘惑に負けて手が出た。きらきらした薄紅色の菓子を口に入れてみると、梅の香りとしゃりしゃりした食感がおいしくて、はぁ、と感嘆のため息が漏れる。

「こんなお菓子、初めて食べました」

「琥珀糖というんだ。色ごとに香りが違う」

「……ん！　こっちもおいしいです」

「それは芸豆巻《うんとうまき》だな」

　聞いたこともないお菓子だ。王宮はなんでもあるんだなと思いながら月餅をかじったら、木の実が入っていて、緑月の知っているものとは別物だった。

　思わず二個目を頬張ると、肘掛けに左肘を乗せて頬杖《づえ》をついた静鷹が、面白がるように目を細めた。

「昼飯を食べなかったみたいな食いっぷりだな」

「……午後も勉強してたんです。書庫から本が借りられるので、面白くて」

　三個目の月餅はさすがに気が引けて、お茶を口にする。こちらは甘くしとやかな香りのする上品な味で、信じられないくらいおいしい。一気に飲み干してしまうと、給仕がすぐにおかわりを注いでくれたが、灰藍が吐き捨てるように呟いた。

「なんと行儀の悪い。礼節を弁えないにもほどがあります」

　緑月はぱっと赤くなった。自分でも、今のは恥ずかしい振る舞いだとわかっていた。勧められたからといってぱくぱく食べるなんて下品だし、お茶ももっと味わって飲むべきなのだ。

「うまそうに飲み食いしてもらったほうが、俺は気分がいいが」

「行儀よく食べてもおいしそうには見えるものですよ、静鷹様」

　灰藍は聞こえよがしにため息をついた。

「やはり、彼は黒雀宮にはふさわしくありません。父が自死したという調書は静鷹様もご覧になったでしょう。静鷹様が成績だけ見て合否を決めろというから、仕方なく通しましたが、本来ならば氏から抜け、妓人にでもなるべきなのです。在籍させたとしても、おそばに侍《はべ》らせるのはいかがなものかと」

「そういえば、なぜ氏から抜かれなかったんだ？」

嫌味っぽい灰藍には取りあわず、静鷹はかえって興味を引かれたように緑月を眺めた。

「おまえの父は西嶺州で格別重要な仕事をしていた、というわけではないようだが」

家長が罪を犯したり、不名誉な行いをした場合、よほどの身分でないかぎり、子供や妻も氏から除名されるのが普通だ。罪の度合いによっては住んでいた場所から追放されることもある。そうした妻子はほかの氏の裕福な家で、妓女妓人として養われることが多かった。緑月のように、親の身分が高くないのに除名されず、親戚に引き取られるのは珍しい。

緑月は思わぬ好機に身を乗り出した。

「もちろん、父が本当は自死ではないからです」

「自死ではない？」

「はい！　父は学問に秀でていて、州でも夏官第《かかんだい》の薬部《やくぶ》に勤め、草木に関する研究をしておりました。功績をかわれて出世も決まっていたんです。そんなときに自分で死ぬはずないでしょう？　父に関わる誰かが嘘をついたに違いありません。私に勉強を教えてくださった先生の話によると、以前に手柄を横取りされたこともあったそうですから、きっとまた悪巧みに巻き込まれたんです。なのに、州司はそれを知っていて、黙認した」

「緑月！　不敬です」

灰藍が鋭くたしなめた。

「州司は同じ氏の宗主、その方の判断を疑うなんて、大変な失礼ですよ。調書では、おまえがまだ幼かったので、宗主の妻が憐《あわ》れんで慈悲を乞うたとか。恩を受けた身で無礼なことを言うなど、ばちが当たります」

「でも、父は自ら死んだりする人ではありません」

どう言われようと、緑月も譲れなかった。

「母が早くに亡くなったので、父はひとりで私を育ててくれました。病弱で迷惑をかけたのに、いつも『おまえを愛しているよ』と言ってくださるような人だったんです。どんな理由があっても、私を遺《のこ》して、後ろ指をさされるような死に方をするはずがありません。州司だって、きっと後ろめたいから私を除名できなかったんだ。私が出世したら、父の死の真相を調べなおさせます」

「馬鹿馬鹿しい」

灰藍は話にならないというように顔を背けたが、静鷹は楽しげににっと笑った。

「なるほど、おまえは父の雪辱が目的だったな。——こっちに来い」

言われて立ち上がり、数歩静鷹に近づいた。彼は自分の膝を叩いた。

「ここに座れ」

「——ここって、静鷹様の、その、お膝の上ですか？」

「そうだ。猫は膝の上で可愛がるものだからな」

平然と頷かれて、緑月は困ってしまった。いくらなんでも、抱っこはない。また灰藍に眉をひそめられるし、普通に恥ずかしい。だが、焦《じ》れったそうに再度促されて、諦めて背中を向けた。

躊躇いがちに膝の端に尻を落とすと、「その向きか」と静鷹が唸《うな》る。

「おまえの顔がよく見えないが、まあいい。もっとしっかり乗れ」

ぐいっと腰を抱かれ、完全に膝の上に乗らされて、耳が熱くなった。膝に抱っこなんて、父の生前、緑月がまだ幼子だったころ以来だ。静鷹は至近距離から緑月の横顔を見つめ、琥珀糖をひとつつまんだ。

「そう固くなるな。ほら」

口元に琥珀糖を近づけられて、緑月はちらりと灰藍を気にした。彼は渋面だったが、静鷹は「食べろ」と促してきて、仕方なく唇で受け取った。

「うまいか？」

「――はい」

「力を抜いて寄りかかっていいんだぞ。顔も、こっちに向けておけ」

菓子をつまんだ指を拭き、静鷹は膝の上の緑月をあやすように揺らした。言われたとおり目をあわせると、そっと前髪を整えられる。

「綺麗な顔だな。白氏は優美な容姿の人間が多いが、緑月は目が特にいい」

「……はあ。それは、ありがとうございます」

優しい手つきで髪を梳《す》かれるのがくすぐったかった。まるで本当に猫を可愛がっているかのようだ。もたれかかると意外とおさまりもよかったが、居心地は悪い。

（静鷹様って、なにを考えてるんだろう。きっと厳しい人なのに、私には妙に優しい）

顔を褒めるのも、はたして本音かどうか。試されているのでは、と思うと、気を抜くことはできなかった。

警戒を解かない緑月に、静鷹は面白そうに笑った。

「怖がることはない。ただ、おまえがなぜそんなに父親が好きなのか、聞いてみたいだけだ」

「なぜって、父ですから」

だったら抱っこの必要はないのに、と思いつつ、父のことを聞かれるのは嬉しかった。

「父が亡くなったのは私が六歳のときですが、今でも尊敬しているし、思い出もたくさんあるんです。薬草の研究という仕事に誇りを持っていましたし、うちより貧しい人が困っていれば、自分が我慢してでも助けるような人でした。だから村のみんなに慕われていたんですよ。休日に農作業に出た帰りに、お芋をもらってきてくれたこともあります」

「農作業？　役所勤め以外に、農地も持っていたのか？」

「いいえ。私の薬代が高いから、近くの豪農のところで働かせてもらってたんです」

　村人と同じ格好で朝早くから畑にいた父を思い出し、緑月は自然と笑みを浮かべていた。

「優しくて思いやり深い父でした。貧乏でしたけど、父のおかげで幸せでした。私の体調がいい日は山に連れていってくれて、木の実を取ったり、魚を釣ったり――夏は星空も見ました。西の異国の、星にまつわる神話を教えてくれたんです。冬は炉のそばで、いろんな話をしてくれました」

　これも、と帯飾りを持ち上げて見せる。もらった真珠と金の飾りもつけてはきたが、房飾りも一緒に提げてきた。

「両親が結婚したときに、母が父のために作って贈ったものなんです。ずっと父がつけていて、形見に私がもらいました。見るたびに、必ず父の名誉を挽《ばん》回《かい》すると誓っています」

　緑月の髪に触れながら、静鷹は不思議そうに首をかしげた。

「たいした信頼ぶりだが、おまえは父を疑ったことは一度もないのか？」

「疑うって、どうしてですか？」

　緑月も首をかしげてしまう。なぜそんなことを聞かれるのか、ちっともわからなかった。

「おまえの知らぬ事情があって自死したかもしれないだろう。緑月は幼かったのだから、父の本当の姿を知らないだけかもしれない」

「そんなはずはありません」

　緑月はむっとして言い返した。

「絶対にないです。なにがあっても、私は父を信じています。たったひとりの家族ですから」

「家族が信じられる存在とはかぎらないだろう。父が息子を殺すこともあれば、娘が母を憎むこともある。それが人の世だ」

「そ……そうかもしれませんけど、静鷹様だって、ご家族のことは信頼していらっしゃるでしょう」

静鷹はあっさりと首を横に振った。

「家族は大切に思うが、信じたことはない」

思いがけない言葉だった。目を見ひらいてしまった緑月の頭を、静鷹はまた撫でてくれた。

「父は自分が一番でありさえすればいい人で、子供のことは気にしてもいない。太后は野心が強いから、俺に固執はしているが、息子よりも実家が大事だ。弟は我《が》が強く俺を嫌っているし、紫杏は親の言いなりで、慕っていたのは俺自身ではなく皇太子という立場だった。赤氏の者たちは俺に取り入ろうとするか、あるいは失敗しないかと待ちかまえているかだ。四氏の人間は、あわよくば自分たちが皇家になろうと狙っている。——誰も、信頼はできない」

「そんな……」

静鷹の言うとおりかもしれないが、あまりにも殺伐としている。誰も信じなかったら常に気を抜けないじゃないか、と緑月は思い、「だからか」と気がついた。

（静鷹様がいつも少し怖い感じがするのは、周囲を信じていないからなのかも）

黒雀宮からすぐに人を追い出すのも、灰藍以外は寄せつけないのも、相手がなにか悪巧みをしたとかで、信じるに値しないと判断したからかもしれない。だったら、と緑月は静鷹をまっすぐに見つめた。

「私のことは、信じても大丈夫です」

「——おまえを？」

驚いたように、静鷹は目をみはった。緑月は大きく頷いた。

「私が黒雀宮に来たのは、父の死の真相を明らかにし、名誉を回復させたいからです。目的を果たすまでは、出世しないといけないので静鷹様を裏切ることはないですし、目的を果たしたあとは、ご恩返しとして、ずっと静鷹様をお支えできます。灰藍様以外に、もうひとり信頼できる人間がいたらいいと思いませんか？」

馬鹿馬鹿しい、と灰藍が吐き捨てる。聞こえなかったことにして、緑月は自分の顔を指差した。

「この顔もお好きなんでしょう？　だったら一石二鳥です」

「一石二鳥か」

冗談でも聞いたみたいに、静鷹が破顔した。

「緑月は素直でいいな。十七のわりに、すれてなくて純粋だ」

「こ、子供っぽくないです、ちゃんと大人です」

けなされた気がして緑月は赤くなったが、静鷹は愛《いと》しむように頭を撫でた。

「褒めたんだ。愛らしい、という意味だ。見ていて気分がいい」

髪を梳いた指はそのまま頬を包み込み、緑月はくすぐったく感じながら彼を見返した。昨夜は苛烈に思えた藍色の瞳が、今日は穏やかな光を浮かべている。優しげな表情だと誠実に見えて、もしかしたらいい人なのかも、と思えた。

（そういえば――静鷹様、一回も私の身分を蔑んでない）

身分の高い人間は、貧しい分家というだけで邪険にするのが当たり前だと思っていたけれど、静鷹は違うようだ。

それに、父が自死したと聞いても、緑月を穢れた者のようには扱わない。まるで気にしていないみたいに態度が変わらなかった。

「明日も茶につきあえ。同じ時間に迎えをやる」

「――わかりました」

一拍遅れて、嬉しさが込み上げてきた。今度こそ、静鷹に気に入られたのだと実感が湧いてくる。目的のために順調に進んでいるのだ。私は運がいい、と考えて、緑月はどきどきする胸を押さえた。

◆　◆　◆

眺めのいい房に、皇太子の弟である俊鈴は寝かされていた。

喉に厚く包帯を巻かれ、静鷹と灰藍がそばに来ても、わずかに目を開けるだけで、起き上がることはできない。流れ矢のひとつが喉を貫いたため、声が出せず、身体の動きも不自由なのだ。

十五歳にして寝たきりとなり、話すこともできない俊鈴は、宮内ではすでにいないも同然だった。母親は黄氏で静鷹とは腹違いの皇子であり、健康だったころから公然と静鷹と対立していたため、見舞いに来る客はない。おおかた、不運な皇子に近づけば、自分にも不運がうつる、と信じているのだろう。

静鷹に言わせれば滑稽でしかないが、現状の俊鈴はひどくわびしい境遇にある。

「今日は少し顔色がよいようです」

静鷹の斜め後ろに座した灰藍が静かに言う。静鷹は弟の布団をなおしてやった。憐れなことだ、と思う。俊鈴が兄を強く敵視していたのは知っているが、それは敵視するだけの能力が、彼にも備わっていたからだ。けっして無能ではないと、静鷹は思っていた。

「五か月経《た》っても起き上がることもしゃべることもできないのは、呪術か、あるいは法術しかないと思わないか」

法術とは、さまざまな方法で人にはない力や業《わざ》を発揮する術のことで、炎を操ったり声を遠方に飛ばしたり、人の心を操ったりと、いろいろな種類がある。呪術は法術のうちのひとつで、いわゆる呪いだ。媒介を用いて対象に災いをなす。

「呪いは法術のなかでも下流ですが、これほど強力ならば、やはり墨氏か白氏の本家に近い者が嚙んでいるのでしょう。紫杏様の呪殺も白氏の姫でした」

　呪いを含む法術は血筋で扱えるかどうかが決まり、五氏のなかでは墨氏と白氏だけが使えるのだ。灰藍は一度言葉を切ると、不満げな声でつけ加えた。

「あの緑月も、白氏でございます」

「あいつは呪う力などなさそうだ。あっても使うまいよ」

　弟から灰藍へと向きなおり、静鷹が苦笑した。

「そんなに緑月が気に入らないか？」

「気に入る理由がひとつもありません。見目はまあまあですし、勉強はしてきたようですが、田舎育ちの世間知らずで、貴族とは名ばかりです。侍人のひとりも連れてきていませんし、お茶の席では菓子の名前も知らずに、あんなにがっついて……」

　灰藍はおぞましげに口元を覆った。

「下品なだけでも若雀にふさわしくないというのに、なんです、あの性格は。あんなに単純では、いくら本人にその気がなくても、悪事の片棒をかつがされて終わりです」

「そうかな」

　静鷹は緑月の、顔を——とりわけ目を、思い出す。まだ輪郭にはあどけなさが残るが、数年経てば大人びて、さぞ騒がれる美形になるだろう。今は凜としたなかに甘い愛らしさがあって、それがかえって、瞳の激しさを引き立てていた。

　皇太子を前にしても臆することなく、平然と自分の意見を言える、意志も胆力も備わった目だ。

　まっすぐで、清廉で、美しい。

「緑月は少しおまえに似ている気がする」

「冗談でもやめてください」

　静鷹に向けられた灰藍の眼差しは、非難するように鋭かった。

「私はあんなに愚かでも下品でもありませんよ。どう見ても、彼が事件の黒幕とは思えません。あえてご寵愛なさる必要はないでしょう」

「緑月が犯人だとは俺も思ってはいない」

「ではなぜ、あんな悪ふざけをなさるのです。まさか目的をお忘れではありますまい」

　咎める口調の灰藍には答えず、静鷹はもう一度弟へ目を向けた。すでに瞼を閉じた俊鈴は、意識はあるようでどこか悔しげな表情だ。上昇志向が強く静鷹を敵対視していた彼にとっては、不本意な状況なのだろう。

　冬狩の最中、彼に矢が当たったのは五か月前のことだ。事故ということで片づけられたが、謀殺だという噂は根強く残っていて、静鷹を疑う声もあるほどだ。無論、静鷹の仕組んだことではないが、自分の仕業に見せかけようとする者はいるだろう、とは考えていた。もしかしたら、この事件で静鷹と俊鈴、両方の皇位継承権を失わせようとしたのかもしれない。

　現皇帝、皓俊の息子が二人とも皇帝になる資格を失えば、皓俊帝の弟か、あるいは皇帝が指名する誰かが次の皇帝になる。問題は、誰が指名されるかだ。

　皓俊帝は女癖が悪いのが欠点で、後宮で産ませたのは静鷹と俊鈴以外は女児ばかりだったが、おそらくは宮外に庶子がいる、というのが公然の秘密だった。

　その庶子が指名されれば、宮廷内の権力争いはいったん白紙になり、よりよい地位や身分を求めて熾《し》烈《れつ》な戦いが繰り広げられるに違いなかった。

　たぶん、それが犯人の狙いなのだ。紫杏が標的になったのは、将来の正妃だからだろう。静鷹が即位前に子を為《な》すのを、阻止したかったのだと思われる。万が一男子が生まれてしまえば、当然その赤子も継承権を持つからだ。

　二つの事件を仕組んだのは、皇位を狙う静鷹の叔父か、庶子か、赤氏転覆を狙うほかの四氏か。あるいは、まったくべつの誰かなのか。

　その輩《やから》を、静鷹はつきとめようとしていた。

　紫杏に呪いをかけたのは白氏の姫に間違いなかったが、彼女はたくらみごとができるたちではなく、恋心につけこんで唆《そそのか》した人間がいると判明していた。

　白氏の姫によれば、出入りの商人が連れてきた占い師がいて、彼は薄墨の衣を着ていたという。悩みを言い当てた彼と、侍女や下女をとおして文をやりとりし、紫杏の殺害を決意したらしい。

　衣の色を信じるなら墨氏が怪しいが、悪事の際に、正直に氏を表す色をまとうわけもないから、墨氏に罪をなすりつけるつもりだったのだろう。あるいは、その推測を逆手に取った墨氏の可能性もある。

　当時、薄墨の衣の占い師は俊鈴に雇われたに違いない、というのが灰藍の意見だった。だが、その俊鈴までもが狙われた。

　占い師は、俊鈴とともに狩に出た黄氏と赤氏の子息にも接触したことがわかっている。二人は友人同士で、街で羽目を外しているときに占い師に声をかけられ、酒を勧められ、冬狩は出世のために重要だから、必ず獲物をしとめるようにと助言されたらしい。助言は張りついたように意識を離れなくなったというから、おそらくは呪術を使われたのだろう。それで競って矢を撃ったが、けっして故意に俊鈴を狙ったのではないと二人は懇願し、また、調べても二人が俊鈴を殺《あや》める理由が見つからなかった。赤氏の青年は俊鈴のはとこで、黄氏は遠縁とはいえ、俊鈴の母と同じ氏だ。だからこそ冬狩にも参加できた。氏を示す矢のしるしがなかったのは、たまたま外れただけだろう、ということになり、二人は流刑ですまされた。

　紫杏姫が殺されたときには重視されなかった占い師の存在は、俊鈴が襲われたことでにわかに黒幕として浮かび上がってきた。影響の大きさを考慮し、表向きには占い師の存在は伏せられたまま、口の固い警邏《けいら》がひそかに探して回っているが、いまだに行《ゆく》方《え》は摑めていない。

　にもかかわらず、皓俊帝は犯人特定にさほど熱心ではなかった。世継ぎがいなくなったらまた作ればよい、などと言い出す始末で、静鷹は自ら、犯人をおびき出すことにしたのだ。

　弟や紫杏を、信じていたわけでも、愛していたわけでもない。だが自分の人生に関わる、重要な人間だ。そう考えてきた静鷹にとって、彼らを損なう者を放置しておくことはできなかった。

　そのための、黒雀宮の入宮資格の緩和だ。なんらかの手段で本人か、彼の息がかかった人間が近づいてくると見越して、あえて黒雀宮に入りやすくした。

　この仕掛けなら、たとえ誰が首謀者でも、罠《わな》にかけて尻尾を出させることができる。その手はずを、静鷹は自分で整えていた。

「私は今も、黒雀宮の入宮資格をゆるめたのが正しかったかどうか、確信はありません」

　焦れったそうに灰藍が呟いて、静鷹は彼を見やった。

「俺の決定が不服か？」

「いいえ。ただ、心配なのです。今の黒雀宮には人が多すぎます」

「だが、新しい入宮者について、再度書類を検《あらた》めても、これといって不審な点のある者はいなかったのだろう？」

「すぐに見抜かれるような者では黒幕にはなれません」

「まあ、それはそうだ」

静鷹は小さく笑って立ち上がり、弟の居室を出た。

俊鈴の房は本宮のなかでも高い階に移されたため、廊下からは中庭が見下ろせる。夕方近い空は藤色で、前に立つ静鷹と、半歩斜め後ろに従う灰藍の影が長く伸びていた。灰藍が独り言のように告げた。

「分家に嫁がれた紅華《こうか》様の夫も、つい先日亡くなったとか。赤氏は不運続きだと、少しずつですが人の口にのぼりはじめております。そんな時期に、静鷹様に万が一のことがあったら、国の基盤が揺らぎかねません」

「赤氏の転落を望む者は多いしな」

静鷹はかるく肩を竦めて応じた。紅華は静鷹の姉だ。気位が高く頭のいい女性だが、まだ乳飲子をかかえて大変だろうとは思う。去年は皇帝である皓俊自身が体調を崩した時期もあり、朝廷内が微妙に緊張しているのは、静鷹も知っていた。長く太平の世を築いてきた赤氏が揺らぎかけているのでは、という疑念が、きっと犯人のことも駆り立てたのだろう。

「無理に犯人を探さずとも、静鷹様の地位は揺らぎません。万が一にもお命が狙われることがあれば、この灰藍が必ずお守りします。ですが、ああも大勢が集っていては、無駄に危険を増やしているようなものではありませんか。黒幕の占い師でなくても、おかしな気を起こす輩がいるかもしれないのですよ」

「あるいは、俺が黒幕かもしれないな」

静鷹は振り返り、笑みを含んだ顔つきで灰藍を見た。灰藍は眉をひそめる。

「ご冗談でも、そのようなことを言うと、皇弟殿下がつけ上がります」

「叔父上は口だけだ、なにもできはしない。それに、おまえの手を借りなくても、自分の身は自分で守れる」

静鷹は半歩下がって灰藍の背中に手をそえた。

「庶子はいずれ火種になる。この機会に炙《あぶ》り出しておくのもいいと、賛成してくれただろう？」

「――それは、そうですが」

「誰も狙わないならそれでいいんだ。だが、俺を殺したいと思うやつがいたら、これまでと同じように自分では手を下さないだろう。俺の身近にいる人間を使うはずだが、灰藍は手強いから操れそうもない」

「当たり前です」

　憤然と、誇りを滲ませて灰藍が言いきる。だからだ、と静鷹は言った。

「犯人が、これはちょうどいい、と使う気になる人間をそばに置きたい。誰に狙われるかわからないより、そのほうがずっと楽だからな」

「――緑月を、犯人に操らせるおつもりですか？」

　灰藍はあまり賛成できないと言いたげに顔をしかめた。

「ご寵愛が本心からでなくとも、行きすぎると静鷹様に悪評が立ちかねません。静鷹様は厄も呪いも寄せつけないから気にならないでしょうが、厄のついた身の上を厭《いと》う者は宮中にも多いのです。なにも膝に乗せたり、撫でたりする必要はないでしょう」

「悪評くらい、あとでいくらでも覆せるさ」

　静鷹は苦言も気にせずに悠々としていた。譲る気配のないあるじの顔を見つめ、灰藍はため息をついた。

「では、なるべく早くかたをつけてしまいましょう。緑月の望みは父の雪辱ですから、西嶺州の州司に命じて、調べなおさせてはいかがですか。異例のご寵愛だと知らしめるにはちょうどいい」

「そうだな、西嶺州は朝貢も減っているし、いい機会だ。俺が直接出向こう」

「――私は冗談のつもりで言ったんですけどね。そこまでなさらなくても、と言っても、もうお決めなんでしょう、その顔は」

深々と二度目のため息をついた灰藍に、静鷹は笑い声をあげた。

「災いのもとを炙り出すのも楽しくてな。こうしておまえと悪巧みの相談をしていると、なんだか子供のころに戻ったみたいじゃないか？」

「人聞きの悪いことを言わないでください。いたずらを仕組むのはいつも静鷹様で、私は巻き込まれただけなのに」

　憮然とする灰藍だったが、静鷹の言葉で昔を思い出したのか、無意識に表情がゆるんだ。

「懐かしいです。静鷹様は座学がめんどくさいと言って、抜け出すかわりに私を置いていきましたよね」

「俺の真似《まね》をして、風邪をひいたから帰れと言ってくれと頼んだんだよな」

　静鷹は灰藍の肩に手を回した。

「おまえは俺の声真似がうまいから、騙《だま》せると思ったんだ」

「あの先生、もう耳が悪かったですから、声真似できなくても騙せましたけどね」

　めずらしくくすくすと声を立てて灰藍は笑い、それから恥じるように咳払いした。

「とはいえ、今はもう子供ではありませんよ、静鷹様。この国を治め、民を導いていく大切な方なのですから、もっとご自分のことを考えてくださいませんと。悪評を覆すのが静鷹様にとっては簡単なことでも、一度ついた瑕《きず》を忘れない者もおります。どうか、あえてご自身を貶《おとし》めるような行為だけはなさらないでください」

「自分のことより他人のことを先に考えるのが大人だと思うがな」

「もちろん、そのとおりです。ただ、ご自分の価値を忘れないでくださいと申し上げているだけです。静鷹様は歴代の皇帝のなかでも、最もその地位にふさわしいのですから」

灰藍はさりげなく静鷹の手から逃れ、拝礼して促した。

「夜もまだ政務の残りを片づけられるおつもりでしょう？　心の落ち着くお茶を用意させますから、先にお戻りくださいませ」

「おまえは本当に俺が好きだな」

　しみじみと静鷹は呟き、灰藍から離れていく。階を下りていく姿を見送って、灰藍は嬉しげに微笑《ほほえ》んだ。

「当たり前です。静鷹様はたったひとり、私がお仕えする方ですから」

◆　◆　◆

　今日の鍛錬は弓だった。宮中の儀式で使う大弓の練習をするのだ。黒雀宮の横に併設された弓場で、並んだ的に向けて数人ずつで射て、狙い方や姿勢などの指導を受ける。半月ぶりに静鷹が見学にきているとあって、腕に自信のある者たちは張りきっていた。

　弓は貴族の嗜みのひとつではあるが、文官志望の者はたいてい得意ではない。緑月も、儀式で使う大弓どころか、普通の弓も練習する機会がほとんどなく、一度目の行射《ぎょうしゃ》は的に届かなかった。ひょろひょろと落ちた矢を見て、見物していた若雀たちが忍び笑いを漏らす。

「皇太子様の愛猫はいいな。あんな下手な弓でも許されるんだから」

「あの顔を見ろよ、かまえも全然なっていないくせに、恥じてもいない。ご寵愛をいただいていい気になってるんじゃないか？」

「静鷹様もなにをお考えなんだか」

「貧乏人がものめずらしいのさ。どうせすぐに飽きられるに決まってる」

どの陰口も、緑月に聞かせるために十分な声量だ。振り返ると真珠の帯飾りを提げた、同じ白氏の若者に睨まれて、緑月は黙って場所を譲った。

途端にぎゅっと足を踏まれ、「うっ」と声が出る。仔空が腕を掴んで支えてくれなければ、しゃがみこみそうな痛みだった。

「緑月、大丈夫？」

「平気。だいぶ慣れたから」

痛みで肌は汗ばむが、この半月、毎日何度も踏まれれば、耐え方もわかってきた。皆が足を狙うのは、顔や身体、腕などを傷つければ、跡が残って静鷹にも知られるかもしれないからだ。足なら閨でも見ないだろう、というわけだ。不相応な寵愛を受ける緑月への、地味ないやがらせだった。

痛みは耐えられる。苦しいと思うのは、若雀の全員から、憎しみにも似た感情を向けられていることだった。

黒雀宮では全員を敵だと思ったほうがいい、と言われて来たけれど、自分が周囲すべてを敵だと思うのと、一致団結した周囲から敵視されるのは全然違っていた。相手に好かれたいと思っているわけじゃない。こちらも信じる気がないのだから、嫌われるくらいは覚悟していたし、故郷でも嫌われていたから、慣れているとも思っていた。

だが、自分でも過分な扱いを受けているとわかっている、この状況で大勢から悪意を向けられるのは、思いのほかこたえた。

謗《そし》られても嫉妬されても、間違っているのは自分のほうだ、と感じてしまうからだ。

仔空は同情顔で緑月の背中をさすった。

「今日は一段とひどいね。出発が明日だからかなぁ」

「……うん、そうかも」

六日前、静鷹が緑月を連れて西嶺州に行く、という発布がなされた。その出発が明日なのだ。

皇帝や皇太子の行幸は数年に一度あるが、今はその時期ではない。挙句に供として若雀を連れていくなど初めてのことだった。

　目的が伏せられているのは、白氏宗主が証拠の隠滅をはかったりしないようにするためだったが、そのせいで宮内はかえってざわついていた。ご寵愛の緑月を甘やかしているのではないか、と眉をひそめる者も多い。一応、緑月以外にも、ほかの四氏からひとりずつ若雀が連れていかれることになってはいるが、静鷹が緑月を特別扱いしているのは明らかだった。

　しかも急な西嶺州行きのため、すでにこなしている政務に滞りがないよう、この十日は黒雀宮に来ることなく働いていたらしい。そこまでして緑月のために出かけるのかと、周囲が驚くのも無理はない。

　緑月だってびっくりした。十日前、三度目のお茶の席に呼ばれて、西嶺州に行く、父の死を調べなおしてやると告げられたときは、思わず「どうしてですか」と聞いてしまったほどだ。静鷹は、「先におまえの願いをかなえてやれば、あとは恩返ししてくれるんだろう？」と笑っていた。灰藍が怒るのでは、と思ったが、彼は諦めたのか無表情だった。けれど、灰藍のなかでは、緑月の評価は暴落しているに違いなかった。

　緑月も、自分がなぜここまで贔屓《ひいき》されるのかわからない。信じてくださいと頼み、信頼を勝ち取ったと感じたときは誇らしかったが、今の状況はいきすぎている。灰藍をはじめ、苦々しく思う人間が多くて当然だ。

「仔空はいいの？　あんまり私のそばにいると、仔空まで疎ましがられるよ。それに、厄がうつるかも」

　昨日、緑月は父のことを、仔空に打ち明けていた。西嶺州には仔空も一緒に行く。向こうで真相を知ったとき、彼にがっかりされたり、なぜ黙っていたのかと非難されたりしたくなかったからだ。

「自分でそういう言い方しちゃだめだよ、緑月」

　仔空は緑月の背中から手を離さなかった。

「そりゃ、お父様のことを聞いたときは、ちょっと怖いなと思ったよ。全然知らない人だったら、あえて仲良くなろうとはしなかったと思う。でも緑月とはもう友達になっちゃったし、初めて緑月を見たときは、厄どころか、なにかいいことがありそうだなって気がしたんだもの。きっと自死じゃないんだろうし、もし緑月が厄にみまわれてたとしても、十一年も経ってるから、もう消えてるんじゃない？」

「……どうかな」

「万が一消えてなかったとしても、黄氏たるもの、いったん友だと思った相手を見捨てるなんて、できるわけないよ」

「仔空――、ありがとう」

　まっすぐな思いやりが身に染みる。友達がいてよかった、と思いながら微笑すると、仔空はかえって心配そうに顔を曇らせた。

「毎日こんな目にあってたら、心細いよね。足だって、慣れたといっても痛むでしょ。あんなにあざだらけなんだもん」

　同室の仔空にはこのあいだ素足を見られてしまい、絶句された。両足とも、赤黒くなったり青あざになったりしているのだ。

「旅行中も大変だよ、きっと。静鷹様に言ったほうがいいと思うけどなあ」

「骨が折れたわけじゃないから、平気」

　むしろ緑月は、いやがらせをされていることを静鷹には隠しとおすつもりだった。偶然にでも知ったら、静鷹は罰を下すかもしれない。そうなれば、若雀たちは「告げ口された」と思うはずだ。寵愛される身分にあぐらをかいているようには思われたくなかった。

（……せめて、ここまで特別扱いされているんじゃないならよかったのにな）

　皇太子のお気に入りになるだけで、これほど優遇されるとは。父のことを調べてもらえるのは嬉しいのだが、同時に釈然としない気持ちにもなる。

　結局、身分の高い人間や彼らと親しくできる者だけが恩恵を受けられるのか。本来ならできないこともできてしまうのが、貴族や金持ちの特権だとしても、あまりにも不公平だ。

　やっぱり西嶺州行きは断ったほうがいいだろうか、と俯いたとき、「緑月」と声がかかった。いつのまにか、見学用の高座を下りた静鷹が、弓を手にして射位《しゃい》に立っていた。

「かまえ方を教えてやる。こっちに来い」

　また特別扱いか、とため息をつきたかったが、拒むわけにはいかない。周囲の人間にじろじろと見られながら近づくと、静鷹は「まずは手本だ」と自ら矢を取る。

　上背のある静鷹は大弓が似合う。足の位置を整え、矢をつがえて弓を打ち起こし、弦を引いて狙いを定める姿に、自然と注目が集まった。

　あたりがしんと静まり返ったなか、静鷹の放った弓は綺麗な軌道を描いて、吸い込まれるように的の中央を射た。残身《ざんしん》も美しく、ほう、と感嘆のため息が聞こえてくる。

「次は緑月の番だ」

　緑月は静鷹と並んだ。弓を受け取ると静鷹は後ろに立ち、緑月の身体ごしに腕を伸ばして、腕の高さを修正してくる。抱きしめられるような格好に、じわりと耳が熱くなった。

　緑月が黒雀宮中のやっかみを買っているとわかっているだろうに、あえて人前でこんな真似をするなんて、静鷹はなにを考えているのだろう。

「足はもっとひらいて、重心を意識しろ。右手の矢に集中して、左手を整えたら上げる」

　身体を密着させ、静鷹は囁くような声で言った。顔は見えないが、楽しげな声音で、彼が面白がっているのだとわかる。緊張するな、とつけ加えられ、緑月はこっそり言い返した。

「緊張というより、困惑してるんです。こんなにくっつく必要、ないじゃないですか」

「大丈夫だ、射るときは離れる」

　そういうことを言っているんじゃない、と呆れたが、いざ彼が離れて矢を射ってみると、今度は的の端に当たって、自分でも驚いた。

「すごい！　あんなに遠い的に当たったのは初めてです」

　ぱっと静鷹を振り向くと、彼も満足げに頷いた。

「落ち着いて狙えばもっとよくなる。大弓は扱いづらいだろうが、できるようになっておけば、あとあと困らない。できるだけ練習しておくといい」

「――はい」

　助言はありがたい。でも、これも「特別扱い」されているからだ、と思うとどうしても声が硬くなった。冴《さ》えない緑月の顔色に気づいて、静鷹が首をかしげた。

「どうした？　体調でも悪いか」

「いえ……ただ」

「ただ？」

　出世はしたいし、父の汚名を雪ぎたいという気持ちに変わりはない。目的が果たせれば、静鷹のために尽くす決意も揺らいではいないけれど、こんな扱いは望んでいない、と伝えたかった。特権というより、これではたんなるずるだ、と思うのだ。

　でも、それをこの場で伝えれば、大勢の前で静鷹の顔に泥を塗ることになりかねない。出発はもう明日だ。出かけてしまってから、「父のことを調べなおすのはもっとあとでいいです」と言って、受け入れてもらえるだろうか。

迷って、緑月は静鷹を見上げた。

「その――今日は、お茶の席か、ほかに静鷹様とお話しできる時間はいただけますか？」

人目がない、せめて灰藍だけしかそばにいない時間が欲しかったのだが、静鷹は驚いたように目をみはり、それから緑月の頭をくしゃりと撫でた。

「なんだ、寂しくなったのか？」

「ちっ、違います！　そういうことではなくて」

「すまないが、今日は忙しい。明日出立したらたっぷりともに過ごせるから、それまで我慢していろ」

ぽんぽんと宥《なだ》めるように頭を叩き、静鷹が踵を返した。さっと周囲の若雀が拝礼し、緑月も慌ててならったが、後ろからは蔑む声が響いた。

「淫売が、図々《ずうずう》しい」

そう思われても仕方ない、と緑月は唇を噛んだ。

仔空がこそっと耳打ちしてくる。

「緑月、ほんとに静鷹様が恋しいの？　そういえばここ何日か元気ないよね？」

「――普通だよ」

「そうだよねえ、初日からほとんど毎日お会いしてたのに、この十日は全然会えなかったんだもの、寂しかったよね」

「寂しくないってば」

「元気出してよ、静鷹様の言うとおり、明日からはしばらく一緒だもん」

応援するからね、と握り拳を振り上げられ、緑月はもう一度否定するのを諦めて、弓場を出ていく静鷹の後ろ姿に目を向けた。

影のように灰藍がつきそっている。緑月の視線に気づいたように、灰藍だけが振り返って、緑月は会釈した。灰藍の冷ややかな眼差しを、不服に思うことはできなかった。

◆　◆　◆

帯から提げた青玉の飾りを握りしめ、青年は回廊を歩いていた。ついつい足が速くなるのは苛《いら》立ちのせいだ。

なにもかもが腹が立つ。たとえば黒雀宮のお仕着せ。仕立てはいいが、白と黒なんて、ほかの氏の服のようで落ち着かない。内衣にも氏の色をまとうなというのは横暴だと思う。

それから、あの緑月という白氏の淫売。黒雀宮にいるほとんど全員の反感を買っているとわかっているだろうに、今日も静鷹の寵愛に当然のような顔をしていた。静鷹にも幻滅した。あのように放蕩《ほうとう》な一面があるとは聞いたことはなかったのに、たったひとりの世継ぎになったことで慢心しているのではないだろうか。

（静鷹様のご治世でお役に立ちたいと思っているのは、緑月ではなくおれだ。重用されるべきはおれのほうなのに……せめてもう少し、ご自分の母親の実家筋も大切にすべきだ）

分家とはいえ自分だって青氏なのに、と青年は悔しかった。取り立てられるのが灰藍だけだなんて不公平だ。

（あんなやつ、たまたま静鷹様の側《そば》仕えに選ばれただけじゃないか。母親が本当は妓女だという噂もあるくせに）

まだ不満はある。同室になるなら弱みを握れるようほかの氏の者がいいと助言され、墨氏の人間を誘ったのだが、歳《とし》上のその男は研達《けんたつ》という名で、妙に女っぽい声をした、気取ったやつだった。槍が得意で武科で入宮したらしいが、勉強もできて、明らかにこちらを見下している。静鷹の西嶺州行きに同行を許されたのは彼も自分も同じなのに、「私と同室だったからです」などと恩を着せてきたのだ。

「入宮資格ぎりぎりの年増が、偉そうに」

いらいらと独りごち、青年は書物を抱えなおした。書庫の扉を自分で開けねばならないことに舌打ちする。明日は出発だというのに、昨日の講義で減点か追加の課題を提出するかを迫った先生がいて、仕方なく課題提出を選んだせいで、こんな時間までかかってしまった。しかも部屋の片づけを侍人に言いつけたため、自分で借りた書物を書庫へ返しにいかねばならないのだ。ひとりしか侍人が認められないのも納得がいかない。家では着替えも入浴も、勉強のための墨の用意も、戸の開け閉めだってすべて侍人や下男下女がやっていたというのに。

（あの緑月は沓《くつ》も自分で履くとか。貧しい生まれの者は慣れていていいな）

皮肉っぽく考え、さっさと書物を置いて帰ろうと、適当な棚に押し込むと、通路の少し先でふわりと紗《うすぎぬ》が揺れた。書庫内で読書をするために、紗や手すりで小さく区切られた場所がある。そのひとつから、灯《あか》りが漏れていた。こんな時間まで勉強しているやつがいるのか、と驚いていると、鈴を転がすような笑い声がした。

「びっくりさせてしまいましたね、青氏の沐信《もくしん》様」

青年は咄嗟に声が出なかった。名前を呼ばれたのはもちろん、聞こえてきたのが甘くたおやかな——女性のような声だったからだ。だが、ここは黒雀宮。女性がいるはずがない。

「驚かせてしまったお詫《わ》びに、沐信様にひとつ贈りものを差し上げましょう」

揺れた紗の端から手が差し出された。袖の色は薄墨色だ。その手に乗っているのは、濃い青色の内衣だった。

「青氏の方には、白と黒しか身につけられないのは落ち着かぬことでしょう。あなたは成績も武芸の出来も上々、内衣は自由でよいと、先生方にはお伝えしておきます」

肌は白く、すんなりとした手首で、華奢《きゃしゃ》な男のものにも、大きめな女のものにも見える。用心深く観察し、青年は言い返した。

「規則を破らせて減点を受けさせる気か？　おれを罠にかける気ならそうはいかぬ」

「罠だなんて、とんでもない。私はただ、大切な若雀の方々を、陰ながらお助けしたいと思っているだけです」

紗の向こうから、ふふ、と笑う声が響いた。すっと内衣が引っ込められたかと思うと、かわりに茶筒が差し出される。

「とはいえ、規則を破らぬ心がまえは立派なもの。夜更けまで勉強に励むのは勤勉の証、書物は大切にしているからこそ、自ら返しにきたのでしょう？　疲れを溜《た》めぬように、心が安らぐお茶を差し上げましょう」

見事な装飾を施した茶筒の蓋が開けられると、花の香りが漂ってきて、青年は思わず近づいた。覗《のぞ》くといっそう強く香る。茉莉花《まつりか》と蓮《はす》の花、それに山査《さんざ》子《し》を白茶《はくちゃ》にあわせた花茶だ。

「これは……家で飲んでいた茶に似ているな」

「同じものでございますよ。こちらは茶筒ごと、青氏の方からいただいたものなのです」

そっと押しつけられて受け取ってしまい、沐信ははっとして紗の向こうに目を凝らした。

「まさか、父上から？」

父は朝廷で春官府《しゅんかんふ》の重役のひとりとして働いている。たしか、勤勉だから目をかけてやっている、と言っていた墨氏の部下がいたはずだ。

「おまえ、父上の部下か」

問いかけに、紗の向こうの人間は「はい」とは言わなかった。かわりに、しっとりと呟く。

「あなたが黒雀宮でいい成績をおさめていると知れ

ば、お父様もお喜びになるでしょう」

「う、うむ。そうだな」

　沐信には兄がいて、すでに官僚になっている。父が自分より兄に期待しているのは感じていたから、父が案じて茶を持ってこさせたのかもしれない、と思うと、嬉しさが込み上げてきた。父もやっと、自分を気にかけてくれるようになったのだ。黒雀宮では、表向き、若雀を客が訪ねてくることはできない。とはいえ、こんなふうに抜け道は用意されているのだろう。おれは身分が高いのだから、それも当然だと、沐信は誇らしく胸を張った。

「不自由なことばかりだし、若雀にふさわしくない人間が多くて苛立つが、うん。おれはちゃんとやっていると、父上には伝えろ」

　茶筒に鼻を近づけ、もう一度香りを吸い込む。間違いない。母が特別に調合させている、家のお茶だ。

「よろしければ、お茶はまず同室の墨氏とお飲みください」

　懐かしさにひたって匂いを嗅いでいた沐信は、むっとして睨んだ。

「なんだ、研達はおまえの息子か？　あいつには、おれはおまえの父の上司の息子だから態度を改めろと言っておけ」

「私の血縁ではありませんが――彼は青氏に憧れているのです。無骨で芸事に疎い家でなく、優美で文化的な家に生まれたかった」

　まるで自分のことのように、相手は語った。薄墨色の袖はまだ見えている。そういえば声が似ている、と思ったが、研達よりも、目の前にいる人間の声のほうがまろやかに思える。まるで本当の女のような、おそらくは歳上の人。

「あなたに傲慢な態度を取るのは、羨望と嫉妬の裏返し。お茶に誘えば喜んで、態度を変えるでしょう。自分の味方を増やすのも、黒雀宮、そして朝廷では大切なことだと、ご存じでしょう？」

「――それは、わかっているとも」

「あなたのような方こそが、次の帝の時代にも、重要な役を担うのです」

　そう言うと一呼吸置き、薄墨の袖を見せながら紗をなおす。

「卑しい者や汚れた者は、朝廷にはふさわしくありません。残念なことに若雀のなかには、その資格がない者もいますがね。……いっそ、天誅《てんちゅう》でもくだればいいですのにね」

　声は甘いまま、どこか神秘的な響きを帯びていた。つりこまれて「まったくだ」と呟けば、はい、と応えられる。

「あなたは将来の重臣としての素質をお持ちだ。見る目のある者は皆注目しているのですよ。あなたならばきっと、正しい者を味方にし、間違った者は排除できる。あなたが悪だと断じるならば、それは必ず悪なのですから――消してしまえば、あなたの功績になるでしょう」

「……おれの、功績」

「お父上もお喜びになります。困ったときは私が力になりますから、どうぞ忘れないでください。――正しいことを、しなければ」

　どこか、頭に直接響くような声だった。彼はやはり父の部下で、こうして訪ねてきたのは父が案じてくれているからだろう。

　やっと認められた、という誇らしさで、沐信は胸がいっぱいになった。この半月、不満しかない日々だったが、我慢してきたのは無駄ではなかった。

「そうだ。おれは青氏だし、頭もいい。丁重に扱われて、将来は出世する、そういう男だ」

「ええ、そのとおりです」

　甘やかな声を最後に、すうっと紗の向こうで火が小さくなり、沐信ははっと我に返った。手のなかの茶筒を見つめる。美しい装飾に、芳醇《ほうじゅん》で懐かしい香り。

黒雀宮のお茶や食事もまずくはないが、家で口にしていたものには及ばない。不要な贅沢《ぜいたく》をしないのも、勉学や武術と並んで大切な鍛錬だとの考えからだ。

懐かしさのせいか喉が渇いてきて、急いで踵を返す。房に戻ったら侍人に湯を用意させよう。研達にも、特別に振る舞ってやる。おれは分家とはいえ、太后様と同じ血を引き、家だって金持ちで、父は朝廷で顔がきく。大切に扱われるべき人間なのだから、こうして特別な贈りものも手にできるのだ。

（おれが邪魔だと思うやつは、ここにいるべきではないんだ）

だって、おれは正しいのだから。

（正しいことを、しなければ）

言われた言葉を反芻《はんすう》し、内衣も受け取ればよかったと後悔しながら回廊を通り、沐信は出てきた書庫を振り返った。

――またあそこを訪ねたら、あの人に会えるだろうか。

◆　◆　◆

翌朝、出発は滞りなく行われ、一行は玲汐の街を出て、街道を進んだ。

玖国の南、南渚州から、西にある西嶺州へと向かうには、中央部にある黄氏の領地、央明《おうめい》州を通らなければならない。緑月が都に出てきたときは徒歩だったし、体力に自信がないから休む日も含めて二十日ほどかかった。今回の移動は馬で、護衛や下男たちは徒歩でも、緑月よりも速く長く歩ける。予定では二週間足らずで西嶺州の州都、金蓮《きんれん》に着くことになっていた。

出発前、緑月は馬ならば格段に楽な旅だろうと思っていた。踏まれて痛む足では、さすがに長時間歩くのはきつい。

だが、馬でよかったとのんびりしていられたのは、最初の一時間だけだった。

（太腿が……太腿が痛い……）

乗馬の練習はしたが、何時間も乗ったことはなく、これほど疲れるとは知らなかった。夕刻、宿場町に着くころには脚がぱんぱんになり、馬を降りるとよろめいた。

なんなら尻も、背中も痛い。隣で馬を降りた墨氏の青年が、緑月を見てふんと鼻を鳴らした。

「緑月どのは貧乏だから馬に慣れていないようです。あの様子では静鷹様に泣きついて、明日は牛車《ぎっしゃ》を用意してもらうんじゃないですか」

黒雀宮では一番年嵩《としかさ》の、たしか研達という名の若雀だ。墨氏には珍しく、女性的な顔立ちと声を持つ、雅《みやび》な雰囲気の男なのだが、とにかくいつでも嫌味っぽい。今も明らかに挑発する口ぶりだったけれど、乗り慣れていないのは事実だから、緑月は無視することにした。静鷹は一番先に案内され、すでに宿のなかだ。わかっているからか、青氏の若者も嘲笑してくる。

「馬にも慣れていないやつが若雀だなんて、おれなら恥ずかしくて逃げ出すのに、貧乏人は厚顔無恥で困るな」

彼は研達と同室の、沐信だ。二人は仲が悪いと思っていたのだが、どうやら緑月憎しで意気投合したらしい。

沐信のことも無視して宿の入り口に進むと、舌打ちが聞こえた。

「目障りな――あんな卑しい下郎、消えたほうが国のためだ」

陰口にしては物騒な罵声に、緑月は眉をひそめた。

でも、言いすぎだと反論するほど、自分の立場には自信がない。結局黙っていると乱暴に肩に手をかけられた。

「おい！　せめて謝れ！」

　途端、咎めるような咳払いが響いた。宿の入り口に立っている灰藍だ。じろりと睨まれ、沐信は気まずそうな顔で緑月から離れた。研達と二人、悔しげに視線を交わしたが、灰藍はなにごともなかったように若雀たちを見回す。緑月、その隣の仔空。研達と沐信。赤氏の若雀は、初日に緑月に殴りかかろうとした男なのだが、今回の旅では打って変わったようにおとなしかった。ほとんど口をきかないから、緑月も具合が悪いのかと思ったくらいだ。研達にだけは、ときおり話しかけられれば頷いていた。

　だが、今も一番後ろで、皆と離れてぽつんとしている。なにかあったのだろうか、と緑月は振り返りかけ、「注意事項を伝えます」という灰藍の声で前に向きなおった。

　よそ見しかけた緑月を灰藍は冷ややかに一瞥したが、咎めることはなく、凛とした声を響かせた。

「本日の道中は滞りなく進んだこと、まずは労《ねぎら》っておきます。お疲れ様でした。今日を含め、道中の宿はそれぞれに部屋を用意します。十分に疲れを癒して、翌日の行程に支障がないようにしてください。食事も、必要なら部屋に運ばせてかまいません」

　ほっとしたような声があがった。緑月も含め、誰も旅など慣れてはいないのだ。宿は皇家の御用達だということで、内装も豪華なだけでなく、浴場も複数あるという。仔空も風呂の話には嬉しそうな顔をした。

「久しぶりにひとりでお風呂に入れそう。黒雀宮だと大浴場だからくつろげなくて」

「私は大浴場、好きだよ。毎日入れるなんて贅沢だし」

緑月の家は貧乏で風呂がなく、町の公共浴場に通っていたのだ。居候先には風呂があったが、湯を用意してもらえないことが多かったから、町人塾に通うついでに公共浴場ですませるのが常だった。湯番のおじいちゃんは父の死後も緑月を可愛がってくれる奇特な人で、湯着を譲ってもらったり、お茶やおやつをご馳走になったりと、のんびり過ごせる楽しい時間だった。

「野宿に比べたら、屋根のあるところで寝られるだけで天国みたいだ」

馬のせいで脚と尻は痛いけど、と思いつつ笑うと、仔空がしげしげと見つめてきた。

「緑月って、容姿のわりには逞しいよねぇ」

「まあ、お金持ちの貴族よりは頑丈かもね」

仔空の口調が純粋に感心するものだったので、緑月も冗談めかして自慢っぽく返す。実際には、身体は今も丈夫なほうではないけれど、薬に頼ってなんとかもっている、などと言うつもりはなかった。それに、最近は体力がついた気がする。黒雀宮に来てから、毎日三食食べているからだろう。

連れだって案内の男とともに客房に行こうとすると、灰藍が呼びとめた。

「緑月。あとで使いをやります。身体を清めておいて、呼ばれたら来るように」

研達たちが、さっと振り向いた。静鷹からの呼び出しだと察して睨んでくる視線を受けながら、緑月は「わかりました」と拝礼した。

静鷹に会えなければ父の死を調べなおすのは中止してほしい、と訴えられないから、今日だけは呼び出しがありがたい。けれど、皆に睨まれるのは居心地が悪かった。灰藍が去ってからため息をつくと、仔空は慰めるように背中を叩いてきた。

「そんな顔しないで。きっと昨日緑月が寂しがってたから、優しくしてくださるんだよ。旅先でも呼ばれるくらいご寵愛だなんて、羨ましいくらいだ」

「寂しがってないってば。羨ましいなら仔空も行く？　私たちの食事より豪華かもよ」

　仔空にはめずらしくないかもしれないけど、とつけ加えたら、仔空はなぜか、信じられないものを見る目をした。

「緑月、食事のお供に呼ばれたと思ってるの？」

「？　ほかになにかある？」

　まさか宿で伽の相手を命じられるわけではないだろう。きょとんとすると、仔空は呆れた顔つきでもう一度肩を叩いてきた。

「わざわざ身体を清めておけって言われたんだから、たぶんそういうことだと思うよ。頑張って」

「頑張ってって……えっ？」

「見た感じ、宿に妓女も呼んでないでしょ。普通は皇太子が来るとなったら、もっと華やかにお迎えがあるはずなのに、こんなに静かなんだもの。静鷹様が必要ないって通達されたんじゃない？　緑月がいればいいってお考えなのかも」

「私がいればって……」

「宮中では毎日のように誰かを抱いてるお方だよ？　緑月だって、まさか静鷹様が、道中に一回も精力を発散されない、なんて思ってないでしょ？」

　思ってないどころか、そんなことまで頭が回らなかった。緑月の常識では、疲れる旅の途中で性的なことをする、という選択肢がない。

　びっくりしたが、仔空はひらひら手を振って先に行ってしまう。

「念のため、大事なところも丁寧に洗うんだよー」

「っ馬鹿！　なんてこと大声で言ってるんだよ！」

　案内の宿の男が困った顔をしている。緑月は赤くなってしまった耳を引っ張り、仔空の思い過ごしだ、と思おうとした。だが、万が一、本当に伽のために呼ばれたのだとしたら、清めておかなければ不興を買うだろう。

迷った挙句、食事は少なめにすませて、孔まできちんと洗うことにした。途中でものすごく恥ずかしいことをしている気分になったが、二人きりになれるのは望みどおりなのだからと自分に言い聞かせて支度を終える。

見計らったかのように迎えが来て、一度庭に出て、離れへと案内された。入り口には灰藍がいて、感情の読めない淡白さで「静鷹様は浴場でお待ちです」と告げてきた。

「浴場？」

「ここは皇帝か皇太子のみが使える特別な離れなのです。庭に専用の浴場があります」

灰藍が奥を指差す。どうして浴場まで出向かなければならないのか聞きたかったが、質問できる雰囲気ではなく、緑月は困惑しながらも廊下を進んだ。

離れはこぢんまりとしているが、建物が中庭を囲む、きちんとした四合院の造りだった。蒼《あお》い宵闇のなか、綺麗に整えられた庭の樹木を、灯りが照らし出していた。どこからか梔子《くちなし》の花の甘い匂いがする。中央の四阿の下に浴場が設けられ、地面を掘って作られた石造りの風呂に、静鷹が身を沈めていた。

ぎょっとして足をとめてしまったのは、彼が湯着もまとわず全裸だったこと、そしてひとりではなかったせいだ。丈の短い湯着を着た女が脇にひざまずき、静鷹の腕を揉んでいた。薄い布は湯で濡れて、膨らんだ胸が透けたなまめかしさに、かあっと頭に血がのぼる。

「っし、失礼いたしました」

思わず踵を返すと、「待て」と呼びとめられた。

「こっちに来い。沓を脱いで、湯女のかわりを務めよ」

「湯女？」

「知らないか？　身体を洗ったり、筋肉を揉みほぐしたりする女だ」

　静鷹は女性に「下がれ」と命じて、もう一度緑月を呼んだ。

「緑月。いつまで後ろを向いている？」

「……ですが」

　裸も同然の女性を見るわけにはいかない。赤くなって強張った緑月の横を、湯女がくすくすと笑いながら会釈して通りすぎた。湯着が張りついた尻をばっちり見てしまい、緑月はくらくらしながら沓を脱いだ。風呂に歩み寄ると、静鷹は愉快そうに笑っていた。そばには酒や肴《さかな》などが載った盆が置かれていて、ぐっと盃《さかずき》を飲み干す。

「ああいう女を見るのは初めてか？」

「当たり前です。噂では、静鷹様は品行方正で、妓女とはお遊びにならないと聞いたのに……」

　もしかしたら、からかうために呼ばれたのかもしれない。そう思うと腹立たしかった。

「だ、だいたいなんで裸なんですか。湯着もなしで女性に触らせるだなんて、ふしだらにもほどがあります。最低です」

　静鷹の全裸も見ないように視線を逸らしていると、彼はいっそうおかしげに笑い声を立てた。

「俺は湯着など着ない。ひとりで風呂に入るのに、必要ないだろう」

「必要あります！　妓女がいたじゃないですか！」

「湯女は妓女ではない、身体を洗うための下女だ。もちろん下女を抱く男は大勢いるし、抱かれることを期待している湯女も多いがな。貴族ならば雇っているところも多いはずだが、見たことがないのか？」

「うちも居候先も、人を多く雇えるような家ではありませんでしたから、知りません」

「では慣れろ。見る機会も増える」

　そう言ったかと思うと、静鷹は緑月の足に触れた。

「このあざはどうした」

はっとしてあとじさろうとしたが、足首を掴まれてできなかった。太腿や背中の痛みのせいで足の痛みを忘れていて、跡があるのを失念していた。変色した皮膚に注がれる静鷹の目にはもう楽しげな気配はなく、緑月は諦めて口をひらいた。

「ぶつけました」

「……両足とも、何度もか？」

「はい。粗忽《そこつ》なんです」

　嘘だと悟られるのは承知の上だった。静鷹は見透かすような視線を向けてきたが、咎めることはなく、緑月の足首を離すと顎を動かした。

「では、脱いでおまえも湯につかれ」

「わ……私も、ですか？」

　緑月はあたりを見回した。庭は無人だ。いつも控えている灰藍の姿も、見えるところにはない。だが、野外だし、静鷹は裸なのだ。

「湯着がありません。それに、私はもう清めてきました」

「おまえの裸はもう見ているんだから、恥ずかしがらなくていい。――俺に、身体くらい差し上げますと言いきったのは嘘か？」

　きらりと鋭さを増した瞳で見られ、緑月は拳を握りしめた。言い返したくともできないのが悔しい。逡巡《しゅんじゅん》して背を向け、帯をゆるめる動作はどうしても遅くなった。順に脱ぎ落とし、内衣も取り去る。そのまま、後ろ向きに石の縁から足を入れると、ぐっと腕を引かれた。

「――っ！」

　竦んだ緑月を、静鷹が危なげなく抱きとめる。湯しぶきが上がったがどこも痛くなく、かわりに肌が触れあって、うなじがぞくりと粟立った。自分の尻が、静鷹の腰に当たっている。回された静鷹の腕はがっしりと太く、見るだけでも目眩がした。

　ゆっくりとおさまりのいい位置に緑月を抱きなお

し、静鷹は脚に触れた。

「膝を曲げてみろ。おまえが粗忽なせいでぶつけたところが見たい」

「——見ても、面白くないですよ」

醜く変色しているというだけでなく、足なんてまじまじとは見ない場所だ。遠慮がちに首を横に振ったが、いいから、と促され、仕方なく膝を曲げる。あざは青黒い部分と赤紫の部分があって、静鷹は青黒いほうを撫でた。

「こうなれば痛まないだろうが、赤いほうは痛いだろう。あとで医者に薬をもらえ」

「これくらいなら、ほうっておいても治ります」

「だが、道中は沓を履く時間も長い。かばって動けば上体も痛める」

「でも、——っ」

そっと握られた足指から痛みが走って息を呑む。静鷹は「ほら見ろ」と言って足を離し、かわりに肩に湯をかけてくれた。

「無理はするな。おまえの意地に免じて、ぶつけた相手は問わないから」

「————はい」

きゅっと喉の奥が疼いた。尊大な口調でも、静鷹の声には案じる色がある。無理をしたつもりはないけれど、心配されればほっとする自分がいるのを、自覚せずにはいられなかった。しかも、踏んできた者たちを罰してほしくない、という緑月の気持ちも、静鷹は汲《く》んでくれた。

「……ありがとうございます」

俯き、湯の表面を見つめて礼を言うと、静鷹がふっと微笑んだ。

「宵の庭で見ると、おまえは本当に肌が綺麗だ」

「っ」

うなじに唇が触れた。どきりとして強張るとぐっと抱きしめられ、かあっと身体が熱くなった。静鷹は首筋に幾度か口づけし、耳にも唇を押し当てた。

「清めてきたと言ったが、なかも洗ったのか？」

「……っそれは……、はい。清め、ました」

「期待して来たのか」

吐息がかかる耳朶《じだ》が熱い。ゆるりと腹を撫でられて呼吸が乱れ、緑月は目を閉じた。

「必要だったら困るので、準備しただけ、です。期待など……っ、ん」

へそをかりっとひっかかれ、びくんと身体が揺れた。逃げるように前へ手を伸ばし、縁の大きめの石に摑まる。静鷹は阻まず、半ば這うような姿勢になった緑月の腰だけを抱いた。右手を胸へとすべらせ、乳首をつまむ。

「——っ、は、……っ」

「おまえはすぐに肌が赤くなるな」

指に挟まれた乳首が痺れたように感じた。だが、鈍痛が走るのは、静鷹の力が強いせいではない。あっというまに硬くなった尖りから響く快感が痛いほどなのだとわかるのは、性器にまで同じ痛みが伝わっているからだ。静鷹は左手も胸に這わせ、両方の乳首を同時に攻めてくる。せつないような疼きにぶるりと震え、緑月はきつく唇を噛んだ。

「静鷹様——このようなことは、風呂ですることでは、……ぅっ」

「風呂で交わる者は多いぞ。脱ぐ必要がないから手っ取り早い」

「ですが、明日も馬に乗るのに、……っん、……っ」

静鷹はごくかるく、指の腹で掠めるように乳首を撫でた。くすぐったいくらい優しい触り方は、敏感になった乳首にはかえって刺激になり、ひくひくと腰が揺れてしまう。

「つらければ俺が抱いていってやる。もっと前に身体を倒して、こっちに尻を突き出せ」

静鷹の片手が緑月の股間を覆ったかと思うと、嚢《ふくろ》の裏に触れた。そのままつうっと窄まりまで撫でられ、痺れるような熱さを感じた。反射的に力の入った襞をいじられ、腹の奥からなんとも言えない感覚が湧いてくる。

――この前は、ここで静鷹を受け入れたのだ。あの太くて凶暴な、逞しいもので貫かれて、情けない喘ぎ声が出るまで攻められた。

「――っ、口、で」

半ば湯槽《ゆぶね》から逃げ出すような格好で顔を伏せ、緑月は言った。

「口淫を……いたしますから、そこは――」

「舐めたいならあとでさせてやる。今は抱きたいんだ」

羞恥を押し殺して頼んだのに、静鷹は譲る気がないらしかった。盆へと手を伸ばすと小さな箱を開け、なかのものを掬《すく》い取る。とろりとしたたるそれが慣らし油だと気づいて、くうっと胃が縮むような恥ずかしさを覚えた。

彼は初めから、ここで緑月を抱く気で呼んだのだ。

黙ってしまうと静鷹は孔に指を入れてくる。ぬるりと沈んでくる長い指に息をつめ、緑月は床がわりに敷かれた石に爪を立てた。身体が熱く、花の香りと湯の匂いが、頭まで侵入してくるようだ。

「では――お好きに、してくださってかまいませんから、父の死を調べなおすのは、取りやめてください」

「取りやめろ？　なぜだ」

根元まで中指を差し込み、静鷹が怪訝《けげん》そうに聞いた。

「雪辱を果たしたいから黒雀宮に来たのだろう？」

「そのとおりです……っ、けど、……こんな、手柄もなしに、目的を果たしても、父は喜びません、……っ」

話すあいだも容赦なく指が動く。抜かれたかと思うと油を足して二本押し込まれ、がくがくと腕が震えた。窄まりの周囲が燃えるようだ。下腹は腫れぼったく、性器はじわじわと溶けていくように感じられた。内側の、どうしようもなく反応してしまう場所はいじられていないのに、指が出入りする感触だけで勃起《ぼっき》してしまっている。

「手柄は将来立てればいい。気になることは早く片づけたほうが、おまえも楽になるぞ」

「ですが、……っ、ん、んぅっ」

　指を引き抜かれると、びくんと身体が揺れる。静鷹は緑月の腰を摑むと、湯のなかに座った己の上へと引き寄せた。むちりと孔が塞がれた直後、勢いよく腰を引っ張られる。

「——っぁ、あ、あぁぁっ」

　一息に半分以上も呑み込まされて、喉まで貫かれたような錯覚がした。あとを追ってびりびりと刺激が駆け抜け、背が反り返る。力の入らない身体はそのまま座り込むように静鷹の上に落ち、自重でずぷずぷと雄を受け入れた。

「ぁ……く……っぅ、……っ」

「この前より深く入ったな。行きどまりに当たっている」

　静鷹が満足げに緑月の腹を撫でた。

「この行きどまりの先まで挿入されると、二度とそれなしでは生きていけぬほど快感らしい。今日はこれ以上は入れないが——どうだ？　貫かれてみたいか？」

「……っや、……ぁ、いやです、……っぁ、うっ」

　かるく動かれるだけで、静鷹の亀頭が当たった内壁が歪んで苦しい。へそから下がずっしりと重く、かろうじて石の縁に摑まった腕からも力が抜けそうだった。これより奥まで征服されるなど、とんでもない。静鷹は摑んだ緑月の腰を動かした。

「なんだ、欲しがるかと思ったのだがな。おまえの身体は快楽に弱いから」

「……っひ、……ぁ、あッ」

ぬるりと抜けかけたかと思うと、再び深々と穿たれて、一瞬頭が真っ白になった。全身を襲うのが快感だと意識するより先に、たらたらと性器から汁が溢れ出す。湯を汚す白い筋に、静鷹がうすく笑った。

「ほら見ろ、もう達った」

「違……っぁ、……ん、……ぁ、あっ」

否定したいのに、ずんと奥まで来られると、押し出されるように精液がこぼれていく。まるで小さな絶頂が何度も訪れるかのようで、とめたくてもとめられない。

「や、ぁ……っ、こ、こんな、……っん、ぁあっ」

「恥じずとも、犯されると弱い男は大勢いるというぞ」

引いては穿ち、突き上げては引きを繰り返しながら、静鷹は独り言のように言った。

「性の快感にかぎらず、心地よいことには弱いのが人間だ。褒め言葉、贅沢、美食、かしずかれること、どれも気分がいいから欲しいんだ。快楽は快楽でありさえすればいい。最奥まで犯されて雌の悦びを知ったとて、相手は誰でもいいやつが大半だろうな」

「――んっ、は、……っぁ、……ぅんんッ」

「抱かれたくらいで忠誠を誓っている証拠だなど、信じるほうが馬鹿だ。伽科を作った人間は、よほど能天気か、でなければただ男と交わる口実が欲しかったんだろう」

緑月に聞かせるつもりのなさそうな、ごく低い声だった。さっと胸の奥を悲しい気分が掠めた気がして、緑月は言おうとした。

私を信じてくださいと言ったじゃないですか。それを、静鷹様も受け入れてくれたのではなかったのですか――。

「――――ッ、ぁ、……っ、――っ！」

ひときわ強く打ちつけられて、緑月はどっと射精した。言おうとした言葉も霧散するほど、圧倒的な快感だった。頭からつま先まで、稲妻のように衝撃が駆け抜けていく。

「は……っ、ん……っ」

　数度精を放っても絶頂感は消えなかった。弱まったかと思うとまた震えに見舞われ、何度も不規則に背を波うたせたあと、緑月はぐったりと湯槽の縁に伏せた。

　くらくらと目眩がする。耳鳴りがして、このまま意識を手放したいほど身体が重かった。けれど、なかにおさまった静鷹のものはまだ硬い。責め苦は続くのだ、という予感だけで気が遠くなりそうだったが、奥歯を噛みしめて振り返った。

「わたし、は……一生ほかの者とは、交わりません」

　力の入らない目で精いっぱい睨む。

「快楽に、弱いわけじゃないと、それで証明します」

「だから比翼にしろと？」

　口の端に、静鷹はわずかだけ笑みを浮かべる。いいえ、と答えて、だるい腕を彼の首筋に回した。

「目指しますが、万が一なれなくても――嘘は、嫌いですから。静鷹様を欺《あざむ》いたりしない証に、生涯、あなた以外とは……しません」

　繋《つな》がったままの下半身は痺れてほとんど感覚がない。腰からねじると鈍く痛んだが、かまわずに緑月は顔を近づけた。

　ほんのかるく、彼の唇に、自分のそれを触れあわせる。

「これが、誓いです」

「――おまえは、」

　ぐっと眉根を寄せた静鷹は、強く緑月の腰を摑んだ。そのままずんと突き入れられて、かあっと視界が朱色に染まる。

「っ、ぁ、ああっ、ッア、あ、あ……っ！」

ずくずくと速い速度で穿たれて、身体がなす術《すべ》なく揺れた。手荒いほどの攻めに、開けているはずの目にはもはやなにも映らず、頭の芯がぼうっと霞《かす》む。熱い。なかがひしゃげるほど突き上げられて、そこから崩れてしまう錯覚がした。

「ひ……っぁ、……っ、ぅ……っ、ぁ、あ……っ」

　壊れちゃう、と感じた直後にぶしゅりと射精してしまい、緑月は全身を引き攣《つ》らせた。射精よりも絶頂が遅いような、不思議な感覚。うねって感じられる腹の奥を、静鷹はなおもかき回し、最奥へと押しつけて動きをとめた。

「……っ、は、……っん…………っ」

　ゆっくりと揺さぶられるのにあわせて、なかで静鷹が果てるのがわかった。粘膜がじっとりと汚されていく。最後にもう一度捏《こ》ねるように突き、ようやく己を引き抜いた静鷹が、脱力した緑月の身体を反転させた。

「おまえに『誓う』と言われると信じたくなるな」

　激しく抱いたとも思えない穏やかな手つきに、緑月はまばたきしようとした。当たり前です、と応じたかった。信じていただくために言ったんですから、ひねくれるのもいい加減にして信じてください。

　そう言うつもりだったのに、声が出ない。どころか瞼も動かなくて、頭がどんどん重たくなっていく。

「緑月？　ずいぶん赤いが、湯あたりしたか？」

　静鷹が頬を撫でてくる。それはわかるのだが、反応ができなかった。静鷹は案じるように緑月を抱きなおした。

「立てそうもないな。抱いていくから、おとなしくしていろ」

　声もひどく心配そうだ。平気です、と意識のなかだけで緑月は言った。

（ちょっとふわふわするだけです。気分は悪くないから、少しじっとしていれば――）

大丈夫だ、と思ったのに、緑月はそのまま気を失った。

「……あの、やっぱり、大丈夫です」

ゆっくりと進む馬の上、静鷹の腕のなかで横座りにされた格好で、緑月は小声で訴えた。

「昨日のは単に湯あたりです。もうなんともありません。馬も、ひとりで乗れますから」

「だめだ。おまえは身体が丈夫じゃないんだろう？　無理はさせられないと、出発前にも言っただろう」

静鷹は呆れたような目で緑月を見た。

「まさか、あんなに常用している薬があるとは思わなかったぞ」

「――あれは、全部念のためです」

昨夜、風呂で抱かれた緑月は、のぼせて失神してしまった。静鷹が抱いて彼の房まで運んでくれたあと、同行の医者に診せたのだそうだ。その医者が、普段使っている薬があるかもしれないからと、持ち物を検めたらしい。おかげで、忍ばせてきた薬を全部見られてしまった。といっても、どれもかるい病や症状のための薬だ。咳を鎮める薬、風邪のひきはじめに効く薬、痛みどめ、腹痛のときに飲む薬、滋養の薬。

「だが、昔は病弱だったと自分で言っていただろう。頑健な人間は薬など持って歩かない。それに、緑月は痩せすぎているのもよくない。今日の夜からはもっとしっかり食べろ」

説教する口調で静鷹は言い、緑月が唇を引き結んでいるのに気づいて表情をやわらげた。

「そう膨れるな。悪かったと思っているんだ。慣れていないのに、風呂で抱くべきじゃなかった」

「膨れてないです。――謝罪なら、昨夜も言っていただきました」

　緑月の気絶は、静鷹をよほど驚かせたようだ。緑月が目を覚ましたときには、険しかった顔をほっとゆるませ、ため息をついて緑月の頭を撫でてくれた。

「あまり驚かせるな」と言われて、緑月はなぜかそわそわした。本気で心配していたのだろう静鷹の表情がいつになく無防備な気がして、圧倒的な存在感と風格を持つ彼が初めて、年相応に見えたからだ。

　静鷹もやや恥ずかしかったのか、咳払いしたあとでいつもの表情に戻ると、今度は「悪かった」と謝ってくれた。皇太子が、五氏の分家の末端の、偉くもなんともない若造に謝るだなんて聞いたことがない。

（静鷹様って、たぶん皇太子としては変わり者だよね）

　無理させたのは自分だからと、今日はわざわざ同じ馬に乗せてくれている。灰藍は終始渋い表情だったが、控えめに苦言を呈されても取りあわず、ずっと緑月につきっきりなのだ。自分のしたことだから責任を取る、と言って。

「顔色は悪くないが、まだ不機嫌そうだな。牛車のほうがよかったか？」

「だから、不機嫌じゃないですってば。……私のほうこそ、ありがとうございます」

　じゅわりと胸が痛苦しくなって、緑月は目を閉じた。

（こんなに誰かに大切にしてもらうの、父様以来だ）

　肩や背中に感じる静鷹の温《ぬく》もりが心地よい。これが父相手だったなら、しがみついて顔を胸にすり寄せているところだ。よく抱っこしていただいたなあ、と思い出すと目頭が熱くなり、強く瞼を閉じてやり過ごした。こんなことで泣いている場合ではない。目的を果たすまでは、気をゆるめる暇などないのだ。

「やはり疲れているようだな」

手綱を片手で持ち直し、静鷹が頬に触れてきて、緑月は恨みがましく睨んだ。

「なにがなんでも私が疲れてることにしたいんですか？　平気だって言ってるじゃないですか。私が病弱だと言いふらして比翼になるのを阻止するつもりなら、受けて立ちます」

「緑月。いい加減にしないと減点です」

灰藍が見かねたように口を挟んでくる。静鷹は首を左右に振った。

「減点の必要はない。元気そうでよかった」

「――静鷹様も、いい加減にしてください」

灰藍はあるじのことも叱るように見やり、少し馬を寄せた。

「後ろで、青氏の若雀が鬼のような形相をしています」

緑月は思わず振り返った。静鷹の肩ごし、たしかに青氏の沐信は歪んだ顔をしていた。怒りと不満を隠そうともしない表情を、隣の墨氏の研達が満足げに盗み見ている。ずっと存在感のない赤氏の若雀は、なにか考え込んでいるようだった。

「墨氏の若雀が彼を唆しているような声も昨晩聞いております。赤氏の者の様子もおかしいですし、黄氏の若雀も、険悪な空気に怯えているようですよ」

灰藍の指摘どおり、仔空は浮かない顔だった。殺気立った沐信が怖いようで、何度も怯えたように彼を見ている。

「あまりご寵愛ぶりを見せつけては、邪心のない者の心もねじ曲げてしまいましょう。緑月の面倒は、黄氏の若雀にまかされたほうがいいのではないですか。彼と緑月は同室で、親しいようですから」

小声で言った灰藍の言葉に、静鷹は少しのあいだ考え込んだ。なにかを迷う様子に、めずらしいな、と緑月はまた思う。

まだひと月ほどしか静鷹と過ごしていないが、彼が迷ったり決めかねたりしているところは見たことがない。

「静鷹様。私なら、ひとりでも大丈夫です。仔空に手助けしてもらう必要もないくらいです」

　控えめに袖を引っ張ると、見下ろした静鷹が、なにか飲み込むように頷いた。

「おまえの忠誠に、なにひとつ報いないというわけにもいかないな」

　独り言のような言葉は、緑月にはよく意味がわからなかった。静鷹は灰藍に向けて言った。

「あと一時間で、早めに休憩する。そのあと緑月には、馬でも牛車でも、好きなほうを選ばせる。遅くない時間に央明州に入るし、明後日には大きな街に泊まれるから、一日休みを取ろう。緑月だけでなく、皆も慣れない旅で疲れやすいだろうから」

「かしこまりました」

　馬の速度をゆるめて、灰藍が後ろへと下がった。

仔空たち若雀に、早めに休憩することや明後日は休みを取ることを伝える声に耳を傾けていると、静鷹はするりと頭を撫でてきた。

「可愛がって猫が殺されたのでは、俺も寝覚めが悪い」

　冗談めかしていたけれど、覗き込むように顔を近づけた静鷹の目の奥には、真剣な色があった。

「おまえの命は、必ず俺が守ろう」

「——命？　どういうことですか？」

　ずいぶん大袈裟な物言いだ。首をかしげると、静鷹はうすく微笑んだ。

「気にするな。ただ覚えておけ」

「それは……覚えておけと言うなら、忘れませんけど」

「さしあたっては、ひとりで馬に乗ってもいいが、少しでも調子が悪くなったら必ず俺に言え。緑月はすぐ無茶をしそうだからな」

なんだ、と緑月はため息をついた。命がどうとか言われてびっくりしたけれど、要するに無茶をするな、と言いたいらしい。

「無茶なんて、したことありませんよ」

「腕を切って差し出してもいいと言い出したり、一生俺以外とは交わらないと簡単に口にするやつが、無茶をしないとは思えないな」

頭を包むように撫でていた静鷹の手が、さりげなく唇に触れてくる。昨晩自分が口づけたことを思い出し、緑月は今さら、赤くなった。

勢いでしてしまったけれど、自分から接吻だなんて、大胆なことをしたものだ。気恥ずかしさをごまかそうと、緑月はあえてつんと顔を背けた。

「ということは、さすがに静鷹様も信じてくださったんですね。誓いを立てた甲斐《かい》があります」

「ああ。信じてやるから、おまえも約束は守れ」

「もちろんです。腕も身体も、静鷹様以外にはあげません」

「そうじゃない」

今度は顎の下をくすぐるように撫でて、静鷹は目を細めた。

「具合が悪いとか、いやがらせをされたら、足をあざだらけにする前に教えろ、ということだ」

「あざは粗忽でぶつけただけです」

むっと口を尖らせたとき、灰藍の馬が戻ってきた。侍人にも伝えました、と告げられて、静鷹が鷹揚《おうよう》に頷く。視線は緑月を見つめたままだった。

「俺の飼い猫は頑固だな。もっとも猫は、こちらの意のままにならないところが可愛いものだが」

ふっと顔が近づいた、と思った直後には、唇が重ねられていた。反射的に目を閉じてしまい、緑月は差し入れられた舌に身を硬くした。

「——っ、ぅ、……、んっ」

じゅっと音を立てて、静鷹は緑月の舌を吸う。いったん口づけをほどくと、今度は上唇と下唇を音を立ててねぶり、再び口の奥まで舌を入れてくる。たらりと唾液が溢れてしまい、背筋がぞくぞくした。

(なんで……口づけなんかする必要、ないのに)

　これではまるで、恋人同士の戯れだ。否、白昼堂々、馬上で睦《むつ》みあうのは恋人同士であってもはしたない行為だろう。忠誠の証のためでなく、姦淫に溺れているとか、禁じられた情を抱いているとか思われてしまったら、静鷹だって困るだろうに。

　振りほどかなければ。そう思うのに、静鷹の舌は巧みだった。歯の裏や上顎を舌先で舐めこすられると、腰から下にたまらない痺れが走る。欲を無理やり引きずり出されるようで、抗おうとしても力が抜けた。

　くたりともたれかかった緑月の唇を、静鷹が名残惜しげに吸って、離れた。

「っ、ふ……、ぁ……っ」

「そのまま、休憩までは俺に寄りかかっていろ。――いやだと言うなら、甘やかされるのも自分の仕事だと思って諦めるんだな」

　笑みまじりに静鷹は言い、片手で手綱を握りなおした。命じられなくても、しばらく手足には力が入りそうもない。全部みんなに見られていると思うと羞恥でおかしくなりそうで、緑月は逃げるように静鷹の胸元に顔をうずめた。

　どうしてだろう。心臓が、痛いくらいに速い。

　きっと、「おまえを信じる」と言われたのが嬉しかったからだとは思う。でも、嬉しいだけなら、こんなふうにはならないはずだ。

　静鷹にも気づかれないよう、緑月はひそかに膝を閉じあわせた。

　股間が――性器と、後ろの孔の両方が、熱っぽくむずがゆい。あと五秒口づけが長かったら、鎮まらないくらい昂っていただろう。危なかった、と安堵《あんど》

する反面で、じわじわとしたもどかしさが下肢から失われていくのが、惜しいようにも思えた。

（……あと五秒、長く口を、吸ってもらってたら……）

きっと気持ちよかった、と考えてしまって、緑月は奥歯を噛みしめた。

（なにを考えてるんだ、馬鹿）

してほしかった、なんて、気の迷いでも考えてはだめだ。

西嶺州の州都、金蓮には予定どおりに到着した。

金蓮は古い町だ。かつては白氏が王家として治める、小さな国の首都だった。南から街道を進んでいくと、低い山や丘陵を抜けた先、わずかにひらけた平野部に金蓮の町があり、背後には高い山が迫っている。山側の高い隔壁と外側の溝は、西からの異族の侵略に備えた名残だ。西の異国と玖国とを繋ぐ街道が町の真ん中を貫いていて、さまざまな見た目の人間が行き交い、独特の雰囲気を作り出していた。

白氏宗主の屋敷は町の南東側、最も央明州寄りに建てられている。

堅牢《けんろう》な城ではなく、優美な屋敷だ。五氏それぞれが治める国が連帯して外敵と戦い、玖国としてひとつになったあとに、白氏の歴史と文化を象徴する建物として造られた。

緑月たちは広大な敷地に迎え入れられ、客庁へと案内された。

客庁は甍も白い陶器でできており、柱や枋《ほう》には金の装飾が施されている。なかは紗で飾られ、透かし彫りの枠を持つ丸窓からは整えられた庭が見えた。

庭も建物も、壮麗さや豪華さでは皇家の宮殿には及ばないが、自然豊かな西嶺州らしく、清楚《せいそ》な美しさがある。短い夏の明るさが満ち、吹き抜ける風はすっきりと心地よい。

「お部屋は皆様それぞれ、客庁の奥にご用意してございます。まずは宴《うたげ》にておもてなしをさせていただきます」

　五十がらみの白氏宗主は緊張しているようだった。拝礼して顔を上げると、額には汗が浮いていた。皇帝や皇太子が西嶺州まで行幸するのはめずらしい。行幸はだいたい五年に一度で、その際は二州か三州にしぼって周遊するため、十年に一度程度しかここまでは来ないのだ。決められた予定以外に皇族が来るなど前例がないので、困惑しているのだろう。

　広間には豪勢な食事が用意されていた。あでやかな衣をまとった妓女たちが膝をついて出迎えるのにまじって、緑月は知った顔を見つけて駆け寄った。

「楓雨先生！」

　低い位置で結ばれた髪は若いのに銀色で、特徴的にうねっている。楓雨は静鷹に向けて拝礼したあと、緑月に穏やかな笑みを向けた。

「緑月に勉強を教えた者を見てみたいと皇太子様が仰せだと、呼んでいただいたんだ。場違いで畏《おそ》れ多いけど、こんなに早く緑月と再会できるなんて、嬉しいよ」

「お元気そうで、よかったです」

　会うのは約二か月ぶりだ。彼の前に膝をついてぎゅっと手を握ると、楓雨は心配そうに表情を曇らせた。

「緑月も体調がよさそうで安心したけど……手紙に書いてあったことは、本当なの？」

「――はい」

　静鷹に「西嶺州に行く」と伝えられてから、楓雨には急ぎ手紙を出していた。父の死について調べなおしてくれるのだ、と書いたが、経緯については説明できなかった。検閲を恐れたのではなく、後ろめたかったからだ。

　ぎこちなく頷いた緑月に、楓雨は短くため息をついた。

「そう。では私も、知っていることはきちんと話すよ」

「お願いします。父の名誉を回復できる、大事な機会だから」

　こういう特権を望んだわけではない、という躊躇いはあるが、ここまで来てしまった以上、できるのは真相を明らかにすることだけだった。

　楓雨も普段より緊張した面持ちで、すでに卓につこうとしている静鷹に目を向けた。

「いつかはこういう日が来るだろうとは思っていたけど、予想より早くてびっくりしたよ。しかも、皇太子自らが西嶺州まで出向くだなんて――きみはよほど、彼に気に入られたんだね」

　楓雨は緑月に視線を戻すと、やわらかく微笑んだ。

「きみは優秀だから、気に入られるのも当然だ。それに、味方も見つけたみたいだね」

「味方？」

「黄氏の子が、ずっと緑月を気にしているよ。ほかの氏はやっかむか敵視しているようだけど、あの子は緑月のことが好きなんじゃない？」

「――楓雨先生は、なんでもすぐわかっちゃいますね」

　たしかに仔空は心配そうにちらちらとこちらを見ていて、緑月は小さく手を振った。

「仔空っていうんです。父様のことを聞いても態度を変えずにいてくれる、大事な友人です。……静鷹様が気に入ってくださるのには、まだ釣りあうような人間になれていないけど、そこはこれから、頑張るしかないですよね」

「緑月ならできるよ。心配していたけど、黒雀宮でもうまくやれているなら、私が案じることはもうなさそうだ」

楓雨はかるく緑月の腕を叩いて促した。

「さあ、殿下がお待ちだよ。行儀よくね。今日のきみは宗主の客のひとりで、黒雀宮の一員なのだから、なにを言われても冷静に、どんなことがあっても毅然としているんだよ」

はい、と頷いて、皆が揃った卓に向かいながら、緑月は意識して胸を張った。緊張はするが、ずっと目標にしてきた、父のための日が今日なのだ。実際に真相が明らかになるのは後日だろうけれど、州司に誤解をといてほしいと伝えられるだけでも、画期的なことだった。

長い長方形の卓の上座についた静鷹からは、緑月の席は離れていたが、静鷹の隣に陣取った州司はよく見えた。でっぷりと太った身体を、西嶺州自慢の色鮮やかな総刺繍を施した衣で包んでいる。彼が白氏の宗主であり、西嶺州では一番偉い。皇太子の前だから腰は低いが、視線を向けているのはもっぱら静鷹にだけで、若雀たちはおろか、灰藍に対してさえ注意を払っていないあたりは、権力におもねる人間性が出ているようだ。

給仕の侍人が料理を運んでくると、妓女たちが数人、楽器を奏ではじめた。残った妓女三人は特に着飾った美女ばかりで、州司はひときわ派手な女性を静鷹のそばに寄りそわせた。齢は三十半ばだろうか。妖艶な色気があり、緊張した様子ながらも、しなを作って静鷹に拝礼する。

「美葉《みよう》と申します。本日はなんなりとお申しつけくださいませ」

たおやかな手つきで酌をすると、残りの二人の妓女が、つつましい笑みとともに一同に酌をして回る。宗主は噴き出す汗を拭いながら愛想笑いした。

「皇太子殿下にお越しいただき、白氏一同、恐悦至極に存じます。雛姫宮の件では寛大なご処置をいただき、感謝の言葉もございません」

「罪は本人につぐなってもらった。過剰な制裁は俺も、父も望むところではない」

　盃を干した静鷹はそっけないほど鷹揚だった。宗主はありがたがるように揉み手した。

「殿下は文武に優れていらっしゃるだけでなく、慈悲深くていらっしゃる」

　宗主が卑屈にさえ見えるのは、彼の娘が雛姫宮で呪いをかけるという罪を犯したせいだろう。宗主は己が法術を使えないこともあり、娘に力があることすら知らなかったらしい。本来なら、入内させるのに「知らなかった」ではすまされない。宗主ごと処分されても仕方なかったのに、静鷹は当の姫の処刑だけでおさめたのだ。

　宗主の腰が低くなるのも当然だが、あんな態度も取るんだな、と緑月は冷めた目で見やった。

(でも、服は相変わらず贅沢だ。全然変わってない)

　父が死んだとき、遠目に一度だけ彼を見たことがあるが、幾人も侍人や貴族を従え、反り返るほど胸を張って威張っていた。彼は豪農や豪商から賄賂《わいろ》を受け取り、贅を尽くした生活を送っている。妻や側室、愛人にも高価な宝石や衣、めずらしい菓子を惜しみなく与え、彼に従ってなんでも言うことを聞く貴族には、見返りとして褒美を渡すのだ。

　一方、飢えた村人や小さく貧しい町を助けることはいっさいしない。特に薬と塩、酒の流通はすべて官が取り仕切っていて、そのせいで西嶺州ではほかの州よりも高価だった。

　父はいつも、それを嘆いていた。

　父を自死したことにして忘れ去り、変わらずに州民を虐げる生活を続けている様子を見ると、怒りが湧いてくる。

　宗主は手ずから粽《ちまき》を静鷹に取り分け、よろしければ、と笑いかけた。

「明日は私が町をご案内いたしましょう。夏の離殿が湖の近くにございまして、たいへん美しいのです。玲汐ではめったにおりませぬでしょうが、金蓮には西方の女も大勢おります。選《え》りすぐりの美女をご用意いたしますし、砂漠の民の舞いなどは、めずらしく楽しんでいただけますかと。土産《みやげ》には特産の絹を揃えてございます。雲のようにかるく美しい絹は姫君方や太后様にこそお似合いでしょうし、州一番の職人に刺繍させた帯も、お好きなだけお持ち帰りくださいませ。それから――」

「歓待はいらぬ」

長々と続きそうな宗主の話を遮って、静鷹が酒を飲み干した。美葉と名乗った妓女が表情を曇らせながらも、ぎこちなく酒を注ぐ。宗主はまた額の汗を拭いた。

「いらぬ、と申しますと」

「わざわざ俺が出向いたのは遊ぶためではない。この緑月の父の死について、調べなおしてもらいたい」

「は……」

咄嗟に反応できなかったのか、宗主はぽかんとした表情で下座を振り返った。居並ぶ若雀の全員を眺めても、どれが緑月かわからないようだ。緑月は小さく手を上げた。

「私です。父は宇然といって、夏官第の薬部に勤めていました」

「なんだ、分家か？」

そこだけ素に返ったように宗主が呟き、同時に美葉が耐えきれなくなったようにかぼそい悲鳴をあげた。ふらついた彼女はそのままくずおれてしまい、侍人たちが駆け寄る。

「美葉様！　美葉様！」

「ど、どうした美葉」

宗主も焦って立ち上がったが、彼より早かったのが楓雨だった。

　倒れた女性のそばに屈み込み、顔色や脈を見る。

「気絶しておられるだけのようです。宗主殿の側室のおひとりですよね？　彼女は普段からよく倒れられるのですか？」

「いや……だが、気の弱いところがあって、よく怯えて寝込むことがある」

「ひとまずゆっくりできる場所にお運びしてください。気付の薬を用意して――それから」

　膝をついたまま、楓雨は静鷹を見上げた。

「どうして倒れたのか、理由を本人に聞くのがよいかと。殿下が直接、お聞きになられますか？」

「無礼者！　町民が許しもなく殿下に声をかけるな」

　灰藍が低く叱責する。静鷹は片手を上げて彼を制し、楓雨を見返した。

「なぜ彼女に理由を問う必要がある？」

「私が見ていたかぎり、彼女は殿下のお言葉に驚き、怯えておいでのようでした。緑月の父のことを出された途端、青ざめていらしたので、きっとなにかご存じなのでしょう」

　まさか、と緑月は思った。宗主の側室と父が関わりがあったはずがない。父の存在すら、あの美葉という女性は知らないだろう。それに、万が一顔をあわせたことくらいあるとして――なぜ、そのことを楓雨先生が知っているのだろう？

　どうしてか、いやな予感がした。

　あの女性の話を聞くのが怖い、と感じて、緑月は動揺した。怖い理由はないはずだ。父にはなんの咎もなく、自死なんかしていないのだから。

「なるほど、では俺が聞こう。意識が戻ったら呼ぶように。楓雨も、事情に明るいようだ。同席しろ」

　静鷹はそう言うと、末席の緑月へと目を向けた。

「思ったより早くに片づきそうだ。よかったな、緑月」

「……ありがとうございます」

礼は口にしたものの、よいのかどうか、判断がつかなかった。美葉は運ばれていき、宴は再開されたが、明るく盛り上がるわけもない。青氏の沐信と墨氏の研達は、緑月を見てはひそひそと囁き交わし、赤氏は思いつめたように険しい顔だった。仔空は重たい空気に身を縮めている。

皆、居心地の悪そうな顔でひととおり食べ終えると、長引かずに解散となった。静鷹は立ち上がると、緑月を呼んだ。

「おまえと楓雨は一緒に来い」

はい、と応じて拝礼した緑月に、仔空が心配そうに声をかけてきた。

「大丈夫？　顔色よくないよ、元気出して。お父様の名誉は、きっと回復できるよ。だって緑月のお父様だもん、自信持って」

「――うん。ありがとう」

半ば上の空で返して、緑月は楓雨とともに、静鷹の後ろに従った。

ひときわ瀟洒《しょうしゃ》な客庁の正院へと移ると、ほどなく、美葉が宗主に支えられてやってくる。一段高くなった座敷の上に座った静鷹の前でひざまずいて拝礼する彼女に、緑月は気まずいような思いをいだいた。年上の、母が生きていたら同年代だろう女性だ。いかにも憔悴《しょうすい》しきった様子を見ると、むごいことを強いているような気分だった。

彼女の隣に寄りそって膝をつき、宗主は困惑した顔だった。

「静鷹様、緑月の父の死について再度調べなおせと仰せでしたが……」

「ああ。美葉、おまえはなにか知っているのか？」

静鷹が尋ねると、美葉はただすすり泣いた。申し訳ございません、と泣くばかりで答えようとしない彼女に静鷹がため息をつくと、楓雨が下座から声をあげた。

「彼女は呪いを受けているのです」

　ぎょっとしたように美葉が振り返る。視線を受けとめた楓雨は、彼らしくもなく、冷たい表情をした。

「そうですね？　長年怯え続け、側室になれても思ったような権力が手にできず、呪いをいまいましく思っていたはずです。だから今日の皇太子のお越しでは、あわよくば気に入られようと意気込んでいたのでは？」

「おまえ……どうしてそれを」

　美葉はみるみる青ざめる。緑月もびっくりして恩師を見つめた。眉をひそめて問いただしたのは灰藍だった。

「呪いとはどういうことです？　誰がかけたものか、おまえは知っているのですか」

「存じております」

　楓雨が軽蔑するような目を美葉に向けた。

「宇然先生から聞いた話を私が殿下に説明してもいいですが、ご自分で罪を打ち明けたほうが、まだしも罰はかるくなると思いますよ」

「罪だなどと……」

　わたくしはただ、と袖で顔を覆って美葉が泣く。白氏宗主が慌ててかしいだ身体を支えた。そうしながら頭を下げる。

「美葉は緑月の父にはなんら関わりはございません。宇然の死後、息子を憐れんだのは事実でございますが、それは彼女が慈悲深い性格だからでございます。まさか黒雀宮にまでもぐり込むとは思わず、殿下に穢れた者を近づけることになったことは、このように伏してお詫びをいたします」

「除名は各氏の権限だ、責めてはいない。確認したいのは、緑月の父が本当に自殺で間違いないか、ということだ」

「それは……御命とあれば、再度調べさせますが」

　いっそう困惑したように宗主は言い、美葉のほうは怯えたように身を縮めた。無意識にか、彼女を抱き寄せながら、宗主は言った。

「さきほど、急ぎ事情を知る者を呼んで話を聞いてまいりましたが、当時不審な点はまったくなかったと申しております。周囲に襲われたような荒れた痕跡はなく、自死を偽装したあともないと、遺体を検めた医師も報告したとか。恨みを買うような人柄ではなかったようですし、一方で仕事では悩んでいたようだったと……」

「嘘だ！」

　咄嗟に、緑月はそう口走っていた。

「そんなはずありません。父は死ぬ少し前に、出世が決まったから安心していいよって言ったんです。これから先は薬が手に入らないなんてことはないからねって」

　しかし、と宗主が顔をしかめる。

「子供の記憶などあてにはならないだろう。いずれにしても美葉には関係がないこと、倒れたのは自死した者がいるという穢らわしさにおののいたからでございましょう」

「そんなことで倒れる方ではございませんよ。なにしろ、ひそかに宗主の奥方を殺そうとしていた女性です」

　さらりと楓雨が言ってのける。宗主は愕然とし、美葉は涙で汚れた顔ながらも、憎々しげに楓雨を睨んだ。楓雨はうっすらと微笑んだ。

「泣いて詫びれば追及されないとでも思ったのですか？　そんなに浅はかだから、呪いにかかるのです。――私が説明してもよろしいですか？　私は緑月に勉強を教える以前から、彼の父、宇然とはよき友人でした」

　背筋を伸ばして楓雨は言い、視線を受けとめた静鷹は黙って頷いた。緑月は半ば混乱したまま――半分はさっきよりも強いいやな予感に襲われて、きつく拳を握った。

美葉が宗主の奥方を殺そうとした？　そんな人がなぜ、父を知っているのか。

「宇然先生はここ西嶺州、夏官第薬部で、主に薬草の研究をしていました」

楓雨が淡々と語り出す。

「薬草は多くが毒草でもある。薬部では謀殺用の毒についての研究も行われています。作るだけでなく、たとえば西の異国から持ち込まれた毒がどれほどの強さかを知るのにも役立てるためです。それを聞きつけた美葉様は、薬部の誰かに命じれば毒が手に入るのでは、と考えたのです」

嘘だ、と咄嗟に緑月は思った。研究をしていたのは、人々の病を治すためだったはずだ。

（――――でも、父様はただ、草木の研究とだけ、言ってたかも……）

違います、と美葉も声をあげかけたが、灰藍が厳しく制した。

「あなたの言い分はあとで聞きます。自分で説明することを選ばなかったのですから、黙っていなさい」

刺さるような口調に美葉が唇を噛んだ。緑月はほとんど彼女を気にする余裕がなかった。毒の研究。そんなことは聞いていないけれど、でも、研究していたからといって悪いわけじゃない。仕事だったのだから。

楓雨はなにごともなかったかのように続けた。

「薬部は容易に人を殺せるものを扱うのですから、誠実実直な人間が勤めています。ただ毒をよこせと言っても普通は渡しません。それで美葉は宇然先生に目をつけました。妻を亡くしており、子供は病弱だと知ったからです」

あえてだろうか、楓雨は一度も緑月を見ようとしなかった。顔つきも無表情に近く、あんなに怖い先生は初めてだ、と緑月は思う。

（先生――どうしてそんな顔で、私の知らないことばかり話すの？）

まるで別人みたいだ。知りたかったはずの真相が聞けるかもしれないのに、この先を聞くのが恐ろしかった。

「宇然先生を言いなりにさせるため、美葉は町の薬屋から緑月に必要な薬を買い占めました。薬屋には金を渡し、便宜をはかればうまい話があるとでも言ったのでしょうね。もしくは脅したかもしれない。あのころから宗主は妾《めかけ》でしかない美葉に入れ上げて、言いなりだと噂でしたから」

そんなことは、と今度は宗主が怒鳴りかけ、灰藍に睨まれて口をつぐんだ。一瞬静まり返った空間に、夜風が吹き込んでくる。ひんやりとした空気に、緑月はふいに思い出した。

あれはたしか、もっと寒い日だった。春の夜、帰ってきた父は肩を落としていた。熱が下がらない緑月を撫で、すまないなと謝ってから微笑んだ。「明日には、薬を持ってくるよ」と。

父が死んでしまう、半年ほど前のことだ。

「身体の弱い緑月に薬は必需品です。その上仕事も罷免すると脅されて、愛する妻が遺してくれたたったひとりの息子を失うわけにはいかないと、宇然先生は美葉に屈しました。毒を用立てると約束したのです。それも、無味無臭、使った痕跡が相手の死後になればわからない、先生だけが作ることができた毒を」

「――そんなものが」

思わず、というように灰藍が呟いた。険しい表情に、宗主が青ざめて言い訳する。

「西嶺州は玖国のなかで西からの脅威に面しております。国を守るためにも、確実な武器は不可欠でして……決して悪事のための研究をさせているわけではございません。それに、無味無臭で証拠も残らない毒など、できたという報告はない。そこの町民が勝手を申し上げているだけでございましょう」

「偶然できてしまったと聞きました。ごく少数で話しあい、よからぬことにしか使われないだろうと、捨ててしまうつもりだったとのこと。ですが噂は漏れるものです。美葉が薬部に目をつけたのも、その噂が元だったようですよ」

　楓雨が落ち着き払って反論し、顔を伏せたきりの美葉に目を向けた。

「薬を受け取りましたね。かわりに仕事は続けさせてやる、出世も口利きすると宇然先生に言った。毒がきちんと効くのを犬でたしかめて、満足して先生を帰した。この先も便利な駒として使おうと考えていたのでしょう。——でも数日して、宇然先生が死んだ」

　どきっと心臓が音を立てた。楓雨の声はどこか突き放すようで、いっそ耳を塞いでしまいたかった。静鷹は落ち着いて聞いていて、灰藍は眉をひそめている。宗主は青ざめ、美葉はぶるぶると震えていた。

「報《しら》せを聞いても動揺はしなかったでしょうね。もしかしたら自分の歓心を買いたい誰かが殺したかもしれないとは思ったかもしれませんが、毒は手に入ったから宇然先生は必要ない。なにかあればまたほかの誰かを操ればいいと思っていた矢先に、宇然先生から手紙が届いたはずです。あなたを呪った、と書かれた遺書が」

　ぎくりと宗主が隣の美葉を見た。無意識にか、抱いていた腕が離れ、美葉はきつく袖を握りしめた。ひらきなおったように楓雨を睨み、緑月をも睨みつけてくる。

「そうよ、おまえの言うとおり手紙が来たわ。遺書には、自分の死をもって呪いをかけたから、書き遺すとおりにしろって書かれていた。こけおどしだと思ったら、本当に書かれている順に、周りでいろんなことが起こったの。まずは毒が盗まれた。すぐに屋根が壊れて、毎日恐ろしい音がして、猫がいなくなって、次々に侍人がやめて……わたくしは足を怪我したわ。その上、原因不明の熱が出て、下がらなくなった。怖くて、仕方なく宗主様に頼んだの」

美葉がうめくように言った。

「死んだ宇然の子供は病弱だから可哀想《かわいそう》だ、親戚にでも引き取らせてはどうかって。だって除名するなと遺書にあったから。お金だって、言われたとおりちゃんと三月《みつき》に一度、親戚の家に届けさせてたわ。それでも、身体の不調は五年も続いたの。どんなに恐ろしかったか——わたくしのほうが被害者よ」

憤然とこちらを睨む美葉を図々しいと思う余裕も、緑月にはなかった。そんな、と小さく声が漏れる。

（そんなはずない。父様が自殺して、人を呪うなんて。呪術が使えるなんて聞いたことないし、それに——）

「宇然先生の法術の力はとても弱くて、簡単な呪術しか使えないんだと笑っておられました。必要ないのだから、むしろまったく使えないほうがよかったのだが、戒めにはなるとおっしゃっていましたが……けだものから子供を守るためには、呪うしかなかったのだと思います。力が弱いから、呪術を完成させるには、ご自分を媒介にするしかなかった」

楓雨は寂しげに目を伏せて、それから緑月を呼んだ。

「ごめんね。真相を記した手紙を受け取っていたんだけど、きみに教えるべきじゃないと思って、今まで黙っていた。緑月に自分を責めてほしくなかったし、強く生きていってほしかったんだ。だから緑月が、宇然先生は自殺なんかじゃないと言い張っても、本当のことが言えなかった。かわりに、勉強に打ち込んで気が紛れればと思って、出世すればいいって助言したんだ。真実はいつか、緑月が新しい居場所を見つけることができたら伝えようと思っていたのに、こんなかたちになるとは……」

　申し訳なさそうな楓雨の声に、胸の奥から熱い塊が込み上げてくる。先生が悪いわけじゃない。でも、どうして、と彼を揺さぶりたかった。

　どうしてとめてくれなかったの。父様の友達だったのに。だってこれじゃ父様は罪人だ。呪うなどどんな理由があってもしない、潔白な人だったはずが、非難されても仕方ないことをした、なんて信じたくない。

「同情はしますが」

　呆れたように灰藍がため息をついた。

「呪術を使わなくても、役所に訴えればよかったでしょう。宗主の愛人のひとりがはかりごとをしている、と言えばいいことです」

「それが通るなら宇然先生もしていたでしょう。でも宗主は美葉の言いなりです。いくら訴えても取りあってもらえないと知っていたから、自分でどうにかするしかなかった。なにしろ『美葉様』と言えば、わがままで意地が悪いことで今も有名ですが、呪われる前には、彼女に逆らったせいで職を失ったり、家族を失った者もいたのです。町で買い物をしたときに、商人の家の近くで遊んでいた子供がうるさいと、帰りに牛車で轢《ひ》き殺したことさえある。――それでも、彼女が咎められることはありません。宗主の寵愛を受けているから」

　楓雨は感情を殺したかのように淡々としていたが、視線は刺すようだった。美葉だけでなく、宗主のことも、蔑むように見やる。

「呪いのおかげで病に伏せり、いっときはおとなしくなったのに、州司はかえって同情し、側室に召し上げてしまったのですよ。今や、美葉に取りいれば州司の覚えもよくなると、こぞって彼女に忖度《そんたく》する官まで多くいるほどです。彼女の生活を支えるために税は重くなっているというのに、呪いは緑月のためだけにかけられているから、女王きどりで贅沢放題の暮らしをしていても、なんの害もないのが口惜しい。――しかも、宮廷に捧げるはずの朝貢は減っているという噂まである」

「馬鹿者……っ」

朝貢の話題に、白氏宗主は顔を赤くして怒鳴りつけた。

「町人風情が、口を慎め！　殿下の前でくだらない噂など、」

「よせ」

静鷹がすっと手を上げた。

たったそれだけの動作で、ひやりと温度が下がったような気がした。宗主は口を開け閉めし、徐々に青ざめると拝礼した。美葉が慌ててならう。

「白氏宗主の側室が犯した罪と朝貢の件は別途調べが必要だろうが、今一度確認しておく。緑月の父親は、自死で間違いないのだな？」

「は……それはもちろん、天地神明に誓って、間違いございません」

もはや汗も出なくなったのか、土気色になった宗主がひれ伏した。楓雨も拝礼の姿勢を取る。

「私も、間違いないと存じます」

緑月はまばたきも忘れて、見慣れたはずの楓雨を見つめていた。どうして、とそればかりが頭のなかで渦巻いている。

「今日聞きたいことはそれだけだ。下がっていい」

静鷹が淡々と命じ、宗主がなにか申しひらきをしようと口をひらくのを、無言で見返す。灰藍が突き放すように「州司どの」と呼んだ。

「殿下が下がれと命じたのです。逆らうおつもりですか？」

わかりやすく冷徹な灰藍にも、白氏宗主はすがるような視線を向けたが、取りあう気がないと悟ると、諦めたように肩を落とした。入れ込んでいたはずの美葉を置いてそそくさと下がっていき、美葉は屈辱と恐怖の入りまじった表情で、ひとりよろよろと出ていった。

　そのどれもが、遠い出来事のように、緑月には思えた。現実味がなくて、夢かもしれない、とぼんやり考える。

（そうだ——きっと夢だ。だって楓雨先生が、父様の名誉を傷つけるようなことを言うなんて、おかしいもの）

「おまえも下がりなさい、楓雨」

「その前に、申し上げておくことがございます」

　楓雨は灰藍のほうは見ようとせず、まっすぐに静鷹だけを見つめていた。

「美葉が手にした毒は、私が処分しました。彼女は毒が消えたのも呪いだと思ったかもしれませんが、そんな便利な呪いはありませんから、下男に金をやって、盗んでもらったのです。誰にも使わせずに処分してほしいと、宇然先生に頼まれましたので」

　灰藍はいまいましげに眉根を寄せたが、静鷹は観察するように楓雨を見返した。

「宇然は、おまえの恩師だったのか？」

「恩師ではありませんが、博識な方でしたので、教えを乞うことも、助言をいただくことも多かったのです。ゆくあてのなかった私が町人塾をひらけるよう、かけあってくださったのも宇然先生でした」

　楓雨はいったん言葉を切り、動けない緑月のほうを見たあと、丁寧に拝礼した。

「宇然先生がしたことは、最良の選択ではなかったかもしれません。しかし、それほどこの州は腐敗していたのだと、ご承知おきいただきたい。美葉に目をつけられたら、言いなりになるしかこの州で生きる術はない。幼く病弱な子供を連れては、籍を捨てて他州に移るのも危険がともなう。自分だけが死ねば、美葉は腹いせに緑月を殺しかねない女だ。だから、これしかない、とお思いになったのだと思います。――この二十年、州司とそれにおもねる者だけが潤い、州民は疲弊するばかりでした。自死をもって呪術をなしたことは厄を呼び寄せる行為ですが、殿下は強大な龍気をお持ちゆえ、呪も厄も寄せつけないとか」

「一応、そう言われてはいるな。理由はわからぬが、生まれついてから一度も、呪われたことも、不運に見舞われたこともない」

「であれば、緑月はどうぞこのまま、黒雀宮に置いていただきたく存じます」

「出過ぎた願いをするな！」

耐えかねたように、灰藍が立ち上がった。

「おまえは緑月の父がなにをしたか知っていたくせに黙っていた。それだけでも、殿下に害意ありと見なされても当然です。分《ぶ》を弁えなさい！」

「ですが、殿下自らお越しいただいたのは、なにかしら緑月を信じてくださったからでございましょう」

拝礼の姿勢を深くして、楓雨は言った。

「私も、緑月は殿下のおそばで、ゆくゆくは多くの民に貢献する人間になるべきだと存じます」

「考えておこう」

静鷹が立ち上がる。奥の房へ向かう後ろ姿を視界に映したまま、緑月はまだ呆然としていた。楓雨が一瞥して下がっていくのはわかっていても、声も出ない。おまえも、と言いかけた灰藍が、厭うように顔をしかめた。

「なにを惚《ほう》けているのです。おまえも下がりなさい」

「――」

「緑月！　聞いているのですか」

苛立った声で灰藍が叱責し、静鷹が振り向いた。

彼の表情が曇るのもちゃんと見えていて、それでも緑月は動けなかった。

（父様）

　絶対に、自死ではないと信じてきた。父は負け犬でも、不名誉な人でもない。緑月を大切にし、誰にでも親切で、思いやり深い人だった。

　なのに、ただ自ら死を選んだだけでなく——呪った、だなんて。

　それも、緑月のために。

（じゃあ——父様を追いやったのは、私じゃないか）

　自分さえ病弱でなければ、父だって悪女の言いなりになったり、呪いに手を染めたりしないですんだのだ。

　元凶は自分だ、と思うと、床が崩れていくようだった。どろりと渦を巻いた暗闇に飲み込まれて、這い上がれなくなる。

「こっちを見ろ、緑月」

　ぱちん、と頬で痛みが弾《はじ》けて、緑月は緩慢にまばたきした。いつのまにか、身体が静鷹に支えられている。顔に手をそえてきた静鷹は、目があうと少し苦しそうな表情をした。

「父の雪辱を果たせなくて、悔しいか？」

「……いいえ。自分に、失望してるんです」

　麻痺《まひ》したように動かない頭の奥から、怒りが込み上げてくる。だって、と緑月は声を震わせた。

「いい子だって、褒めてほしかったんです。ずっと。父様に」

　熱い呼吸が喉をつまらせる。喘ぐようにして緑月は胸元をかきむしった。

「父様が自殺なんかしてないって証明できたら、褒めてもらえると思ってた。なんにも……なんにも知らないで、のうのうと——いい子なつもりでいたんだ。でも、私のせいだ」

「緑月」

「私の……、私が、父を、死なせたんだ」

「おまえのせいではない」

ひんやりした指が、緑月の目尻を撫でた。拭われて初めて、そこが焼けるように熱いと気づく。知らずに溢れた涙が、肌を焦がしていた。

「誰かが元凶だとすれば、あの女だ」

「でも、私がいなかったら、父だって――」

ひとりなら、逃げ出すことだってできた。そう言おうとした緑月の唇を、静鷹の指が塞いだ。

「緑月。おまえは自分の父を誇りに思い、名誉を回復したくて黒雀宮まで来たのだろう？」

額を近づけて、彼は目を覗き込んでくる。

「父だから信じる、と言ったじゃないか。たしかに彼は、人に眉をひそめられる死を選び、他人に呪いはかけたが、悪人でもなければ、弱いわけでもない。息子を守るためならどんな手段も厭わなかった、と考えれば強靭《きょうじん》だし、楓雨のように慕う者もいたのだから、いい人間だったんだろう。事実を知ったからこそ、おまえが父を敬愛しなくては、彼も報われないのではないか？」

緑月のもう一方の目元も拭い、静鷹は励ますように微笑した。

「父親は、たぶんおまえと似ているんだろう」

「……父、が私に？」

普通は、子供が親に似ている、という言い方をするはずだ。静鷹は頷いてみせた。

「緑月は必ず、俺との約束を守るんだろう？ そういうおまえの父親だ、きっと自分の評価も顧みず、おまえのためにどんなこともできたんだ。――会ってみたかった」

「――静鷹様」

胸が震えて、緑月は拳を握りしめた。会いたかった、という一言が、たまらなく嬉しかった。父はさぞ喜んだだろう。皇太子だからではなくて、静鷹のように、強く揺るぎない人物を、父なら気に入ったはずだから。

じわりとまた涙が滲んできて、緑月は自分で拭った。居ずまいを正して拝礼の姿勢を取ろうとする。それを、静鷹が「いい」と抱き寄せた。

「無理はするな。今日は好きなだけ泣いて、明日からまた頑張ればいい」

「――はい。ありがとう、ございます」

「大丈夫。緑月は、いい子だ」

静かに語りかける静鷹の声は染みるようだった。口調も声も似ていないのに父の笑顔を思い出して、緑月は強く目を閉じ、身体を預けた。

目を閉じても涙はこぼれていく。静鷹の腕はたしかであたたかかった。髪を撫でてくれた静鷹が抱き上げてきても、抗う気にはなれない。

「灰藍、おまえは下がれ」

「……しかし」

「静かに過ごさせてやりたいんだ。朝までは、二人にしてくれ」

抱き上げられた身体がゆらゆらと揺れる。灰藍は無言のまま、それでも命令どおり、房を出ていったようだった。

奥の寝台へと運ばれて、丁寧に下ろされる。しゅっと帯をほどかれ、さすがに目を開けると、静鷹は額に唇を押しあてた。

「楽にするだけだ。泣き疲れたら眠っていいぞ」

「――……」

でも、と言いかけ、緑月は結局、小さく頷いた。隣に横になった静鷹に抱きなおされ、胸に顔をうずめる。父様、と心のなかで呼ぶと、いくらでも涙は込み上げた。

(父様、ごめんなさい。……本当に、ごめんなさい)

いい子だと褒められたがっていた自分が恥ずかしかった。出世して汚名を雪いだら褒めてもらえると考えていたなんて、無知で傲慢で、子供だった。厄や穢れを厭う人々に憤るくせに、自分が一番、自死が恥ずかしいものだと思い込んでいたのだ。なぜそんなことになったのか、経緯を考えることもせず、自分の罪も知らず、偉そうに「家族だから信じる」だなんて、父は悲しくなかっただろうか。

（ごめんなさい、父様）

　もっと、強ければよかった。健康で、大人で、賢くて強靭なら、父だけに重荷を背負わせずにすんだ。けれど、どんなに悔やんでも、願っても、過去には戻れないのだ。

　父を死なせた罪は、一生緑月のものだ。

◆　◆　◆

　眠りに落ちた緑月の瞼の上に、静鷹はぎこちなく手拭いを乗せた。冷たい水で濡らした手拭いだから、目を覚ましてしまわないかと心配だったが、緑月は身じろぎもせず、寝息を立てている。頬にはまだ、泣いたときの赤みが残っていた。

　汗でわずかに湿った前髪を整えてやる。人に世話を焼かれるのには慣れているが、こんなふうにつきそうのは初めてだ。冷水が入ったたらいと手拭いは、灰藍が持ってきてくれたものだった。泣いてそのまま眠ると、翌朝顔が腫れるのだという。「冷やすと効きます」と言い置いて灰藍はまた下がっていった。

　あいつは本当になんでも知っているな、と静鷹は思う。静鷹は、泣いた翌朝に顔が腫れることなど初めて知った。なにしろ、夜泣いたことがない。赤子のころには泣いたのだろうが、そもそも涙を流した記憶自体がなかった。学友として引きあわされる赤氏をはじめとした子供たちが、すぐ泣くのがいつも不思議だった。泣かなかったのはあとにも先にも灰藍だけで、十歳を過ぎても悔しがって泣く人間を見ると呆れたものだ。泣いてなんになるのだ、と思ったから。

でも、緑月が泣くのを見ると、どうしてか胸が痛んだ。憐れだからではなく、少し羨ましかった。

（おまえは、愛されて育ったのだな）

静鷹が受けてきたのとは違う類の愛情を、父親は注いだのだろう。それから、あの楓雨という男も。

楓雨は予想よりも油断のならない目をした男だった。あれは少し人となりを知る必要がありそうだが、緑月のことは本当に可愛がっているようだ。食事の前、再会を屈託なく喜ぶ緑月の姿に、静鷹まで微笑ましくなった。緑月がまっすぐで迷いがないのは、父と楓雨が大切に育てた結果だ。

だからだろうか、と考えながら、静鷹は緑月の顔を見つめた。手拭いで半分覆われていても、ほっそりした顎のかたちや小さな唇の色で美しさがわかる。

「――できれば、おまえを失いたくはないな」

黒幕に緑月を使わせる、と灰藍には言ったが、緑月が静鷹のことを狙えば、無論命はない。それに、緑月自身が誰かに狙われて殺される可能性だってある。利用する、と決めたときには、それでかまわないと思っていた。緑月は使い捨ての駒だと割りきっていたからだ。

一目で悪くないなと気に入りはしたが、本当に気に入る相手でなければ、黒幕をおびき寄せる役には立たない。家族であっても信じはしないのと同じで、気に入っても、必要であれば手放すことに、躊躇いはなかった――はずだ。

だが今は、ただ使い捨てるのはもったいない、と思う。

緑月の「信じてください」は、宮中で悪さを働いて、逃げるために「信じてください」と言う連中とは、響きが違うのだ。まるで、なにか尊い行いのように、特別な心持ちのように、信じろ、と緑月は言う。信じるというのは、さまざまな可能性を考慮することもなく、無条件に受け入れるだけの愚かな行為のはずなのに。

どうして、緑月を見ていると——彼の声を聞くと、身体の奥が落ち着かないような、妙な感覚がするのだろう。

ん、と小さく声を漏らして、緑月が寝返りを打つ。手拭いが落ちて、静鷹は濡らして絞りなおした。うすく口を開けて寝入った顔は無防備だ。起きているときよりも幼く見えて、なんとなく懐かしいような気分になった。

瞼は幸い、腫れていないようだ。明日は灰藍に礼を言わねば、と思いながら、もう一度手拭いを目元に乗せてやる。それから、背中に寄りそうように身を横たえる。布団を緑月の顎下まで引っ張り上げると、緑月が小さく呟いた。

「とうさま」

覗き込んでも、起きた様子はない。寝言か、とほっとして、静鷹は暗がりに目を向けた。

——死なせたくないから、命は守る、と約束したが、緑月は利用するしかない。

おそらく、緑月にとっては死ぬ以上に傷つくことになるだろう。結局、静鷹は緑月を失うことになる。

だが、とまることはできないのだ。

罠はすでに、二重三重に張り巡らせてある。

◆ ◆ ◆

講義が終わって黒雀宮の大講堂を出ると、真夏の日差しが庭に降り注いでいた。七月ともなると、玲汐はひたすら蒸し暑い。緑月の隣で、仔空が「うえっ」という顔をした。

「やだなあ、暑いの苦手なんだよね。緑月、お昼は房で食べない？」

「食事って、食堂でしなくてもいいの？」

「自分の房ならいいんだって。僕も教えてもらうまで知らなかったんだけど、たしかに、お茶とかお菓子は房でいただくこともあるもんね」

　仔空は扇子を広げて顔をあおいだ。

「食堂は大勢いるから暑いんだもの。うっとうしい蠅《はえ》も多いし」

「――誰が蠅だ」

　前を歩いていた沐信が振り返って睨んでくる。西嶺州にも一緒に行った青年は、緑月にもいまいましげな目を向けた。

「厄つきが。こっちだっていないほうが食べる気が湧く」

「まったくです。静鷹様は、自分が厄や呪いを寄せつけないから甘く考えておられるのですよ」

　西嶺州行き以来、すっかり仲がよくなったらしい研達も眉をひそめて吐き捨てた。

「自死で人を呪うような卑劣な行いをした父がいるなど、ぞっとしますね。可哀想に、ほかの白氏が肩身の狭い思いをしているというのに、のうのうと講義に出てくる神経は父親譲りに違いありません」

「そうやって陰湿な悪口ばっかり言う人間のほうが、よっぽど穢れてて近寄りたくないね」

　仔空が言い返して、緑月の手を握った。

「行こ、緑月」

「――うん」

　頷いて、緑月は顔を伏せ、青氏と墨氏の二人の横を通りすぎた。以前なら、父を中傷する言葉は絶対に許せなかったが、今は言い返す気になれない。そんなことをしても相手が考えを変えるわけではないと、痛感していた。ただ、改めて努力しよう、と思う。

　試験では、必ずいい成績を取る。父にせめて報いるためにも、静鷹との約束を果たすためにも、落ちこぼれるわけにはいかない。

（静鷹様も、せっかく父様が守ってくれた命だ、って言ってくれたんだもの）

あの夜と翌朝のことを思い返すと、じわりと胸の奥が熱くなった。

泣き疲れて眠ったあとも、静鷹はつきそってくれたらしい。目覚めたらそばに手拭いが落ちていて、夜中、静鷹自ら目を冷やしてくれていたのだと知った。水と手拭いは灰藍が気を利かせて用意してくれたそうで、彼にもお礼を言ったら、「気にしなくていいです」と言われてしまった。

「静鷹様がここまで入れ上げるのですから、私もあなたの存在を受け入れるべきだと思っただけです」

口調も態度もそっけなかったが、以来灰藍の態度は軟化した気がする。

かわりに、父親の自死と呪いのことが黒雀宮に知れわたって、以前よりも陰口が激しくなったが、足を踏まれることはなくなった。仔空によると、若雀たちも緑月にどう接するか、迷っているらしい。貧乏な厄つきが、と毛嫌いする者もいれば、静鷹様のご寵愛を受けているのだから取り入ったほうが得だ、と言う者もいるという。厄や穢れ、不運についての考え方も、都では人によってずいぶん違うのだと、緑月は初めて知った。

ちなみに、白氏の人間たちは妙に馴れ馴れしくなった。どうやら宗主から通達があったらしく、緑月が静鷹に気に入られているなら、このまま利用しよう、という肚らしい。雛姫宮の不祥事のあとで、自分たちの贅沢のために朝貢を減らしたことが明るみに出たことで、白氏の立場はかなり弱くなってしまった。美葉は屋敷から追放し、彼女の財産を追税として差し出したらしいが、今後朝廷での扱いが悪くなるのは避けられない。

だから、誰であろうと白氏の者が皇太子に気に入られるのはありがたいのだ。宗主の言いつけに従って、白氏の若雀たちは、緑月が悪口を言われたりすれば言い返してくれたりするのだが、一方で「僕も白氏だぞ」と威張ったりしているので、全然嬉しくない。

（以前に静鷹様が言っていたとおりだ。一見味方に見えるからって、信頼はできない――）

「緑月？　大丈夫？」

　黙って手を引かれたまま歩く緑月を心配して、仔空が顔を覗き込んでくる。

「西嶺州から戻ってきてから、口数が少ないままなのはしょうがないと思うけど……元気出さないと、お父様も悲しがるよ」

「そうだね、ありがとう」

　緑月は笑ってみせた。

「体調が悪いとか、まだ悲しいとかじゃないんだ。いろんなことを考えないといけないと思って――試験に向けての勉強もあるし」

「緑月なら満点だよ」

「満点は無理だと思う。だって、武術もなにかひとつは披露しないとだめなんだから」

「……そうだよねえ。僕は弓にしよう。剣とか槍よりはましなはず」

　憂鬱《ゆううつ》だけど、とため息をついた仔空は、ぺろっと舌を出しておどけた。

「心配してるとよけいにおなかすくね！　早くお膳をもらってゆっくり食べよう」

「心配してなくても仔空はいっつもおなかすいたって言うよね」

　思わずつられて笑いながら、連れ立って食堂に入る。よそよそしい空気には気づかないふりで、小皿を並べたお膳を受け取って、房へと向かった。

「はあ、鳳梨酥《ほうりす》が食べたいなあ。実家から届けてもらうのもだめなんて、黒雀宮は厳しいよね。鳳梨酥、食べたことある？」

「聞いたことない。お菓子だよね？」

「果物を使った焼き菓子だよ。苺《いちご》のもあるんだけど、央明州では鳳梨のをよく食べるの。酸味があるから、暑いときにもたくさん食べられるんだ。――話したら、よけいに食べたくなっちゃった」

　そんな話をしながら房へと近づき、仔空が行儀悪く戸を足で開けた途端、なかがざわりと蠢《うごめ》いたように見えた。

　げこげこ、と声が響く。緑月は仔空と並んでなかを見回し、まばたきした。

「――蛙《かえる》だね」

「そうだねえ。いっぱいいる」

　全部で三十四ほどだろうか。緑色や茶色の蛙は、大きいのも小さいのもいる。思い思いに散らばった――というか、撒《ま》き散らされたのだろう蛙は、困惑したように鳴いていた。

「誰がやったか知らないけど、新手ないやがらせだなあ」

　仔空はため息をついて、お膳を廊下に置いた。卓の上やら衝立《ついたて》にしがみついた蛙をつまみ、ぽい、と庭に放り出す。緑月もならって蛙を捕まえた。田畑での農作業をいつも手伝っていたから、蛙やみみず、虫の類は全然怖くない。ただ、仔空も平気なのが意外だった。

「仔空も、蛙は嫌いじゃないんだ？」

「苦手ではないよ、好きでもないけど。黄氏はね、たとえ宗主だろうと、宗主の奥方だろうと、年に四回は農作業とか庭いじりとか、土に触れるのが決まりなんだ。蛙なんか怖がってたら、お仕置きされちゃう」

　お仕置き怖いんだよ、と呟く平坦な声が仔空らしくもなく重たくて、緑月はそれ以上聞かないことにした。だが、つい顔が綻んでいたらしい。

「緑月、なににやけてるんだよ。お仕置きが怖いなんて子供だなあとか思ってる？　言っとくけど黄氏のお仕置きは――」

「違う違う、ただ、すごく他愛もない話をしてるなって思って」

「そうだねえ。友達って感じ」

ふふふと仔空も笑う。残り少なくなってきた蛙を捕まえて放ると、緑月ににじり寄ってきた。

「今日の静鷹様からの贈りものはなにかなあ。友達として、すっごく気になるなっ。友達として！」

やたらと「友達」を強調しながら仔空は肩に手を回してきて、緑月は咄嗟に取り繕った。

「気にしたって無駄だよ、お返しするだけだもん」

「ええー、もったいないよ、甜品もお茶もすっごく上等なやつだったのに。でも静鷹様も品は受け取ってもらえないって諦めたみたいだから、今日もまたお手紙かもね？」

仔空は緑月の肩から手を離すと、自分を抱きしめてくねくねした。

「緑月が見せてくれないから想像するしかないけど、きっと情熱的な愛の言葉が美しい文字で書き連ねられて、読んだ緑月は胸を熱くしてるんだ……はああああ素敵」

「変な妄想しないで。昨日の手紙は、体調はその後変わりないかってお尋ねだっただけだよ」

「それだってすごいことだよ！　もっと詳しく教えて。逐一、全部細かいところも！」

ばっと顔を近づけられ、緑月は顎を引いた。

「仔空……ちょっと変じゃない？」

いくらなんでも、緑月と静鷹のことで興奮しすぎだと思う。

「西嶺州からの帰りも、しょっちゅう私とか静鷹様のことを見ては顔を真っ赤にしたり、ぶつぶつ言ったりしてたでしょう」

「そ、そんなことないよ」

仔空はうろたえたように視線を逸らしたが、それから思いなおしたように緑月の手を握った。

「白状する、たしかに僕は変かも。でもね、生まれて初めて、やりたいことができたんだ」

「へ……へえ、どんな？」

なんだか目が据わっていて怖い。思わず一歩離れたが、仔空はその分距離をつめてくる。

「緑月と静鷹様の愛の軌跡を、書き記して本にしたい」

「愛って……馬鹿っ、なに言ってるんだよ！」

絶対だめに決まっている。なのに、仔空は目をらんらんとさせていた。

「帰り道でもさりげなく緑月を気にしたり、そばに呼び寄せては可愛がっていらっしゃる静鷹様と、明らかに前よりも恥ずかしがってる緑月を見てたら、胸がどきどきして痛くなったんだよ。最初はわからなかったけど、ああいいなあ、素敵だなって思ったせいだって気づいたら、ぱあっと目の前が明るくなったんだ。べつに男同士でもいいじゃないか、愛しあう二人はこんなにも尊いんだからって。この喜びを、感動を世に広く知らしめるのが、きっと僕の運命なんだ」

自分の世界に入ったのか、仔空はうっとりしている。緑月はため息をついた。

「絶対違うし、変なこと言ってて処分されても知らないからね。だいたい、愛しあってないです」

「またまた、照れちゃって。僕にはわかってるんだぞ、そっけなくしちゃうのは、前より静鷹様のこと意識してるからでしょ？」

「違――、う、ってば」

不覚にも、どきりとした。

金蓮から戻る道中、なにかとかまいたがる静鷹にそっけない態度を取ったのは本当だ。みんながいるのに膝に乗れだの、また菓子を食べさせてやるだの言われたから仕方なかったのだが、撫でられそうになるたび避けたのは、手を受け入れたら抗えない気がして、怖かったからだ。

——泣いた翌朝だって、そうだった。腫れなくてよかったと優しく顔を包まれたかと思うと、身体をぎゅっと抱きしめられて、緑月は身を委ねてしまった。

広い静鷹の胸は頼もしく、あたたかくて居心地がよかった。いつまでも寄りそっていたくなるような、あの安心感。

「僕知ってるもの。緑月、黒雀宮に戻ってからも、ときどき静鷹様のこと考えてるでしょ。顔がぽわーんてなるからすぐわかるんだ。だから僕は察したわけです。あの金蓮での夜に、二人のあいだでなにかあったな、と」

途中の宿でも可愛がっておいでだったもんねえ、と仔空はまたくねくねする。緑月は相手にしないことにして、最後の蛙をつまんだ。

それを庭へと放そうとして、驚いて立ち尽くす。

いつのまにか、廊下には静鷹が立っていた。どことなく決まり悪げな表情だった。

「手紙しか受け取ってもらえないから、今日は直接菓子を持ってきたんだが——盛り上がっていて声をかけそびれた」

仔空がぎょっとしたように振り返り、慌てて膝をついて拝礼した。

「静鷹様！　すみません、僕ったらべらべらと……えっともしかして、全部お聞きでした？」

「生まれて初めてやりたいことができた、のあたりから聞こえた。灰藍がいなくてよかったな」

怒られるだけではすまなかったぞ、と苦笑した静鷹は、手にした包みを差し出しかけ、緑月がつまんだ蛙を見て目を見ひらいた。緑月は急いで庭に放す。

「部屋に入り込んでしまっていて……でも、この一匹だけですから」

「あっ、まだ卓の下にいた」

　拝礼していた仔空が手を伸ばして大きめの一匹をつまみ上げ、静鷹は呆れた顔でため息をついた。

「またいやがらせか。暇なやつが多いようだな。——食事も、まだなのか？」

　視線が廊下に置いた膳に向けられて、緑月は精いっぱい毅然とした表情を作った。

「これから食べるところです。ご心配なく」

「蛙がいた部屋では落ち着けないだろう。正院に来い」

「いやです。仔空と一緒に食べる約束をしたのが先ですから」

「菓子は仔空に渡していくからいいだろう。鳳梨酥だ」

　ぱっと仔空が顔を輝かせた。

「ありがたく頂戴します！」

「仔空！　だめだってば」

「せっかく用意してくださったご厚意を無下にするほうがだめでしょ。緑月はさっさと行っていちゃいちゃしてきて」

「いちゃいちゃって……っ」

　なんてことを、と目眩がしたが、静鷹は怒りもせずに緑月の手を掴んだ。引っ張られてよろめき、抱きしめられてしまい、かあっと全身が熱くなる。静鷹は目を煌めかせて顔を覗き込んできた。

「今、俺と一緒に正院に行って食事するのと、夜呼ばれるのなら、どっちがいい？」

「…………今で、けっこうです」

　だめだ。心臓が、死にそうにどきどきする。

「ごはん」

　静鷹の胸を押して距離を取りながら、緑月は俯いて紅潮した顔を隠した。

「ごはん、持っていきますから、手は掴まないでください」

「侍人を呼んで運ばせればいい」

「いやです。自分のことはなるべく自分でやるのが、黒雀宮の決まりでしょう。静鷹様も、守ってください」

怒っているみたいに声が強張る。そそくさとお膳を持ち上げると、静鷹はどうしてか、楽しそうに笑っていた。

「その態度も照れているからだと思うと愛おしいな。仔空の言うとおりだ」

「……っ、静鷹様まで、冗談にしてはたちが悪いですよ」

睨んだものの、迫力がないのは自分でもわかっていた。きっと耳まで赤い。心臓が速くてうるさくて、静鷹の顔をまともに見られなかった。

（なんで……どうしてこんなに動悸《どうき》がするの）

照れる必要なんかないはずだ。もちろん、泣いたことは恥ずかしいが、そい寝や看病は静鷹が勝手にやったことだ。撫でてほしいとか望んでないし——。

「緑月、椀《わん》がかたかたいってるぞ。腕が震えてるんじゃないか？」

「ふっ震えてません」

面白がっているらしい静鷹に言い返し、緑月は背筋を伸ばして歩きはじめた。早くしてください、ととても皇太子には向けるべきでない声音で告げ、深呼吸する。照れてない。恥ずかしくない。

仔空が変なことを言っているだけで、緑月は静鷹のことを好きになったわけではない。静鷹だって同じはずだから、なにも後ろめたくない。

暗示をかけるように繰り返し胸のなかでとなえる緑月は、そのせいで気がつかなかった。

前を歩く緑月と、後ろからゆったりとついていく静鷹を凝眸《ぎょうぼう》する目が、ひそんでいることに。

　むっすりと押し黙って、緑月は寝台に横たわった静鷹を見つめた。片手で頭を支えた格好で、静鷹は笑う。

「どうした。こっちに上がらないつもりなら、床で抱いてもかまわないが」

「――食事を一緒に食べたら、夜は呼ばないんじゃなかったんですか」

　わざわざ房まで押しかけてきた静鷹に連れられて、彼の過ごす正院で昼食を取ったのは昨日のことだ。その席で、緑月は念を押しておいた。

「お茶やお食事は、静鷹様が望まれるならご一緒します。ですが、今日みたいに急に来て連れ出すようなことはやめてください。それから、昼間にご一緒するかわり、道中の宿でみたいなこともやめてください」

　おまえは要求が多いな、と静鷹は呆れていたが、それでも「善処する」と言っていたのに。

「善処するとは言ったが、おまえの言いなりになるとは言ってないし、昼飯を一緒に食べたのは昨日だろう」

「で……でも、必要ないじゃないですか。私の忠誠はもう示したんですし、静鷹様は雛姫宮に行く義務もおありです。聞いたら、赤氏の姫君の候補が三人もいるのに、まだどなたを選ぶか決められていないそうじゃないですか。若雀に入れ上げていると、噂が立ったら困ります」

「悪評が立つかどうかは見てみたいものだな。おまえの同室は喜んでいるようだったが」

　仔空のことを持ち出されて、緑月はいっそう強く静鷹を睨んだ。

「あれは友人同士でふざけているだけです。黒雀宮の全員が仔空みたいな人間ではありません」

「だんだんもの言いが灰藍みたいになってきたな」

楽しげに笑い声を立て、静鷹は緑月を手招いた。

「諦めてこっちに来い。おまえが学んできたという房事の技を味わってみたい。手ほどきなら、拒む理由はあるまい？」

「……静鷹様には、もう手ほどきは必要ないように思いますけど」

じとっと見つめて、緑月は諦めて立ち上がった。結局のところ、彼は皇太子で、緑月は命令されれば拒める立場ではないのだ。

寝台のそばに寄ると、静鷹が腕を摑んで引き入れてくる。がっしりと緑月の腰を抱いた静鷹が、耳元に唇を寄せた。

「逆だ。おれがおまえに、手ほどきをするんだ」

「――っ」

耳朶にかかる吐息に、背筋が震える。わずかに遅れて下腹部が熱くなってきて、緑月は無意識に膝を閉じあわせた。気づいた静鷹が、膝から太腿に手を這わせる。

「手順どおりの作法も気になるが、口淫ができるようなことを言っていただろう。やってみせろ」

「それは……教えていただいても、ほかでは使えません。そもそも、ほかの方とは契《ちぎ》らないとお約束しました」

「ああ。だから、俺が喜ぶように、手ほどきしてやる」

「そんな……っ、ん、っ」

反論の途中で、緑月は声を呑み込んだ。触れられた太腿が燃えるようだ。少し力を入れて割りひらかれれば、みっともなく反応しかけた股間に気づかれるだろう。隠すように腰を引くと、静鷹が笑った。

「どうした？　早くくわえてみせろ」

「――わかりました」

緑月はぎこちなく静鷹の足元のほうへと移動した。

静鷹は上体を起こして枕に背中を預け、片膝を立てる。目線で近づくように促され、緑月はごくりと喉を鳴らした。

風呂で抱かれたときは、貫かれたくない一心で口走ったものの、もちろん口淫の経験はない。春本には口淫の仕方も書かれてはいたが、うまくできる自信などあるはずもなかった。

下手だと言われたらひらきなおろう、と決めて、静鷹の帯に手をかける。ゆるめて裳をずらし、内衣の紐もほどくと、うすい布ごしにも存在を主張する雄がどうしても目に入った。こわごわと取り出せば、記憶どおりに長大で、びりびりと身体が痺れた。

こんなの、口には含みきれない。尻で受け入れられたのが嘘みたいだ。

「そうやって見つめるのも、勉強してきた作法か?」

「――手順を、思い出しているだけです」

緑月は意を決して顔を伏せた。両手で持ち上げた性器を、大きく口を開けてくわえ込む。

「んぅ……っ」

亀頭を含んだだけでも目眩がした。むっちりと張りつめた肉棒は独特の感触で、口の奥まで迎え入れようとしても、苦しいだろうという予感で身体が竦む。そのくせ、強い雄の匂いが鼻腔《びこう》の奥を刺激して、そわそわと落ち着かない心地がした。

「無理に全部含もうとしなくていい。まずはくわえた部分だけ、舐め回してみろ」

唇に挟まれても興奮しないのか、静鷹の声は落ち着いていた。緑月は言われたとおり、そっと舌を動かしてみた。ぺろぺろと、猫が皿を舐めるように亀頭の裏に舌を当てると、ぴくりと動いて大きさを増す。

(あ……反応、するんだ)

まったく本意ではない行為でも、相手が感じたのだとわかるとほっとする。たしか春本では、唇と頬をすぼめて吸い、顔を上下させると書いてあった。舌を当てたままできるだけ吸いつくように唇を丸く締め、思いきって口の奥まで迎え入れると、鋒が上顎に当たった。

「……っん、……ふ、ぅっ」

「思ったよりもうまいな。どこでこういうのを学ぶんだ？」

　分身を大きくしながらも、静鷹はまだ余裕があるようだ。緑月は口を外して息をついた。

「春本を、たくさん読みました」

「春本？」

「男女の営みを、つぶさに描いた書籍です。小説みたいにあらすじがあるものも、挿絵つきで細かく技術を書いたものもあるんです」

「初めて聞いた。市井にはそういうものもあるのだな」

　静鷹は感心したように頷いた。

「今度取り寄せてみるか」

「……やめたほうがいいと思います。灰藍様が怒りますよ」

　彼は今日も、衝立の向こうに控えている。この会話も聞いているに違いなかった。静鷹は気にしていないように笑った。

「では、どんなことが書かれているのか緑月が教えてくれ。口淫なら、くわえたあとどうする？」

「それは――」

　ざわっ、と胸の奥がうるさくなったような気がした。たぶん羞恥だ、と思いながら、もう一度静鷹のものを口に含む。読んだ本では、吸いながら先端を上顎でこするのだ。裏筋や、先端の小さな穴が快感を得やすいからしい。たしかに、自分で慰めるときは、先っぽをいじると射精したくなる。思い返しながら、緑月は亀頭が上顎に当たるよう角度を調整し、ずっと奥へとすべらせた。

「……っ！」

びくん、と腰を揺らしてしまったのは、奉仕している緑月のほうだった。上顎、特に奥のほうに当たる感覚に、ぞくぞくした震えが湧き起こる。上顎どころか喉までくすぐったく痺れたようだ。

（……嘘……これ、きもちいい――？）

口のなかが焦れったい感じがする。もっとこすりたい。上顎を何度も刺激したら、たぶんもっと強い快感が得られる。

「くわえたまま動かずに焦らす、と書いてあったか？」

頭に、静鷹の手が乗った。

「それも悪くないが、俺はしっかり扱いてもらったほうがいいな。おまえの上顎でこすられるのは悪くない」

ぐっと押さえられて頭が沈み、喉まで男性器が入り込んで、緑月は大きく震えた。だらりと唇の端から唾液がこぼれる。そのまま、二度、三度と前後され、目の奥がちかちかとまたたいた。

「……っ、んん――っ、……………っ」

苦しさに生理的な涙が滲む。信じられないのは、こんなことをされてさえ、覚えるのが紛れもない快感なことだ。

（やだ……や、だ。熱い――おなかの、なかが……っ）

性器が反応して勃ちきっているだけではない。後ろの孔が、疼いている。

「んむっ、んぐ……っ、ぅ……ん……っ」

静鷹はゆっくりと、だが容赦なく己を出し入れした。力なくひらいた唇をこする太さ。濃い雄の匂い。上顎をこすりたてる鋒の力強さ。後ろを犯されているときと同じ動きだ、と気づくときゅんと下腹が疼き、緑月は息をつめた。

みっともなく腰が前後するのは我慢できた――と

思うが、内衣にはべったりとした感触が広がっていく。息は隠しようもなく荒く、口から分身を引き抜かれると、かぼそく甘えたような声が出た。

「ぁ……っ、ん……」

唾液がとろりと糸を引く。静鷹は緑月の髪を梳きながら、ひどく優しく言った。

「おまえの口は小さくて、全部含むのは無理そうだ。横からくわえてみろ」

「よこ、から……」

「笛みたいにくわえて、舌と唇をすべらせるんだ」

そんな技法は聞いたことがない。まだ終わらないのだ、と思いながら、緑月は指示どおりに顔を横にした。支えた静鷹の肉杭《くい》のなかほどを、唇で挟む。ちゅるちゅると音を立てて根本から雁首《かりくび》まで舐めこすると、それはさらに大きさを増した。

――彼が完全に勃起するより早く、奉仕する緑月のほうが達してしまったのだ。

自分でも信じられなくて、絶対に静鷹には知られたくなかった。ことさら従順に、熱心に幹を舐め回し、言われてもいない陰嚢《いんのう》も手で揉むと、静鷹が低く笑った。

「先に射精したのがそんなに悔しいか？」

はっとして顔を上げてしまい、くすぐるように顎を撫でられる。

「なかなか可愛らしかったぞ。小さく尻を振って、気持ちよさそうだった」

「――気持ちよくなんか、なかったです」

視線を逸らして強がったけれど、静鷹は甘やかすように顔を包み込んでくる。

「では次は気持ちよくしてやろう。脱いで、脚をひらいて跨《またが》れ」

「……まだ、口淫の途中です」

「精液が飲みたいならあとで舐めさせてやるから」

ほら、と帯をほどかれて、緑月はいっそう顔を赤くした。誰も飲みたいなんて言ってない、と抗議したかったが、卑猥《ひわい》すぎてとても口には出せない。

　それでも、抱かれるわけにはいかなかった。

「その――挿入は、今日は、お許しくださいませ」

「いやか？　感じすぎるのが怖いか」

　静鷹は緑月の襟を左右にひらき、肩から落とす。脱がされながら、首を横に振った。

「試験の前です。殿下に抱かれたら、色仕掛けで点をかせいだと言われかねません」

「言わせておけばいい。実際には試験で不正など、俺が許さない」

「いやです」

　裳を下ろされ、内衣を剝《は》ぎ取られても、譲るわけにはいかなかった。

「私は、若雀たちにも、実力だけは知ってほしいです。ただ見目がいいだけで、殿下に猫可愛がりされていると言われ続けるのは不本意だし、父にも顔向けできません。――それに、静鷹様の評判だって下げるでしょう」

「俺はべつにかまわないが？」

「静鷹様が気にしないのは知ってますけど」

　以前、仔空も「静鷹様は陰口は気にしない」と言っていたが、黒雀宮にいると理由がよくわかった。緑月は、身分の高い皇太子ともなれば、皆がもてはやすだけで悪口など言わないと想像していたけれど、実際には違うのだ。無論、彼の堂々とした佇まいや帝としての素質、武芸の強さを讃《たた》える声は多い。だが同時に、多くの若雀が平然と静鷹の陰口を叩く。緑月を寵愛していることや、灰藍しかそばに置かないこと、政に参加しているせいで、黒雀宮にいる時間が短いこと。なかには、弟の怪我は静鷹が仕組んだことだと噂する者までいるのだ。たしかに、陰口をいちいち気にしていたらきりがないのだろう。

　予想以上に批判する声が多いのは、きっと静鷹に、おもねったり取り入ったりする隙がないからだ。巷《ちまた》で言われるような気難しさはなくとも、静鷹から近づいてもらわなければ、若雀にはどうすることもできない。そうして、静鷹は気さくに見えて、緑月以外とはほとんど交流を持たない。

　気に入られたくても待つしかない。そもそも、どうやって気に入られればいいのかわからない。その焦れったさが不満になって、陰口に繋がるように、緑月には思えた。

「私も関係する陰口は、私がいやです」

「緑月はしょっちゅう、『いやです』と言うな」

　静鷹はふわりと表情をゆるめた。

　やわらかくてあたたかみのある――以前にも見た、あの笑みだ。どこか無防備にも感じられる、目を奪われてしまう表情。

「いいだろう。今日はなかは使わない。試験で緑月がいい成績をおさめられたら、褒美で抱いてやることにしよう」

　見惚《みと》れかけていた緑月は、むっと唇を引き結んだ。

「それだと私が、抱かれると喜ぶみたいじゃないですか。いやで、……っん」

　強引に腰を引き寄せられたと思うと唇が塞がれ、緑月は目を見ひらいた。間近で、静鷹の目が輝いている。視線を絡ませたままねっとりと舌を差し込まれ、緑月は慌てて瞼を伏せた。

「――ん、……っ」

　ねぶるような静鷹の舌の動きに、背筋から尾てい骨へとこまかな痺れが伝わっていく。ひめやかな音をさせて唇を吸われると、目の奥がぼわんと膨らんだような気がした。

（静鷹、様）

　胸が引き絞られたみたいに痛む。何度も重ねなおされる口づけは情熱的で、そうされる事実が肌を熱くさせる。まるで求められているようで――逆らえなくなる。

（静鷹様……）

　せつないような、悦びのような熱を感じながら、緑月はおずおずと両腕を静鷹の首筋に回した。自分からも控えめに舌と唇を動かし、静鷹の口づけに応える。

「緑月」

　口づけの合間に熱っぽく呼び、静鷹は緑月の身体を膝の上へと引き上げた。向かいあう格好で跨らされ、勃起した性器同士が触れあう。弾けるような快感が芯を走り、声が喉でくぐもった。

「んぅ……っ、んっ……っ、あ、今日はしな、いって、……言っ……」

「なかには入れない。かわりにこうする」

　静鷹は性器を握った。まずは緑月のものだけ扱き、それから彼自身とまとめて握り込む。ごりっと硬いものが幹を圧迫し、緑月はかくんと顎を上げた。

「――っは、……んっ」

　密着した静鷹のものが、ひどく熱く感じる。不自然な体勢は快感を追うには向いていないはずが、たちまち頭がぼうっとした。

「っん、ぁ……っく、……ぅ、んっ」

　こすれあう裏筋がひりひりする。とくに雁首のくびれのところはかきむしりたいほどだ。鈴口からはぷくりと玉が生まれ、流れ落ちて静鷹の手を汚した。

「緑月はこぼしやすいな。ひとりでは慰めないのか？」

　ぐしゅぐしゅと音をさせながら、静鷹はじっくりと股間を眺めてくる。

「さっき達したばかりなのに、もう極めそうじゃないか」

「ん……っこれ、は、……だって、……っん、く、んっ」

　嚢がきゅんと締まっていく。こらえなければと腹に力を入れたが、静鷹が親指で先端をこりこりといじってきて、そうされるともたなかった。

「ぁ――っ、は、……ッ」

腰を揺らし、緑月は白濁を噴き上げた。下半身がだるい。出しきってしまっても絶頂の快楽は長く尾を引いて、背をしならせたまま動けなくなった。

は、は、と息をつく緑月を見つめつつ、静鷹はなおも手を動かした。過敏になった性器に痛みが走る。

「っ静鷹、さま、待っ……い、いきました、から……っ」

「見ればわかる。だが、俺はまだなんだ」

吐精した直後に扱かれればつらいのに、静鷹は容赦なくこすり上げてくる。亀頭ばかりを狙ってぐりゅぐりゅと撫で回されると、奥から放出感が湧いてきた。

「や……っ、出、……出ちゃ、うっ」

無理に精液を引きずり出されるような、危うい快感だった。喉をひくつかせて緑月はかぶりを振り、それでも許してもらえずに、刺激された先端がいやらしい音を響かせる。その直後、ぷしゅっ、と透明なものがこぼれた。

「……っぁ、や、……っやだ、……っぁ、あっ」

おしっこだ、と思うと激しい目眩がした。閨で漏らすだなんて、ありえない。恥ずかしい、怖い――のに、とまらない。

「潮噴きもできるのか。遠慮せず、好きなだけ出せ」

静鷹は満足そうだった。彼の手が攻めたてるのにあわせてぴしゃぴしゃとこぼすさまを眺め、いっそう動きを速める。

「ん、やぁっ……っ、やめ、……っ、ひ、……っんん――っ」

びゅーっ、と勢いよく放ってしまうのと、静鷹がようやく白濁を吐き出すのは同時だった。気が遠くなるほどの快感に襲われ、くたりと力が抜けていく。

揺れた緑月の身体はしっかり抱きとめられたが、顔を覗き込まれても、うまく目の焦点があわなかった。

「っは、……ふ、……っ、は……っ」

「潮噴きが気に入ったか？　蕩けた顔をして」

　静鷹は嬉しげに緑月の目元に口づけた。濡れてしまった下腹をやんわりと揉むように撫でられて、緑月は半ばぼんやりしたまま声を絞り出した。

「さいてい、です……やだって、言ったのに」

「なぜだ。気持ちよかっただろう。潮噴きが癖になる男もいるくらいだ」

「だったら、ご自分で、噴いてください」

　たしかに気持ちよかった。味わったことのない類の快感で、だからこそ恥ずかしい。こんな屈辱的な思いをするなんて——腹立たしいし、悔しい。

「せっかく……せっかく、静鷹様だから、こういうことも許してるのに」

　ひどい、となじりたかった。たまに妙に優しい顔をして、守るとか信じるとか言って、泣けば抱きしめて慰めてくれるくせに、こんな弄《もてあそ》ぶようなことをするのはあんまりだ。

（人の気持ちを変なふうにかき回すくせに。そのせいで胸が痛くなったりしてるのに……！）

「緑月？　もしかして、怒ってるのか？」

「もう知りません」

　怒ってるのか？　じゃない。怒っているに決まっている。

　身体の芯がまだくにゃくにゃするのを、緑月は無理に力を入れた。静鷹を押し退《の》けるように寝台から下りたが、きちんと立てずに座り込む。

「緑月。そんな顔をすることないだろう」

　後ろから静鷹が身体を引き上げて、寝台に座りなおさせた。困惑した表情で緑月の頬に触れ、あやすように撫でてくる。

「気に入らなかったならもうしない。機嫌をなおせ」

「機嫌は悪くしてません。腹が立っているだけです。――離して」

「わかった、謝る。肌も、濡れたままだと気持ち悪いだろう？　湯を用意させて、綺麗にしてやるから」

「戻ったら自分でやります。静鷹様も、ひとりで勝手に綺麗にしてください」

　ぷいと顔を背けて、今度こそ立ち上がる。足はまだふらついたが、できるだけてきぱきと衣を羽織り、裳を引き上げて帯をしめた。雑だがとりあえず外に出られる格好になって、衝立の横を抜ける。じっと座っている灰藍には会釈だけして、足早に廊下へと出た。

　中庭はすっかり暗い。灯籠に入れられた火がぼんやりと付近を照らしていて、鯉《こい》の泳ぐ池の水面《みなも》だけがかすかに輝いている。あとは暗がりだ。気の早い茉莉花が咲いたのか、ほのかに香りがした。

　緑月はよく見えない階を庭に向けて下りようとした。金輪際、身体は許してやるものか。

　緑月、と静鷹の声が追いかけてくるのと、緑月の前方に黒い塊が飛び出してくるのが、ほぼ同時だった。

「死ね、淫売！」

　本能的に強張った身体に罵声が浴びせかけられる。振り上げられた銀色の刀身が、わずかな光を反射して煌めいた。血走った目、歪んだ顔。沐信だ、と見てとった直後には、背後でべつの耳障りな怒声が響いた。

「許さん、許さんぞ……っ！」

「静鷹様！」

「緑月！」

　灰藍と静鷹の声が重なる。後ろでも誰かが襲いかかろうとしているのだとわかったが、緑月は竦んだまま動けなかった。落ちてくる刀の動きが、引き伸ばされたように緩慢に見えた。沐信の歯はむき出しで、鬼のような形相だ。激しくもののぶつかる音が背後でする。咆哮《ほうこう》のような叫び声。湿った夜の空気が、押し寄せる。

「緑月！」

ぐん、と身体が引かれるすぐそばを、銀色の軌跡が掠めた。喚《わめ》き声が二つ、まじりあって聞こえる。緑月を抱き寄せるようにしてかばった静鷹は、前に出ると手にした刀を真横に払った。

にぶい、壊れるような音がした。喘鳴《ぜんめい》に似た呼吸音。前屈みに崩れ落ちていく青氏の青年を呆然と眺め、緑月はただ立ち尽くしていた。

なにが起こったのかわからない。

うずくまった格好の沐信の身体は小刻みに痙攣している。腕は腹を抱え込んでいた。目だけ動かすと静鷹は抜き身の刀を手にしたままで、緑月は、痺れたような意識の片隅で、斬ったんだ、と思った。

あの刀が、沐信の腹を斬った。

遠くからいくつもの足音が近づいてきた。夜番の浄身たちだった。「静鷹様」「灰藍様」と呼びかける声に応じたのは灰藍のほうだった。

「若雀が二人、殿下と緑月に襲いかかりました。捕らえて牢に入れておきなさい。――赤氏のほうは、死んでいるかもしれません」

ぎくりとして見てみれば、灰藍も刀を手にしていた。廊下には、黒雀宮のお仕着せをまとった体格のいい若者が倒れている。顔や帯飾りは見えなかったが、身体つきで赤氏のひとりだろう、と見当がついた。西嶺州にも一緒に行った――様子がおかしかった、あの男だ。

ぴくりとも動かない彼の手は廊下の端から庭へとはみ出し、黒っぽい液体がしたたり落ちていた。

(――血、だ)

すう、と目の前が暗くなった。灰藍は緑月の前に立つ静鷹へと、片手だけで拝礼の仕草を取る。

「申し訳ありません。咄嗟のことで手加減ができませんでした」

「いい、仕方なかった」

頷いた静鷹が手にしていた刀を差し出す。灰藍がそれを受け取ると、静鷹は緑月に向きなおって眉をひそめた。

「大丈夫か？　怪我はないはずだが」

「私は――大丈夫です、けど」

緑月は引き立てられていく沐信を見やった。苦悶《くもん》のうめきをあげながら、彼の目は憎しみをたたえて緑月を見返した。

「おまえは……っ、おまえのようなやつは、黒雀宮にいる資格はない！　おれが正しく排除を……っ」

黙れ、と浄身が彼をこづいた。それでもなお睨む視線から守るように、静鷹が正面から緑月を抱きしめてくる。

「房に戻ろう。茶を運ばせるから、落ち着くまで抱いていてやる」

大丈夫です、と返事をしようとして、緑月は自分が震えていることに気がついた。

心臓も、どくどくと音を立てている。歯の根があわず、耐えきれずにあたたかい静鷹の胸に額を押しつけた。

――恐ろしい。いくら陰口や身勝手な欲望が満ち満ちているとはいえ、黒雀宮のなかで、本気で他人を殺そうとする人間がいるなんて。それを退けるためでも、灰藍が斬り殺したことも、静鷹が刀をふるったことも、それでいて落ち着き払っているのも。

緑月には考えられない世界だ。

けれどこれが、ここでは現実なのだ。気をゆるめれば、命をも奪われる場所。

「怖がらなくていい」

静鷹はゆっくりと緑月の背中を撫でた。

「命は守ると約束しただろう？　おまえはなにも、

不安に思わなくていいんだ」

　ぽんぽんと優しく叩いたかと思うと、尻の下に片手を回して、かるがると担ぎ上げる。肩に乗せられて、緑月はぎゅっと拳を握った。

　心臓はまだ痛いほど動悸を打っているし、震えもまだ芯に残っている。けれど、静鷹にただ頼るわけにはいかなかった。

「不安には思いませんが、心配はします。――静鷹様の心配は、私だってしてもいいでしょう？」

　ここは、思っていた以上に恐ろしい。

　さまざまな思惑が蠢いているとわかったつもりになっていたけれど、それ以上にもっと、どろどろとしたものが巣食っているのだ。

　それでも、逃げる気はない。静鷹には忠誠を誓ったし、父のためにも、緑月は価値を示さなければならないから。

「金輪際、さっきみたいな行為は慎むべきです。静鷹様が羽目を外しすぎるから、あんなふうに若雀が不満に思って暴走したりするんですよ。精力が余ってるなら姫たちを慈しむべきだし、若雀に目をかけるなら、私だけでなくほかの有望な者のこともちゃんと評価して、せめてお茶会に呼ぶくらいはしてあげないと。今日のは、絶対静鷹様のせいですからね」

　房のなかに再び連れこまれながら、なるべく毅然とそう言うと、緑月を下ろした静鷹はふっと顔を綻ばせた。

「なんだ、まだ許してくれないのか。そんなに恥ずかしがらなくても、潮だろうがお漏らしだろうが、閨ではしてもいいんだぞ？」

「……そ、そういうことじゃなくて、静鷹様のために言ってるんです！」

　かあっとうなじが熱くなって、緑月は静鷹を睨んだ。

「そうやってごまかそうとしても無駄ですからね！」

「ごまかしてない。安心して俺にまかせておけという話だ。——だが、おまえに心配されるのも、悪くないかもしれないな」

声を立てて笑う静鷹は、あんなことがあったというのに機嫌がよさそうだった。屈託ない笑顔は優しくさえ見え、まただ、と緑月は思った。

この人はときどき、この表情をする。

あたたかくて、穏やかな——普段の彼からすると無防備にも思える笑い方。

(……もしかしたら)

もしかしたら、静鷹には、緑月の思う彼とは違う一面が、隠されているのかもしれない。

◆◆◆

人の心を操る法術は完全とはいえない、というのが通説だが、使い方さえ誤らなければ役に立つ。

(私のように賢ければ、こうしてうまく使えるのです)

たとえば虚栄心や焦りにつけこんだり、弱みを握ったりすれば、法術を抜きにしても人は操れるものだし、そうして支配しておいて法術をかければ、たいていは失敗しない。必ずうまくいく、と信じていたとおり、赤氏の若雀も、青氏の若雀も、それぞれ狙いどおりに襲いかかってくれた。

襲撃が成功しないのは計画のうちだ。緑月は殺せれば重畳《ちょうじょう》だと思っていたが、生きていてもかまわない。殺すのは、自分が手を下せばすぐだ。

(あれは取るに足らない、顔だけの猫ですからね)

彼は満足して、自分の房へと戻るところだった。計画したことが、そのとおりに成功するというのは、なんと気分がいいことだろう。

彼は自分の力を信じていた。頭のよさも武術の腕も、薬や草木に関する豊かな知識も、そうして法術も。

「私はあの緑月よりも、灰藍よりも、ずっと優れた人間なのです」

すべて持ちあわせて生まれてきたのは、それだけ、己に価値があるからだ。穢れて厄まみれの貧乏人や、下賤《げせん》な生まれだと噂がつきまとう男などよりも価値があるからこそ、天からも力が与えられる。天に報いるためにも、自分は正しいことをしなければならない。

「正しいことを、しなければ」

それが信念だった。

房に入り、薄墨の衣を脱ぎ落とす。沐信の残した茶を自分で淹れ、茉莉花の甘い香りにふう、と満足のため息をひとつついて、次は、と独りごちた。

「今回はこれでよいとして、次は、もっと信頼できる方法を取らなければなりませんね。……殿下の猫は甘いものが好きだとか。黄茉莉花なども、使えそうです」

甘い、女のような声が、聞く者もなく闇へと溶けていく。

◆◆◆

「こんなことが起こるなんて、私の落ち度です」

灰藍がため息まじりに言った。刀についた血の汚れを清める、生真面目で苦い表情を、静鷹は一瞥した。

「おまえのせいではないだろう」

「いいえ、予測はできていたのですから、防げたはずです。西嶺州行きのときから、青氏の若雀は明らかに緑月を憎んでいたし、赤氏の若雀は思いつめていた。愚かな者ほど、愚かな思いきりをするものです」

後悔のあまりか、灰藍の声は独り言のようだった。

苛立ちの残る表情のまま、清め終えた刀を静鷹へと差し出してくる。

「緑月だけならともかく、静鷹様まで襲うなど、言語道断です。厳しく処分します」

「処分はまかせる」

受け取った静鷹は苦笑した。

「認めたようなことを言っていたくせに、まだ緑月が嫌いか？」

「好き嫌いではなく、どんな人間であれ、静鷹様が贔屓しすぎれば、当然こういう結果になる、と言いたいんです。黒雀宮にいるのは身元がたしかな者ばかりではないのですから、なおさらですよ」

灰藍は床に座し、膝の上で拳を握って静鷹を見つめる。

「襲いかかってきた青氏の若雀と同室の墨氏が、庭の木の陰にいたのは静鷹様もお気づきでしょう。研達という男です。呼んで話を聞いておきます」

「おまえが怪しんでいたとおりだな。法術を使ったのか」

「間違いないでしょう。研達の家は代々、そういう血筋なのです」

いまいましそうに、灰藍が吐き捨てた。彼には珍しく、感情もあらわな口調だった。

「研達は特に、自分の能力を過信しています。人の心を操る法術は完全とはいえないのに」

「墨氏は嫌いか」

そう聞けば、灰藍ははっとしたように静鷹を見た。

「そういうわけでは――」

「好きになれなくても仕方あるまい。皆、おまえを蔑むためにあの噂話をするからな」

灰藍は再び、きつく眉根を寄せた。彼は表向きは青氏の分家の三男ということになっているが、産みの親は墨氏から除名された妓女だ。美貌を買われて青氏に養われた女に家長が手をつけて、灰藍は生まれた。その噂を囁かれるのが、灰藍にとってはなによりの屈辱なのだ。

だが、今まで面と向かって静鷹がそのことを口にしたことはなかった。あえて話題にせずに、出自など気にしない、それだけ灰藍の人となりを評価しているのだと、伝えてきたつもりだった。

灰藍は表情を隠すように顔を伏せた。

「私が墨氏をどう思うかは関係ありません。若雀には、好悪の感情抜きに接するように心がけています。ですが、今回のことは、見過ごすわけにはいかないでしょう」

鞘《さや》におさめた刀をかたわらに置き、静鷹は寝台に身を横たえる。

「苛立つ気持ちはわかるが、話を聞くのは試験のあとでいい。試験の前に騒ぎになると、緑月がいやがりそうだ」

「なにをいやがると言うんです？」

「試験で首位を取るために、緑月が告げ口をした、と噂されるのがいやなんだ。聞いていただろう？」

暗にさきほどの――襲われる前の睦みあいを話題に出され、灰藍はわずかに視線を逸らした。

「閨での会話は、極力忘れるようにしています。私の関与することではありませんから」

「なんだ、めずらしいな。照れてるのか」

「照れていません。ただ、緑月が言うことにも一理ありますよ。静鷹様は近ごろ、おふざけがすぎます。意図があってのことだとわかっていますが……」

語尾を濁して灰藍は黙り込む。

静鷹は身体の向きを変え、灰藍のほうを見て片手で頭を支えた。

「緑月は猫によく似ているよな。懐いたかと思えばひっかく。ひっかいたかと思えば寄りそう。ときどき、目的を忘れてかまってやりたくなる」

「……そうやって、静鷹様を骨抜きにするのが緑月の目的だったらどうするんですか」

恨めしげに睨む灰藍の顔に、静鷹は笑みを返した。

「だとしたら、俺が負けるかもしれないな」

「――静鷹様」

「冗談だ。そこまで入れ込んではいない。……だが、可愛いとは感じる」

ごろりと再び上を向き、静鷹は天蓋の彫刻を眺める。

灰藍の視線がまだ自分の上にあるとわかりながら、手を上げて拳を握った。強く、苛立ちをぶつけるように。

腹の奥にはまだ、怒りが燻《くすぶ》っていた。緑月や灰藍の前では平静を装ったが、自分でも驚くほど腹が立っている。さきほどのように緑月の命が狙われることも、当然ある、と予測していたにもかかわらず、だ。

（――薄墨の衣の占い師、か）

いっそう許すことはできなくなった、と考えながら、怒りの塊を潰すように、静鷹は呟いた。

「可愛い、という感情は、こういうものなんだな」

「――静鷹様」

「緑月を見ていると、自分のなかから知らない感情が湧いてくる」

それが口にすべき本音なのかどうか、静鷹にも確信はなかった。言うべきではないのかもしれない。そもそもが、自分の緑月の扱い方が妥当かどうかも、あやしくなりつつある。過度な寵愛を注いでいると見せかけるのが目的なのだ。閨で抱くのは当然として、潮を噴くまで追いつめる必要はたぶんなかった。

（……いや、あれも、あんな淫らなことをするほど傾倒しているのだ、と思わせるのに、ちょうどよかったからだ）

己を見失わないよう、内心でそう呟く。理性を手放すことだけはしたくなかった。

道を踏み誤れば、灰藍が静鷹を軽蔑することも、ないとはかぎらない。彼は深く忠誠を誓っていて、その強さを静鷹は知っているが、なにごともけっして信じられないのと同様、その忠誠が不変だとあぐらをかくつもりはなかった。

（……でも、緑月はなにかというと信じろ、と言うんだ）

　その揺るぎなさもどこか可愛らしいのだ、と言ったら――他人は、どう思うのだろう。

　気持ちよくしてやっても拗《す》ねるところとか、にもかかわらず静鷹の心配をするところとか。いやです、と言いながら毎回耳が真っ赤なのや、泣くと幼く頼りなげなこと、快感に蕩ければ胸が痛むほど色気があること。

　思い出すと、怒りのかわりに腹の奥があたたかくなった。懐かしさに似た、落ち着かない感慨。

「――あいつに危険が迫るようなら、俺が守ってやらないとな」

「でしたら、ご寵愛をやめたらいかがですか」

　灰藍が硬い声で言った。

「守ってやりたい、とまでお思いなら、罠にお使いになるのをやめればいい。それが一番、緑月にとっても安全です」

「わかっている。でもそばに置きたいんだ」

「――静鷹様。緑月は姫ではないのですよ。愛するには、間違っている相手です」

　焦ったように灰藍が寝台のほうににじり寄りかけ、思いとどまったように座りなおした。

「それに、静鷹様に悪い評判が立つ前に、あれでは緑月が処分を受けます。私から見ても、緑月はよからぬ劣情を抱いているのが明らかです。恥知らずにも、静鷹様の前で赤くなったり、淫らな声をあげたりするなど――」

「好かれるのも悪くないものだ」

いまいましげな灰藍を、静鷹は遮った。口にして、自分で「そのとおりだ」と思う。悪くない。緑月の心がひらかれ、自分へと傾いて色を変えていくのが、見ていて悪くないどころか、心地よい。

熱っぽい感情を向けられるのは、ほかで味わったことのない、充足と誇らしさがあった。

喜びは感じるが、喜ぶ自分を客観的に見られることは、静鷹の砦《とりで》であり武器だ。

細い吊《つ》り橋をわざと揺らすようなものだ、と静鷹は考えた。この感情。満足感や懐かしさ、不可思議な落ち着かなさ、失いたくないと思うこと。惚れられて充足感があること。どれも、あと一歩で過ちになるとわかっていて、ぎりぎりを歩く興奮がある。

（俺は、わかっている）

「試験までは緑月のためにも会わないが、終わればまた呼ぶ。灰藍も、そのつもりでいてくれ」

命じて目を閉じると、灰藍は黙ったまま拝礼したようだった。静かに下がっていく気配がする。よほど不服なのだろうな、とは思うが、灰藍は知らないのだ。

灰藍にかぎらず、人の忠誠心が不変ではないのと同じように、緑月がいだいてくれる親愛も、揺るがないものではありえない。

（——俺には、わかっている。緑月がたとえ俺を恋しく思おうと、近いうちに冷めるんだ）

命を狙われて怯えきっていたくせに、静鷹を心配してみせたあのまっすぐさも、消えてしまう。

そう考えると、なぜか怒りがぶりかえしたように、胃の底が熱くなった。

静鷹はめずらしく悪態をついて寝返りを打った。

しばらくは、眠れそうもなかった。

◆　◆　◆

深夜に赤氏と青氏の若雀が、静鷹と緑月を殺そうとした――という騒動は、公にされることがないまま、二人は戻ってこなかった。放宮になったそうだが、具体的にどういう処罰が下されたのか、本当に赤氏の青年が死んでしまったのかは、緑月も教えてはもらえなかった。

試験は滞りなくはじまり、滞りなく終わった。首位はあの研達で、次が緑月だった。文科の項目は緑月のほうが上だったけれど、武術でかなわなかったからだ。

「やっぱり、鍛えるとしたら剣術かなあ……」

試験明けの休日。

大講堂に張り出された順位表を、ほかの若雀にまじって見上げながら、緑月は腕を上げてみた。ぐっと力を入れてみても、いまいち頼りない。弓は練習すればなんとかなるかもしれないが、できれば、近距離で諍《いさか》いになったときに使える武術を身につけたい。

仔空が「もう」と口を尖らせた。

「まずは喜びなよ！　文科では首位だよ？」

「うん。でも、比翼になれたら、静鷹様の一番そばにいることになるわけでしょ。敵が来てもすぐに撃退できるくらいには、腕を磨いておいたほうがいいよね」

「……緑月！」

仔空が顔を輝かせ、感激したように抱きついた。

「ついに！　静鷹様への愛を認めたんだね！　比翼になる気満々で嬉しいよ！」

「ちょっ、苦しいって。愛なんか認めてないよ、比翼になるのはもともとの目標だ」

「灰藍様にも勝つつもりなんて、愛って偉大だね！」

「だから愛じゃないってば」

相変わらず、仔空は静鷹と緑月の仲を妄想するのが楽しくて仕方ないらしい。試験前のあの日――殺されそうになったあの夜、落ち着くまで静鷹とお茶を飲み、結局身体も綺麗に拭いてもらってから、房まで静鷹自身が送り届けてくれたせいで、仔空はうっとりしまくっていた。そのあと本当に紙に妄想を書きはじめたので、緑月は正直引いていた。

「ほかの人もいるんだから、やめてよ。そのうち怒られて、放宮になったらどうするの」

今も近くの若雀が顔をしかめていて、そう諫《いさ》めると、仔空は「ぐふふ」と悪い笑顔になった。

「恥ずかしいの？」

「そういうことじゃないってば」

「いくら聞いても試験前の夜になにがあったか教えてくれないもんね？」

「――仔空、いい加減にしなよ」

「まったくです」

緑月のため息に重ねるように、澄まし返った声がした。甘やかで高い、女性的な声の主は研達だ。優雅な雰囲気を強調するように、上品に袖を返して扇子を口元にあてがう。

「ご寵愛をいただいているからと自惚《うぬぼ》れる人間は、大成しないものです。皆は大事にされていると騒ぎますが、私が見たところ、静鷹様はさほど入れ込んではいらっしゃいませんね。緑月はずいぶんいやがらせを受けているようなのに、お咎めはいっさいないんですから」

「そんなの、緑月が告げ口してないからに決まってるでしょ」

仔空がむっとして言い返したが、研達は無視して緑月をねっとりと眺めた。

「試験の結果もこんなことになりましたし、愛想を尽かされるのも近いでしょうねえ。取り柄といえば、閨での暇つぶしのお相手だけだ。私なら暇つぶしだとしても、もう少しましな相手を選びますけどね。静鷹様も趣味が悪い」

さらりと、けれど悪意を込めて言い放つ表情があからさまに軽蔑のそれで、今度は緑月もむっとした。顎を上げて、自分より背の高い相手を睨みつける。

「さすが、頭がいい方ともなるとご自分を棚に上げるのもお上手なんですね。でも不思議です。あなたは私より年上でその分何年もよけいに学ぶ時間があったはずが、どうして文科の点数があんなに悪いんでしょう？　もしかして腹でも下したんですか？　よく効く薬をわけてさしあげましょうか」

研達の顔がたちまち歪んだ。

「……っ、白氏の分家ごときが――」

「そっちこそ、墨氏の分家じゃないか。墨氏は長いこと朝廷でろくな働きもしてないだろ。祖先を見習うにもほどがある」

周りを囲んだ若雀のひとりが、研達に言い返した。真珠の帯飾りをこれ見よがしに揺らし、隣の青氏の若雀と頷きあう。

「赤氏の助けがなきゃ滅ぼされてた先祖様だよね。玖国の一員になれたのもほかの四氏のおなさけだもの、見習って今も、わざと能なしなんでしょ」

「わざと無能に振る舞うなんて、頭が下がるなあ。偉そうに皇太子殿下の悪口まで言うのはどうかと思うが」

露骨な揶揄に研達は真っ赤になったが、怒ったのは彼だけではなかった。ほかの墨氏が怒鳴り返す。

「だからって白氏に加勢するのは馬鹿のすることだろ。意味のない呪殺をしでかすような家系が、まともなわけないんだ！」

「なにを――！」

顔色を変えた白氏の若雀が相手にとびかかろうとし、一気に騒然とした雰囲気になった。怒鳴り声と入り乱れる手や足から、緑月はそっと離れた。仔空と目配せしあい、大講堂から離れた廊下まで避難して、互いにため息をつく。

「あれ、みんな減点だろうねえ。一気に黒雀宮の人数が減ったりして」

「ありえそうだね」

　発端の半分くらいは自分だ、という自覚があるから、緑月は少し気がかりだった。まだ騒がしい大講堂のほうを振り返ると、仔空がもう一度ため息をついた。

「噂の薄墨《はくぼく》先生がほんとにいるなら、みんなが仲良くできるお菓子とかをくれればいいのになあ」

「薄墨先生？」

　そんな名前の先生はいない。仔空は「知らない？」と嬉しそうに緑月の腕を摑んだ。

「なんでも、書庫の小部屋にときどき出没する、若い先生らしいんだ。紗の向こうにいて、姿は見せないんだけど、薄墨の衣を着てるから、会った人はみんな薄墨先生って呼んでるの」

「でも、講義をしている先生に、薄墨の衣の人なんていないよね？」

「普段教えてくれている先生じゃないみたいなんだ。黒雀宮で学んだことのある廷臣の誰かが、若雀の様子を見に来てるんじゃないかって噂。ね、行ってみようよ、書庫」

　わくわくした表情で、仔空は緑月の腕を引っ張った。

「すっごく優しくてね、女の人みたいに甘い声をしているらしいよ。悩みごとを言い当てたり、相談するとお茶やお菓子をくださったりするんだって。もちろん、書庫にいつもいらっしゃるわけじゃないけど、薄墨先生に会いたくてこっそり書庫に通っている子もいるみたいだよ」

「なんだか怪しそうだなあ」

　緑月はあまり気が進まなかった。だが、仔空はどんどん引っ張っていく。

「僕も一回会ってみたいんだよね。噂では、その家でしか食べてないお菓子とか、お茶とかもくださったりするんだって。だからたぶん、息子を心配した家族からの届けものもしてくださってると思うんだよね。黒雀宮は規則が厳しいから、息苦しくならないようにって、抜け道を用意してくださってるんじゃないかな」

　書庫は二の庭の奥にある。仔空が戸を開けると、夏にもかかわらずなかはひんやりとしていた。休日だからか、ほかに人はいない。柱や柵で区切って、紗を下ろせるようになった書物を読むための小房も、すべて紗が上がった状態だ。

「うーん、やっぱりいないかー。頭がよくなるお茶とかもらいたかったのにな」

　諦め悪くひとつひとつ小房を覗き込む仔空を、緑月は呆れて眺めた。

「さっきはみんなが仲良くなれるお菓子がほしいって言ってなかった？」

「うっかりそう思ったけど、よく考えたらいらないよね。むかつくやつはいなくなってくれたほうがいいし」

　仔空はぺろりと舌を出す。

「どうせもらうなら、すっごくおいしいお菓子か、頭がよくなるお茶か、いくら執筆しても大丈夫になるお酒とかがいいや」

「お菓子はともかく、そんなお茶とかお酒とか、あるわけないでしょ」

「でも、薬のなかには疲れが取れるのとか、頭がすっきりするお茶とかもあるじゃない」

　仔空は一番奥の小房を覗き込み、無人なのを確認して柵に尻を乗せた。

「僕が思うに、薄墨先生は衣のとおりに墨氏なんだと思うな。もしかしたら白氏かもしれないけど、薬に詳しい人だよ」

「……どうして？」

「だって、実際に、疲れが取れるお茶と、心が落ち着く飴《あめ》をもらった子がいるから。黄氏はもっぱら、食料としての農作物しか詳しくないけど、薬草や医学なら、墨氏か白氏でしょ？」

緑月は眉を寄せた。たしかに、疲労回復に役立つ薬草や、神経を鎮める薬草はある。それを煎じたお茶とか、粉末を使った甜品とかもあるから、おかしくはないかもしれない。その手のものを作ったり、入手したりが楽なのも、たしかに墨氏か白氏だろう。山が多い土地で異国との交流もある西嶺州は、昔から薬や毒の研究が盛んだ。同じように、冬は極寒になり、荒れた土地だがその分薬効の高い秘草が採れるのが墨氏の有する北華《ほくか》州で、墨氏には医学をおさめる者も多い。

ふと父のことを思い出してしまい、緑月は首を振って苦さを追い払った。

「だとしても、どうやってこの書庫に忍び込んでるの？　誰にも見られずに入ってくるのは難しいはずだ」

「うん、だから、以前に在籍してた人か、皇家の方かもね。たぶん、先生たちとか灰藍様も黙認するような人じゃないかな」

仔空は不審に思っていないようで、にこっと笑った。

「どこにだって抜け道はあるものだよ。いろんなことに裏表があるようにね」

その表情がいつになく大人びて見えて、緑月は目をみはった。

どういう意味かと問おうとしたとき、視界の端でなにかが揺れた。紗が、ふわりと風をはらんでいる。ぬるい外の空気は、奥から流れてきていた。奥には出入り口などなかったはずだ。だが、ほどなく柱の陰から、静鷹が現れた。蘇芳色の、飾りのない服装だった。緑月たちを見つけて驚いた顔をした静鷹は、すぐに目元をゆるめた。

「房まで呼びにいこうとしていたんだが、仔空と勉強でもするつもりだったか？」

「いえいえ、どうぞお連れください」

緑月より早く仔空が答える。にまあ、とたちの悪い、でも嬉しげな笑みを浮かべて、緑月の背中を押してくる。

「休日の逢引《あいびき》、最高じゃない？　あとでいろいろ教えてねっ」

「……仔空」

睨んでも、仔空はくふくふ笑いながら去っていく。見送って、緑月は意味もなく髪をなおした。静鷹と会うのは二週間ぶりだ。試験でずるをしたと思われたくない、という緑月の気持ちを汲んで、静鷹は贈りものもよこさず、呼び出すこともしなかったのだ。かわりに、見回りの浄身が以前より増えたように思えたが、緑月の気のせいだったかもしれない。

久しぶりだからか、少し緊張してしまう。悟られまいと、緑月はぐっと顔を上げた。

「ご用件ならここで聞きます」

「試験の結果はよかったようだな。褒美をやる約束だっただろう」

「っあ、あれは……っ、私はいるなんて一言も言ってません！」

かあっ、と真っ赤になると、立ち去ろうとした仔空が振り返るのが見えた。慌てて咳払いして、声を低める。

「全然、いりません」

「誰も抱くとは言ってない。ついてこい」

静鷹は楽しげな表情で、緑月の手を握った。こっちだ、と連れていかれたのは、普段は書庫で番をする先生が座っている高座だ。飾り屏風の裏に回ると、小さな戸があって、そこから外に出られるのだった。

――なるほど、若雀が知らないだけで、先生たちや静鷹が知る通路があるならば、薄墨先生とやらもここを使うのだろう。

だったら怪しい人ではないのかも、とほっとしかけ、緑月はまた顔をしかめてしまった。

「静鷹様、どこに行くんです？」

引いていかれるのは黒雀宮の奥、静鷹の私邸のほうだ。正院を通り抜けて門をくぐる静鷹に、今さら身をよじった。

「どこに連れていってなにをするつもりか、先に教えてください」

「驚かせるつもりだったんだがな」

門の内部の小房の戸を、静鷹は開けた。なかへと緑月を押し込み、にやりと唇の端を上げる表情は、悪巧みをする子供のようだった。

「服を脱げ、緑月」

一刻後。

ゆらゆら揺れる風鈴を呑気な表情で見上げる静鷹の横顔を、緑月はじっとり睨んだ。

ここは玲汐の街にある、大通りに面した茶屋のなかだ。大きく切られた窓のそば、簡素な卓に陣取った静鷹は、椅子に背を預けてくつろいでいる。窓の外には大きな木があって、葉の緑が影を作っていた。

「外出なら外出と、言えばよかったじゃないですか」

大きなため息をついて、腕を持ち上げる。夏の午後のまったりと重い風を受けて膨らんだ袖は、着慣れない淡紅色だ。普通は男性が身につけない色なので、道すがら、人にじろじろと見られて落ち着かなかった。だいたい、白氏は白系以外、単色は身につけないのだ。たいていはいくつもの色を使った模様や刺繍の施された服を着るが、緑月は居候先でも贅沢ができなかったから、平民も着るような薄鼠《うすねず》色や千草色を組みあわせて、象牙色の帯を使っていた。

「黒雀宮では外出のときもお仕着せを着る決まりなのに」

「内緒で出かけてるんだから、制服というわけにはいかないだろう」

　ちりんと鳴る風鈴から視線を戻して、静鷹が笑った。胸元を開けて着崩した姿はただの町人のようだ。さきほど店主が「久しぶりですね」と言っていたから、おそらく何度も、こうやって来ているのだろう。

　気持ちよさそうに顔を上げて窓からの風を受ける表情に、緑月はつい見惚れた。宮中で見るよりもくつろいでいて、普段の猛獣のような烈しさは伝わってこない。それでも、だらしないほどの着崩し方にもかかわらず、下品に見えないのは備わった風格のおかげだろう。短めの袖から覗く腕の逞しさや、肩幅の広さが、野性味と力強さを感じさせる。

　顔も身体も、雄の美しさのある人だ。

　私もこんなふうだったらよかったな、と考えてしまい、あわてて目を逸らした。

「お忍びなら、私にももっと目立たない服を用意してほしかったです。しかもあんなに強引に――」

　いきなり脱げと言われ、こんなところで抱く気なのかと青ざめかけた緑月の服を、静鷹は容赦なく剝ぎ取ったのだ。抵抗しようとしたらこの淡紅色の衣を羽織らされ、ぽかんとしたら爆笑された。からかうなんて性格が悪すぎる。

（いくら見目がよくたって、見惚れるのは論外だ）

　恋する乙女じゃあるまいし、と自分を諫めつつ、ことさら強く静鷹を睨む。静鷹はひょいと手を伸ばして、なだめるように頭を撫でた。

「そう膨れるな。二週間も会わずに我慢したんだ、少しくらい俺を楽しませてくれてもいいだろう？」

「どうして楽しませなくちゃいけないんですか。その発想がおかしいです」

手から逃れてそっぽを向くと、ちょうど店の女性が盆を運んできた。距離の近い静鷹と緑月に目をみはり、楽しそうに笑う。

「あらあら、お連れさんがいるって聞いたけど、今日は弟さんとご一緒なんですか？」

「まあ、そんなようなものだ」

静鷹が苦笑して、手渡される椀を受け取った。ほら、と緑月の前に置かれたのはこんもりと盛られた、白いふわふわしたものだった。甘く煮た小豆がそえてある。

「雪花氷《かきごおり》だ。暑いから、冷たいものがいいだろう？」

聞いたことのない名前だが、甜品のようだ。食べてみろ、と促され、木さじで掬って口に運んだ緑月は、大きく目を見ひらいた。

「冷たい……！　これ、氷ですか？」

口に入れると雪のような食感がして、すぐに溶けていく。乳の香りがする。たっぷりかけられた蜜のおかげでとても甘かった。くすくす笑った店の女性が説明してくれた。

「氷室で山羊《やぎ》の乳を凍らせておいて、それを削って作るんです。蜜をかけて、こんなふうに甘煮の豆や仙草凍《せんそうとう》、果物なんかと一緒に食べるの。おいしいでしょう？」

「はい、すっごくおいしいです」

再び木さじいっぱいに掬って頬張ると、彼女は微笑ましそうな表情で静鷹の前にも椀を置き、「ごゆっくり」と告げて下がっていった。去りしな、ちらりと意味ありげに静鷹に目配せしたのが見えて、緑月はなんとなく唇を尖らせた。

なぜかはわからないが、面白くない。妙齢の美しい女性と、静鷹が視線で会話している、というのが。

「……静鷹様は、ひとりでしょっちゅうこの店に来てるんですか」

「しょっちゅうではないが、ときどきな」

さくりと雪花氷を崩して、静鷹は面白そうに緑月の表情を眺めた。

「なんだその膨れっつらは」

「膨れてないです。聞いた噂では品行方正なはずが、こんなふうに外で女性に色目を使ったりしているんだなと、思っただけです」

「膨れてるぞ」

静鷹はつん、と緑月の頬をつついてにやりと笑みを浮かべた。

「やきもちとはまた、可愛いな」

「だっ……誰がやきもちなんか！」

思わず立ち上がりかけ、緑月は座りなおして雪花氷を頬張った。

「私がやきもちを焼いているなんて思うのこそ、やましいことをしている証拠じゃないですか？　灰藍様に言いつけてあげてもいいんですよ」

「それは困るな」

まったく困っていない声音で静鷹は言った。

「街にひとりで出かけていることはあいつも承知しているが、この店のことは知らないんだ。息抜きをするのに使う秘密の場所だから、誰にも言わないでくれ」

緑月は甘く溶けた氷を飲み込んで、じっと静鷹を見つめてしまった。

「息抜きしたいって、静鷹様でも思うんですか？」

今まで接してきた静鷹は、皇太子という責務を苦もなくこなしてなお、余裕があるように見えていた。政にも参加しているのに、疲れた様子だったことは一度もないのだ。

「ときどきはな。皇太子に生まれたことを恨んだことはないが、なんの責任も期待もない人間だったらと考えることはあるし、そういう者のほうが国には多いんだと忘れたくはない」

「――？　どういう意味ですか？」

「日々を生きるのに精いっぱいで、義務だなんだと考える暇がない人間はたくさんいるし、権力など持たず、大勢に期待をかけられるような人間でなくても、幸福に暮らすことはできる。というのを、宮中にいるとたまに忘れそうになる」

　静鷹はそう言ってから、いたずらっ子のような笑みを見せた。

「まあこの店は、そういうのも忘れてのんびりするだけの場所なんだが」

　冗談めかしているけれど、きっと大切な場所なのだろう。静鷹がいつになくくつろいで見えるのは、ここが安らげる秘密の場所だからだ。

「そんなお店に、私を連れてきてよかったんですか？」

「褒美だと言っただろう？　食べ終わったら、街のなかを案内してやる」

　こともなげに静鷹は言ったが、緑月は胸が苦しくなった気がして、さじで雪花氷をかきまぜた。騙すような連れ出し方はいやだし、慣れない服も落ち着かないけれど、このおいしい甜品を食べさせようと、隠れ家のような店に連れてきてくれたのだ。

「――ありがとうございます」

　小声で伝えると静鷹はちらりと視線をよこし、なにも言わないかわりに微笑んだ。あたたかみのある、あの笑みだった。

（やっぱり、この表情を見せる静鷹様が、本当の彼なのかも）

　食べるのに集中しはじめた静鷹を盗み見る。緑月にとっての静鷹は、どこか油断のならない人物だった。権力も名声もすでに己の力で手にしている、容姿端麗で品行方正な、それでいて他人には心を許さない皇太子。噂に聞いていたその人物像と、実際の静鷹はずいぶん違って思えたが、その分よけいにわからない部分もあった。

過度な処罰を与えないおおらかさがある一方で、宮中でも刀を手放さず、いざとなったら躊躇《ちゅうちょ》なくふるえること。おもねる態度を取る者は相手にしないくせに、緑月だけは妙にかまうこと。

「見惚れてるのか？」

　雪花氷の器ばかり見ていると思っていた静鷹が、いつのまにか緑月に視線を向けていた。緑月は首を横に振りかけ、思いなおして頷いた。

「見てました。静鷹様のことを、もっとよく知りたいと思って」

　静鷹が驚いたように目をみはる。それから、くしゃっと破顔した。

「緑月は本当に面白いな。予想もつかないことばかり言う」

「そうですか？　そんなこと、言われたことありませんけど」

　つぼに入ったのか、静鷹は腹まで押さえてしつこく笑っている。そんなに笑うことじゃないのに、と思ったが、不思議といやな気持ちはしなかった。

　連れてきてもらってよかった、と緑月は思った。こんなふうに二人で時間が過ごせるなんて――彼の言うとおり、ご褒美みたいだ。

　たっぷりある雪花氷を食べ終えて、連れ立って店を出る。建物の並ぶ大通りは、午後の最も気だるい時間帯でも活気があった。街といえば金蓮しか馴染みがなく、暮らしているのは静かな郊外だった緑月にとっては、気後れするほどの人の多さだった。金蓮だって異国との交易もあって賑《にぎ》やかだけれど、ここはとにかく人数が違う。

　慣れている様子の静鷹はすっと歩き出したが、緑月は行き交う人の流れにうまくまじれず、男性にぶつかってしまった。

「あっ、ごめんなさい」

　中年の男性は怒ることはなく、「気をつけろよ」

と言っただけで去っていったが、静鷹が心配そうな顔で戻ってきた。

「大丈夫か？」

「はい。人が多くて、ぶつかってしまいました」

「この通りは一番人の行き来が多いからな」

　すっと手を握りこまれて、緑月はどきっとして視線を落とした。静鷹の指が、しっかりと緑月の手を摑んでいる。静鷹は繋いだ手を引き寄せた。

「なるべく俺の近くを歩くといい。一軒立ち寄って用事をすませたら、眺めのいい場所に連れていってやる」

　静鷹の手は大きくてあたたかかった。夏なのに、その温もりが心地よく思えて、緑月は黙って半歩後ろを歩いた。地面を歩いているのに足元がふわふわして、身体は波に揺られるような感じがする。黙っているとどうしてか目の奥が熱くなり、わざと声を張り上げる。

「ここは、玖国以前から栄えた街なんですよね」

「ああ。州都はどこもそうだろう？」

「そうですけど、最初に玲汐の街に着いたとき、大きすぎてびっくりしました。建物もすごく高いし、道の数が多くて、細い道もたくさんあるのに、綺麗に交差していないでしょう。だから迷いそうになったんです」

「玲汐はいくつか川が流れているから、ほかの街の碁盤の目のような道は造りづらかったんだろうな」

　ただ黙らないためだけの話題なのに、静鷹は面倒がらずに応じてくれる。

「旅客も多いから、わからなくなったら聞けばたいていは教えてもらえる。それに、橋か大きな通りに出たら、本宮の楼閣が目印になる。街の真北が皇宮だから」

　ちょうど、小川にかかる橋が目の前だった。橋の真ん中から「ほら」と指差され、緑月は空にそびえる楼閣を眺めた。――あの美しい建物のすぐそばで、自分たちは暮らしているのだ。

「壮観ですね……」

緊張やわずかな羞《は》じらいも忘れて、緑月は景色に見入った。磨いたような青空に、高くくっきりとした楼。行き交う人々の足音や声。赤い欄干。川には舟が行き交い、風は海の匂いがする。

金蓮の街と違うのは、木が建物に寄りそうようにあることだ。二階の窓辺にも蔦《つた》が這っている。川を挟んで、緑月たちが来たのとは反対側、街の東側は石造りの建物が並び、道も入り組んでいて、また違った風情だった。

握っていた手が離されたかと思うと、静鷹が「待っていろ」と告げた。欄干にもたれて見送ると、川沿いの道に建つ、石造りの建物のひとつに静鷹が入っていくのが見えた。

宿だろうか。標《しるし》の旗がないかと目を凝らした緑月は、静鷹と入れ違うように出てきた姿にどきりとした。頭巾で頭部を覆う旅装だが、一瞬、銀色の髪が見えた気がした。

(楓雨先生――?)

体格も、背中から受ける年齢の印象も、身にまとう気配も楓雨に似ている。緑月は眉をひそめた。似てはいるけれど、先生のはずはない。こちらに来るなら、連絡くらいくれるだろう。でも、もしかしたら内緒で来ることも、あるかもしれない。

追いかけてみようか、と迷ったとき、静鷹が出てきた。手にはなにか持っていて、まっすぐこちらに戻ってくる。数分で緑月のもとまで来た彼は、持っていた串を渡した。

「山査子の飴がけだ。歩きながら食べられる」

「……あそこ、飴のお店なんですか?」

受け取りながら、緑月はさきほど静鷹が入って出てきた建物に目を向けた。川沿いの道の先を見ても、

もう楓雨に似た姿は探せなかった。

「宿なのかと思いました」

「宿だが、店先で細工ものや菓子も売っているんだ」

静鷹は橋を渡り、石造りの建物のあいだを縫う細い道を行く。飴を買うなら店まで一緒に行ってもよかったのに、と思って、緑月は手にした串を見つめた。

「あそこで、楓雨先生に似た人に会いませんでした？　あなたが入ってすぐ出てきた客がいたんですけど、先生によく似ていたんです」

「いや、会わなかった」

静鷹が怪訝そうに首をかしげた。

「橋からあの宿まではけっこう距離があっただろう。そんな遠目で、似ているとわかるものか？」

「ちょっとだけ、銀色の髪が見えたような気がしたんです。はっきり見えたわけじゃないから、気のせいかも。——急用かもしれないけど、もし来るなら、私にも手紙くらいくださるはずですよね」

たぶん違う人だったのだ、と緑月は思うことにした。

「会いたいと思っていたから、似ている人を見間違えたのかもしれません」

山査子の実をひとつ串から抜いて、飴ごとぱりぱりと嚙む。

「ん、これもおいしいです。金蓮でも、お祭りのときに食べたことありますけど、飴の味が違いますね」

「楓雨に会いたいのか？」

柳の葉が揺れる下をくぐりながら、静鷹がじっと見つめてくる。

「もちろん、会いたいですよ。今だったら試験の結果も報告したいし、この前は先生の近況も聞き損ねてしまったから、ゆっくり話したいです。楓雨先生って、勉強を教えるのも上手ですけど、話し上手でもあるんですよ」

「あんなことがあっても、まだ楓雨を慕うのか？」

「あんなこと？」

問い返して、緑月は静鷹が思いのほか真剣な眼差しをしていることに気づいた。

「楓雨はおまえを騙していたことになる。それに、もしかしたらあの話にも、嘘があるかもしれないだろう。たとえば、美葉に呪いをかけたのがおまえの父でなく、楓雨だったかもしれないとか、楓雨がおまえの父を利用したのかもしれない、とか」

「まさか」

反射的に、緑月は笑ってしまった。

「楓雨先生はそんなことをする方じゃないですよ。静鷹様は先生のことを知らないから疑うのかもしれませんけど、私は彼をよく知っています」

細い路地の向こうから風が吹き抜けてくる。濃くなった潮の匂いにまじって、きゅうきゅうと鳴く海鳥の声も聞こえた。角をひとつ曲がるとぱっと眼前がひらけ、緑月は歓声をあげた。

「海だ！」

緑月たちがいるあたりは高台になっていて、斜面を這うように街が続いた先に、港があった。のびた桟橋に横づけされた巨大な船が、幾隻も見える。青と灰色をまぜた色合いの海は絶え間なく揺れる一枚の布のようだが、波頭がときおり白く崩れて、そこが深い水だと教えてくれていた。はるか彼方《かなた》の水平線は、空とのあいだにゆるく弧を描いている。

「おまえがなぜそうも人を信じられるのか、俺は不思議だ。俺がおまえなら、二度と楓雨と交流を持とうとは思わない」

景色のいい場所だからか、道の脇に簡素な長椅子が置かれ、木陰から海を眺められるようになっていた。そこに腰を下ろした静鷹が見上げてきて、緑月は「もう」とため息をついた。

「私はどうして静鷹様が、そんなに人を信じられないのかが不思議です。楓雨先生は勉強を教えてくれる先生でしたけど、以前は父の友人で、私にとっては兄のような人だったんです。父の死のあとも支えになってくれて、家族とか親友とか、簡単には言い表せないくらい、大事な存在です」

「おまえにとっては大事な存在でも、楓雨にとってのおまえは違うかもしれないぞ」

「いやなこと言いますね」

　せっかく楽しい気分で街を見物していたのに、静鷹は妙にこだわる。緑月は飴の串を突きつけた。

「ひとつ教えて差し上げます。私は楓雨先生の秘密を知っているんです」

「ほう、秘密？」

「先生は口にしたことはないけど、たぶん、白氏の分家の血を引いているんです。だって先生は、ひとつだけ法術が使えるから」

「法術を――？」

　すっと静鷹の顔色が変わるのを、緑月はしてやったりの気分で眺めた。

「驚いたでしょう？　楓雨先生は他人の声を盗めるんです。父の死後に一度だけ、私が泣きやまないので、市場のおじさんの真似をしてくれて、笑わせてくれました。いつも冗談ばかり言っている面白いおじさんなんですけど、本当に彼の声そのままでびっくりしたら、ほかの人には内緒ですよって先生が言ったんです。聞いたことのある声なら、同じ声音で話せるんだそうです」

　法術を使えるのは白氏か墨氏しかいない。楓雨は以前この玲汐にいたこともあるらしいが、西嶺州に来たのは白氏の血を引くからなのだろう、と緑月は考えていた。どうですか、と胸を張る。

「もし先生が悪い人だったら、子供の私の前でも、法術が使えるところを見せたりしませんよね？　使える術がひとつだけでも、秘密を打ち明ける理由なんかないでしょう？」

「そうやって油断させる手かもしれない」

「油断させてどうするんですか。それに、先生が父の死を利用したり、仕組んだりしたとしても、そのあと十一年も私に優しくする理由だってないでしょう。――飴、ひとつどうぞ。甘いものを食べると、心も穏やかになりますよ」

「いらな、――」

　首を振りかけた静鷹の口に無理に飴を押し込むと、静鷹はいやそうな顔をした。それでもひとつ山査子の実を取る。

「俺にこんな飴の食べさせ方をするのは、緑月が初めてだ」

「疑り深い静鷹様がいけないんです。なんでそんなに、信じられないってばかり言うんですか？」

　静鷹の隣に腰を下ろして、緑月は山査子をもうひとつ、串から引き抜いた。座っても、眼下に海が見下ろせる。白と赤や、緑と金に塗られた色鮮やかな船のあいだで、荷を積んだり下ろしたり、働く人々の姿も小さく見えた。東や南の、海の向こうの国まで行く船だ。

「自分でもよくわからないんだ」

　静鷹は船よりも遠くを見るように目を細めた。

「なにもかも信じていないわけじゃない。たとえば、ひとつ仕事があるとして、ある人物の能力を考えれば、十分に遂行できる、と考えるのも、信じるうちのひとつだろう？」

「……そうですね、ある意味では」

　ちょっと違うような気もする、と思ったが、能力を評価するのも、信頼の一種ではあるかもしれない。

「俺はそうやって信じたときも、二割くらいは、失敗または中途半端で成し遂げられない可能性がある、と考える。たとえ誰であれ、絶対に完璧、ということはないから。それは政を担う者として、当然考えるべきことだし、備えるべき事態だ。だが、『できないこともある、できなくても仕方ない』と考えてまかせるのは、信じているとはいえないと、よく言われるんだ。失敗した相手に、『予想はしていたから案ずるな』と伝えたら、信じていなかったのですかと憤られたりする」

「それは——たしかに、相手は憤慨するかもしれませんね」

　光景が目に浮かんで、緑月は唸りそうになった。いろいろなことを想定して備えておくのは大切かもしれないが、失敗したときに「失敗すると思っていた」と言われて嬉しい人間はいないだろう。

「俺が臣下なら、失敗する可能性があると思われていたほうが安心できる。相手がけっして失敗しないとか、間違えないとか、裏切らないと信じて、なにも手を打たないでいる主君は怠慢だろう。悪いことを想定せずになにも備えないのが『信じる』ということなら、たしかに俺は誰のことも信じてはいない。物心ついてからは、一度もだ」

（そうか……静鷹様が人を信じないのは、そういう立場だからなのか）

　淡々とした静鷹の横顔に、皇太子というのは大変なんだな、と緑月は思う。重責、と一言で表すのは簡単だが、置かれている状況も、求められることも、庶民やそのへんの貴族とは違いすぎる。

　でも——静鷹だって人間なのだ。息抜きをしたい、と思うような。

「灰藍様は？　あの方のことは、信じていますよね？」

「灰藍は能力が高いんだ。なにごとも人並み以上で、俺の考えることも、要求も、先回りして手を打ってくれるようなやつだ。その能力は誰より信じられるが、忠誠心を信じているわけじゃない」

　遠い沖合から視線を戻し、静鷹は緑月のほうを見た。

「もし俺が、皇太子などやめて船に乗って、二度とこの国には帰ってこない、と決断したら、灰藍は俺を見限る。灰藍は俺が皇帝にふさわしいと認めてくれているが、それは俺が灰藍の期待に背かないだけの振る舞いをしているからにすぎない」

　とくに残念そうでもない口ぶりが、かえって緑月の胸を刺した。

「船乗りになって国を捨てるのは極端な例だが、そこまでいかなくても、あいつの期待を裏切れば、幻滅されて終わるだろう。それでいいと、俺も思っている」

「――いい、でしょうか」

　灰藍がこの言葉を聞いたらどう思うだろう。彼には彼の、違う思いがあるかもしれないのに、静鷹は「いいんだ」とかぶりを振った。

「心変わりしない人間など、いなくて当然だ」

　ざっと音を立てて、強い潮風が吹き上げてくる。髪を揺らしていく風を受け、緑月はもどかしいような思いを持て余した。額をあらわにした静鷹の横顔が眩《まぶ》しい。普段よりも無防備に感じられるその顔を見ながら、もう少しなのに、と焦れったかった。

　もう少しで摑めそうだ。

　この人を。静鷹という人の、なにか大切な部分を。

「……静鷹様は、人を信じられないけれど、信じたいと思っているのかもしれないですよね」

「俺が？」

　怪訝そうに静鷹が振り向いた。

「はい。だって、信じるのって、結局は好意じゃないですか。さっきは静鷹様を納得させようと思っていろいろ言ったけど、楓雨先生のこと、もしなんにも理由や証拠がなくても、私は結局信じると思うんです。少なくとも、先生本人が、ずっと騙していたんだよ、とでも言わないかぎりは」

最後の山査子を串から抜いて、ぱりぱりと噛む。甘酸っぱい山査子の味と飴の味をゆっくり楽しんで飲み込み、緑月は言った。

「だって先生のこと、好きですから」

静鷹の眉根がぐっと寄って、急いで言いそえる。

「誤解しないでください、変な意味じゃないですよ。人として、兄弟のように親愛の情があるっていう意味です」

「いや、それはわかっているが」

渋面のまま、静鷹は納得できかねるように唸った。

「おまえの言い分だと、俺が誰かに対して親愛の情をいだきたがっているみたいじゃないか」

「ええ。そうじゃないかなって思ったんです。自覚していないだけで、理屈抜きに誰かを好きになりたいのかなと」

「そんなわけないだろう」

できるわけがない、と静鷹が呟いた。本気で不服そうな彼の手を、緑月はそっと握った。

「せめて灰藍様のことは、好きでいてもいいじゃないですか。子供のころから一緒に過ごしてきたそうですし、灰藍様もきっと、静鷹様のことが好きです。静鷹様の素質とか能力じゃなくて、人間として好意がなかったら、あんなにずっとおそばにはいられないですもん。静鷹様が海賊になるって言い出しても、きっとお供してくれます」

だって、緑月が灰藍の立場だったら、やるせない。敬愛しているのに、「おまえは俺を好きなわけじゃないだろう」などと突き放されたら、がっかりしてしまう。

「考えてみてください。静鷹様だって、もし灰藍様がなにか失敗したり、驚くような決断をしたからって、見限ったりはしないでしょう？　まずは理由や経緯を聞きませんか？」

「……聞かない」

静鷹は握られた手を見つめ、それから船を見下ろした。眉根を寄せた、不機嫌で頑《かたく》なな顔だった。

「灰藍だろうと誰だろうと、どんな理由であれ、俺を失望させた人間がいて、その行為が俺にとっては許容できないものだったら、宮からは追放する」

「――頑固だなあ」

緑月はため息をついた。なるほど、こういうところが「気難しい」と言われる所以《ゆえん》なのだろう。

「静鷹様は陰口には寛容にできるんですから、もっといろんなことを信じて、許したほうがいいですよ。そしたら、きっともっと、優しい笑顔の日も増えます」

「優しい笑顔？」

怪訝そうに静鷹に顔をしかめられ、緑月は慌てて言いなおした。

「なんでもないです。要するに、灰藍様のことくらい、無条件に好きでもいいはずだ、ってことです。人を信じるほうが、きっと満ち足りて、幸せな気分になれますよ」

「――幸せ、か」

独り言のように呟いて、静鷹はもう一度海へと視線を向けた。物思いに耽《ふけ》るような横顔で船を眺めたあと、緑月へと視線を戻す。硬い表情から一変し、余裕のある笑みが浮かんでくる。

「灰藍のことはともかく、その理屈なら、おまえは俺に愛されたがっていることになるな」

からかうように目を覗き込まれ、緑月は顎を引いた。

「どうしてそうなるんですか」

「信じてくださいと、何度も懇願したじゃないか。愛してくれという意味だとは思わなかったが、道理で切実そうな態度だったわけだ。ほとんど告白だな？」

「なっ……告白、なわけ、ないでしょう……！」

「違うのか？　もっと知りたいと言ったり、やきもちを焼いたりするくせに？」

　ふっと息が鼻先にかかって、耳まで熱くなった。

緑月は急いで握った手を離して立ち上がった。

「せっかく人が真面目に話しているのに、茶化すのは失礼ですよ。もう帰ります」

「照れることはないだろう。応えてやろうと思ったのに」

　笑ったまま、静鷹は緑月の腕を摑んで引きとめてくる。緑月はたたらを踏んで振り返り、静鷹を睨もうとした。

　だが、思った場所に彼の顔がない。立ち上がった静鷹は上から顔を近づけてきて、どきりとしたときにはもう、腰を引き寄せられていた。

「好きだ」

「――っ」

　強く、唇を塞がれる。間近い静鷹の瞳の深い紺色が怖いほど輝いて見えた。言葉よりも正直で雄弁な、射るようなその鋭さを感じると、どこかでふつりと、糸が切れるような錯覚がした。

（……あ、だめ、だ）

　落ちるような、引きずられるような感覚だった。

　――こんな目をして、彼のなかの自分が、わずかも特別じゃない、だなんて信じられない。好きだ、という短い、低いあの声が、本音でないはずがない。

　揺れた静鷹の髪が日差しに透けて、緑月は身体の芯を駆け抜ける喜びに目を伏せた。夏の陽《ひ》よりも熱っぽい口づけ。ひと気がないとはいえ街のなかの、見晴らしのいいこんな場所で、抗えないほど強く抱きしめてくる力。

　閉じた目の奥で世界が揺らいだ。

（静鷹様――私も、です）

　いけない恋だ。人には悟られてはいけない思いだ。

わかっているのに、それさえ緑月の胸を熱くした。

だめだと知りながらも二人とも同じ気持ちだなんて――それだけ強く、惹《ひ》かれずにはいられなかったという証でしかない。

（どうしよう。嬉しい。嬉しい……けど）

いけない、と緑月は自分を諌めた。溺れるわけにはいかないのだ。

緑月は名残惜しさを押し出すように、静鷹の胸を押した。嵐のように光が渦巻く彼の瞳を見つめて、言葉を探す。

「臣として、静鷹様のご寵愛には、忠誠を持ってお応えさせていただきます」

すう、と静鷹の顔から表情が抜けた。虚をつかれたような顔にずきりと胸が痛み、緑月は拝礼の姿勢を取った。顔を上げないまま、踵を返す。

「帰りましょう。あまり遅くなっては、灰藍様に怒られるかもしれませんから」

引き攣れるように心臓が痛かったけれど、ほかに言えることはなかった。たとえ静鷹にがっかりされても――傷つけてしまっても、こうするしかない。

「そうだな。……悪いが、先に戻ってくれ。まだ用がある」

「わかりました」

静鷹の声は硬いように思えたが、振り返って表情を確認することはできずに、緑月はひっそりと唇を噛んだ。

まだ、今なら、気の迷いですむ。禁断の愛など、勘違いだったことにしてしまわなければ。

◆◆◆

指定されたのは新市街との境になる川のほとりの、なんの変哲もない宿だった。玲汐の街にいくらでもあるような、大きくも小さくもなく、古い建物をそのまま使ってある安宿だ。一階は食事処《どころ》をかねていて、奥の建物や二階が宿になっている。

　のれんをくぐって入ると、奥の帳場にいた男がちらりとこちらを見た。流行《はや》ってはいないらしく、さきほどと同じく無人で、飴が申し訳程度に並べてある。その男は一日に二度も顔を見せた静鷹を訝《いぶか》しむ様子はなく、近づくと奥を指差した。

「二階です。まだ戻ってこられないんで、待っててください」

　静鷹は黙って頷いた。狭い階を上がると、川とは逆側の房だけが、戸を開けてあった。目印の緑色の細い布が吊るしてある。入れば、窓からは狭い庭が見下ろせた。中庭のようだが、奥はべつの人間が住まっているのか、洗濯物が揺れていた。

　小さな文机しかなかったが、酒と肴は用意されていて、静鷹は窓際で盃を傾けた。辛めの酒だ。舌の根が痺れるのは酒のせいだ、と思おうとして、無意味さに顔をしかめた。誰もいないのに、己を偽っても仕方がない。

　——なぜ、あんなことを言ってしまったのか。

　聞き耳を立てる者がいたわけではない。にもかかわらず、短い言葉は勝手に——気づいたら、口をついていた。

　たぶん、緑月を喜ばせたかったのだ。自分でも気づかずに想いを昂らせている愛らしさに、少しだけ報いてやりたかった。好きだと言えばいっときでも、幸せな気分に浸れるはずだから、口にしたのだ——と、思う。

　なのに、と静鷹は盃を干す。舌の根と喉が、同じくらい痛んだ。

　なのに、緑月はまるで傷ついたような顔をした。あんな表情をさせるつもりはなかった、と思いながら酒を注《つ》ぎ足し、小さく舌打ちした。

　どうして自分が無意味なことをしたのかわからない。よく考えれば、いっときの幸福感など与えるほうが残酷なのだ。愚かな真似をした、と思うと苛立って、さらに酒を注ぎ足して飲み干したが、苛立ちはわずかもうすまらなかった。また緑月の顔が脳裏に浮かぶ。

　せつない、悲しげな顔。

　三杯目を飲み干して、静鷹は己に言い聞かせるように呟いた。

「あいつが分を弁える人間で、よかったじゃないか」

　臣として、と緑月は言った。好ましい態度だ。つけ上がられるほうが後々困る。惚れていないというなら、すべてことがすんでも、緑月も傷つかないかもしれない。利用されたと怒るようなら、忠誠を誓うと言っただろうと返すこともできる。色恋に溺れない人間のほうが、長い目で見れば自分の支えになるはずだ。

　四杯目を飲み干そうとし、静鷹は盃を置いて目元を覆った。こんな姿は、とても他人には見せられない。

　こんな心は、けっして他人には悟られてはならない。

　理性では重畳だと思っているのに、感情では——本音では、緑月には喜んでほしかった。顔を赤らめ、恥じらって文句を言って、それでも身を寄せてくるような反応を期待していたのだ。

　人目もないのに、そんなふうに振る舞わせる必要はない。不要にもかかわらず期待したことを、己でも信じたくなかった。

　どうして、緑月を手に入れてみたい、と感じるのだろう。

（計画上——今は慕われていたほうが都合がいいから、のはずだ）

　そう思おうとして、また緑月の顔が目の奥に浮かんだ。自分のことは口に出さず、灰藍は信じたらいい、と言った穏やかな表情。静鷹様は信じたいんですね、と言ったやわらかな声。

記憶に焼きついた声や表情で、身体の芯がかっと熱を帯びた。欲しい。

あれが欲しい。

理屈抜きに欲しい。

（……いっそ、緑月を駒から外すか）

ふっと魔が差した。

計画ごと中断してしまう方法もある。俊鈴と紫杏のことは、過去のこととして放置しても、誰も文句は言わない。いまさら犯人を暴いたところで、たいした意味はない。なにもなかったことにして忘れれば、静鷹はなにも失わずにすむ。

最も穏便だ――と考えかけて、静鷹は首を振った。酒を注ぎ、飲み干して口を拭う。

「見失うな。緑月は餌《えさ》だ」

獲物は狩らねばならない。そこに過ちがあるのに、見過ごすことは静鷹にはできなかった。たとえ緑月に、もっと許せ、と言われてもだ。

この胸の痛みは、愚かな振る舞いをした報いだと思えばいい。

さらに酒を注ごうとしたとき、すう、と戸が動いた。頭布で顔のほとんどを隠した旅装の人物は、静鷹を見て笑った、ような気がした。

「仕込んでまいりましたよ。ただもう少し、揺さぶらないといけないかもしれません」

どうしますか、と聞く声が、自分の心の深淵《しんえん》から届くようだ。静鷹はそこだけあらわになった目を見つめた。

「ひとつ聞きたい。心を操る法術というのがあるだろう？　どのようにかけるか知っているか？」

「さて、私は詳しいわけではないですが」

白々しい声音でとぼけて、相手は近づいてくると酒を盃に注いだ。静鷹の前に置き、「聞きかじりですが」と前置きをする。

「どういう方法かわかりませんが、術にかけられると相手は頭がぼうっとするそうです。そこで、たとえば月夜には舞を舞わねば、と信じ込ませる。信じ込むと、それが頭から離れなくなるらしいです」

「それは知っている。だが、実際に舞わせるのには、なにかないのか。再度命じるとか、叩くとか」

「法術をかけた者の腕によるようですし、信じ込ませる内容にもよるでしょうが、さきほどの例のように、月夜と限定しておけば、再度命じる必要はないようですよ。必要がある場合は、よく使うのは香りだと聞きますね。——あとは」

なにげない仕草で男は窓の上方を見上げた。

「言葉を呪のように使うこともあるとか。これが一番、効きがいい。その言葉を聞くと、術をかけられた者は身体が動いてしまうのだそうです。恐ろしいことです」

他人《ひと》事のように微笑んだ男は、咳払いして正座した。

「揺さぶるのは、どうしますか？　やりづらいのでしたら、私のほうで手を打ちましょうか」

一瞬、迷いを見抜かれた気がして、苦い気分が込み上げた。静鷹は酒を飲み干して、そっけなく返した。

「いや。餌はこちらで撒く」

◆　◆　◆

試験の結果を受けて、人事が発表されたのは翌週だった。

まずは文科と武科の合計が、最も低かったほうから十人が放宮となった。続けて、上位六人には、黒雀宮のなかでの役が与えられた。首位の研達は宮内の風紀を取り締まる秋官《しゅうかん》役。二番目の緑月は春官役で、主に祝いごとの席での静鷹のための配膳や備品の用意、催しの進行を担うことになった。役を得た若雀にはそれぞれ数人が部下となり、指示によって実務をこなす。

　実際の朝廷での仕事のやり方を学ぶための仕組みなのだろう。講義の内容も、今までの知識を蓄えるものから、「こういう出来事が起きた場合は、どう対処するか」を考えさせ、討論させるようなものに切り替わった。

　税の徴収や刑の決め方など、覚えてきた学問だけでは答えが出せない問題が多いから、勢い、講義以外の時間も調べものをする必要が増えた。黒雀宮の書庫だけではとても文献が足りず、許可を取って外《がい》朝殿《ちょうでん》――廷臣や官吏が政を行う建物まで外出しなければならない。

　つけられた役の仕事内容についても、わからなければ先生だけでなく、実際に官府の者に質問しなければならず、日々は一気に目まぐるしくなった。

　やるべきことが増えて仔空などは悲鳴をあげていたが、緑月にはありがたかった。忙しくしていれば、よけいなことを考えなくてすむからだ。それでも夜には、気を抜くとあの日の静鷹を思い出してしまう。

　正しい選択をしたはずだ。そのはずなのに、ひと月が過ぎてもまだ胸が痛む。

　まるで自分の言葉を悔いているように、何度も何度も、思い返しては考えてしまう。あのまま「私も」と囁き返していたら、どうなっていただろう、と。

（今ごろ、幸せな気持ちだったかなぁ……）

　少なくとも、静鷹との会話を避けたりしないで、心地よく過ごせていたはずだ。きっと静鷹の笑顔に緑月も笑い返して、ときどきは夜も呼び出されたりして――身体を重ねるあの行為がただの義務感ではなかったら、どんなに誇らしくて、嬉しいだろう。

（……だめだめ。そんなこと、できるわけないんだから）

緑月は足取りが遅くなっていることに気づいて、ぐっと表情を引きしめた。外朝殿へと向かう途中なのだ。これから、執務の間にいる静鷹に会わなくてはならない。

もう少しで九月。実りの季節を迎え、宮中は豊穣《ほうじょう》を感謝する行事が多くなる。黒雀宮では九月最初の行事、実月祝《じつげつしゅく》の日に、宴をひらくことになっていた。春官は献立から使う器まで決めるだけでなく、列席する若雀の席次も研達と相談して決めるようにと指示された。相変わらずそりのあわない研達とどうにか意見をすりあわせ、今日は静鷹に許可をもらう日だった。

許可といっても儀礼的で、だめだと言われることはないらしいが、多忙な静鷹は最近黒雀宮には長居しない。外朝殿の執務の間にいるからそこまで行け、と先生に言われて来たのだが。

「場所、わかんないんだよね……」

大勢の人間が働く外朝殿は広い。入り口の衛兵は教えてくれなかったので、とりあえず奥を目指してみたが、手当たり次第覗くわけにもいかない。行き交う役人は忙しげな人が多く、年配の人も多くて気後れがしたが、緑月は肚に力を入れると、立ち話をしている数人に歩み寄った。

「黒雀宮の緑月と申します。静鷹様の執務の間に行くように言われているのですが、場所をご存じでしたら教えてください」

拝礼すると、男性たちは互いに顔を見あわせた。全員が墨氏だ。制服姿の緑月を居心地が悪くなるほど眺めたあと、「正院だ」と指差した。

「十字に廊下があって、左の手前を静鷹様がお使いだよ。入り口そばの控えの間に侍人がいるはずだから、約束があると言えば入れてもらえるはずだ」

「ありがとう存じます」

もう一度拝礼して通りすぎると、後ろから「あれか」と声が聞こえた。

「静鷹様が最近気に入っているという『猫』だ」

「どんな猫かと思えば、顔がいいだけですねえ」

「静鷹様は面食いだからな」

　忍び笑う声まではっきりと届いて、緑月はむっと唇を引き結んだ。あいつらも反静鷹か、と思ったが、直後に「いいじゃないか」という声も聞こえた。

「灰藍ひとり勝ちより健全さ。青氏ばかりがいい思いをするのでは、わざわざ五氏ある必要がなくなる。白氏なら均衡も取れよう」

「呪殺するような女の出る家系ですがね」

「あれとて、平和ぼけした赤氏の目を覚まさせるにはちょうどよかったかもしれぬ」

「今現在、一番青ざめているのは赤氏より灰藍でしょうけれどねえ。黒雀宮では静鷹様の比翼は灰藍かあの猫かで、二派に分かれているとか」

「灰藍は自分も卑しい出だ、猫に文句をつけたくともつけられまいよ」

　歩くにつれて声は遠ざかったが、少し意外な気がした。灰藍が静鷹の腹心なのは、誰も反対しないのかと思っていた。

（そういえば、ずっと前に妓女が本当の母親だって噂があるって、仔空が言ってたなあ）

　もっとも、彼らはなんにでも不平を言いたいだけかもしれない。ああして噂をしたり陰口を叩いたりするのは、外朝殿も黒雀宮も同じなようだから。

（他人のことを卑しいとか穢れてるとか陰口ばっかりで、身分や家柄で見下して足を引っ張ろうとしたり、いやがらせしたり――男の嫉妬と欲望って醜いよね）

　そんな暇があったら、少しでも役に立つよう、目にとめてもらえるよう努力すればいいのに。

　腹立たしさで俯きそうになるのを、頭を上げてやりすごし、教えられた正院の入り口にたどり着くと、別の通路を通ってきたらしい仔空と研達に出くわした。めずらしい組みあわせだ。研達は不快そうに顔を歪め、仔空は驚いたあとで、すぐに屈託なく笑いかけてきた。

「おつかれ。緑月は静鷹様のところ？」

「うん。仔空は？」

「実月祝の舞に使う武具のことで、冬官府《とうかんぷ》の方に聞かなきゃいけないことがあって」

面倒そうに肩を竦めた仔空は、黒雀宮の冬官役になった若雀の、補佐をする係なのだ。

「私も実月祝のことで来たんだ。……研達は？」

無視するわけにもいかずに話を振れば、研達はつまらなそうに鼻を鳴らした。

「祭りだ祝いだと呑気なことですね。特にご寵愛にあぐらをかいている輩は、愚かとしか言いようがないです」

つきん、と心臓のあたりが痛んだ。あぐらはかいていない、と言いたかった。気に入られていると無邪気に喜べていたら、こんな思いはしていない。

俯いた緑月に、研達は勝ち誇ったように袖を振った。

「私は今週の講義に備え、天官府《てんかんぷ》に資料をお借りしに行くのです」

気取った仕草で向きを変え、時間がないので失礼します、という口調まで嫌味っぽい。仔空は後ろ姿にべっと舌を出した。

「途中でたまたま会ってさ、声かけてきたんだよ。なに考えてるかわかんなくて、僕やっぱり好きじゃないな、あの人。せっかく緑月が話しかけたのに、あの態度はないでしょ」

「案外、仔空が私と仲良くしているのが気に入らないのかもよ」

「知るかそんなことー！」

ぷんぷんする仔空の肩を叩いてなだめつつ、緑月はふと疑問に思った。たしかに明後日、天官の業務についての講義はあるが、具体的な内容はまだ知らされていない。資料の借りようもないのに、なにを読むつもりなのだろう。

（……次の試験では文科でも首位が取りたいのかな）

　彼なりに必死なのかも、と思いつつ遠ざかった研達の背中を見ていると、仔空がつんつんとつついてきた。

「冬官府の人たちちょっと怖いから僕は憂鬱だけどさ、緑月は久しぶりの逢瀬、楽しんできてねっ」

「仔空……いい加減にしてってば」

「怒らなくてもいいでしょ。最近ずーっと浮かない顔だもの。忙しくて会えないのってつらいよねえ。緑月のせつない表情を見ると僕まで泣きそうだったから、用事にかこつけていちゃいちゃするんだよ」

「するわけないだろ！」

　睨んだが、仔空はさっさと建物に入っていってしまう。緑月は抱えた紙の束を持ちなおした。ついでにぱちんと頬も叩く。仔空の言うとおりに表情に出ているなら、そんな顔ではとても静鷹には会えない。

（……静鷹様は、どんな気持ちなのかな）

　あの日以来、静鷹とはまともに顔をあわせていない。幾度かお茶の席への呼び出しがあったのも、多忙を理由に断っていた。黒雀宮で見かけるだけでも気まずくて、とても普通に話せる気がしなかったからだが——静鷹がまだ誘ってくるとは、正直思っていなかった。

　緑月の思いを汲んで、皇太子と有望な若雀としてつきあおうとしているのか、それとも諦めきれずにいるのか。遠目に見るかぎり、静鷹に変わった様子はない。もしかしたら、気まずいと感じているのは緑月だけなのかもしれなかった。

　緑月はといえば、これから書類に判をもらうだけでも気が重い。

（よけいな会話はしないで、許可をもらったらすぐに戻ってこよう）

かるく唇を噛んで雑念を払い、緑月は努めて背筋を伸ばした。正院入り口脇の控えの房を訪ね、用件を告げると、侍人のひとりが執務の間まで案内してくれた。

扉を開けた先、灰藍が机に向かっていた。緑月に気づくと、「奥です」とだけ言って視線を机の上に戻す。書きものの最中のようだった。示された奥は屏風で隔てられているだけだ。回り込み、屏風の横で拝礼する。

「実月祝の祝膳の席次について、ご許可をいただきにまいりました」

「ああ、来い」

顔を上げると、大きな窓が目についた。その前の高座に机が置かれ、静鷹が座っている。なにか読んでいたようで、緑月をそばに来させると首に手を当てた。ふう、と息をつく様子がいつになく疲れているように見え、緑月はつい眉をひそめた。

「ご体調が優れませんか？」

よけいな口はきかない、と決めていたのも忘れて聞くと、差し出した紙の束を静鷹が受け取る。

「体調は悪くない。ただ、この時期はなにかと雑務が多くて、少し疲れは溜まったかな」

「ご無理なさらず、早めに医者に相談されたほうがいいですよ。だいぶやわらいだとはいえ、昨日も暑かったですし」

緑月は窓戸を開けた。ごく薄い紙を貼った窓戸は光は十分入るが、風は通さない。

「今日は涼しいですから、風を浴びたほうがいいです」

体調不良は、このくらいなら平気だ、と油断しないのが大事なのだ。用心さえしておけば大きく崩れることはない、と身をもって知っているせいで、つい口調に熱がこもった。

「夜の入浴の温度は低めに、早めの就寝を心がけ、薬湯などで気を静めるようにしてください」

慣れた様子で印を捺《お》しながら、静鷹が苦笑した。

「今から主君の体調まで心配して、比翼になったときの練習か？」

ごく普通の、変わらない態度だ。落ち着いた雰囲気に、緑月はほっとした気持ちになった。この様子なら、主君と臣下という関係がいいと、彼も思ってくれたのかもしれない。

「ただ心配してるだけです。比翼であろうとなかろうと、案じるくらいするのが普通でしょう」

あっというまに見終わった静鷹が紙を揃える。受け取ろうと、緑月は手を伸ばした。途端、手首を強く引っ張られる。前にのめった身体を抱き寄せられ、半ば彼にのしかかるような体勢になって、耳がたちまち赤くなった。

「……っ、静鷹様！」

咎める視線を向けると、静鷹は面白がるように目を細めた。

「臣として忠誠を尽くす気があるなら、主君の疲れを癒すのも務めじゃないか？」

からかう調子で自分の言った言葉を口にされ、ざわっと身体が熱くなる。静鷹はそのまま唇を近づけてきた。

「私は、政に関しての忠誠という意味で、……っぅ、んっ」

逃げようとした唇を強引に塞がれ、緑月は反射的に目を閉じてしまった。静鷹は巧みに身体を反転させ、自分が上になって緑月を組み敷く。髪が落ちかかり、抗議しようと目を開けて、緑月はひゅっと心臓が縮むような心地を覚えた。

静鷹の目は苛烈な光をたたえていた。まるで怒っているかのような烈しさで見下ろされ、声が出なくなる。竦んだのを感じとった静鷹は、悠々と再び口づけながら、床と緑月のあいだに手を入れ、裳ごしに尻を揉んだ。

「ん……っ」

　普段より強い羞恥が込み上げてくる。ここは外朝殿で、黒雀宮ではない。すぐ近くに灰藍がいるだけでなく、ついさっき、自分で開けてしまった窓の外を、誰が通るかわからないのだ。緑月は必死で静鷹を押し返そうとした。

「ふざけないでください。まだ執務中……っや、だめですっ」

　帯がほどかれる。隙間から手を差し入れた静鷹は内衣もかきわけて性器を握りしめて、緑月の身体をびくりと跳ねさせた。静鷹の指は優しいほどの動きで、雁首や裏筋を撫でてくる。そうしながら、あやすように鼻先に口づけた。

「声を聞かせろ、緑月。このひと月、おまえをこうして抱きたくてたまらなかったんだ。おまえが呼び出しに応じないから、こうして執務にかこつけて呼んだんだぞ」

　ふに、と唇を押しつけられ、思わず目を見ひらいた。

「じゃあ、許可の印をもらわなければならないっていうのは嘘なんですか？」

「それは本当だ。だが、外朝殿を離れられないほど多忙なわけじゃない。俺が黒雀宮にいるときでかまわないんだが、それでは二人きりになれないだろう」

　静鷹は当然のことのように言ったが、緑月は思いきり顔をしかめた。

「公私混同です」

「今回だけだ。――好きだ、と言っただろう？」

　至近距離で、静鷹の目が濃さを増したように見えた。ぞくりと震えそうになり、慌てて顔を背ける。

「私は、臣として忠誠を誓うと、言ったじゃないですか。こういうことは、困ります」

「なぜ？」

「な、なぜって……私は、姫ではありません。許されないことです」

　緑月の答えに、静鷹はどうしてか、嬉しげに笑った。

「つまり、許されないような感情が、緑月にはあるのだな」

「――っ、それ、は」

　はっとして否定しようと顔を戻した途端に、頬に唇が押しつけられた。息を呑んだ緑月に、静鷹が目を細める。

「安心しろ。しきたりや法令など、俺がいくらでも変えてやる」

「っ、だめです。それこそ、公私混同じゃないですか」

「違うな。今はそい遂げられずにいる者たちが、幸せになれるだろう？」

　自信に満ちた声に、緑月は口をつぐんだ。――自分だって、父への誹謗中傷がいやで、意味のない忌避は禁止する令を作りたい、と考えたことがある。人を虐げるような決まりを作るわけじゃないなら、公私混同、とは言えない、かもしれない。

　黙ってしまうと、反応を促すように、性器の先端を丹念にいじられる。漏れかけた喘ぎを呑み込むと、静鷹は今度は耳に口づけた。

「信じるのは相手への好意があるからだと、緑月に言われて自覚したんだ。おまえを信じたい気持ちになったのは、愛したいという欲だったと」

「わ、私が言った愛は……そういう意味だけじゃないって、……ふ、ぅっ」

「欲するのも愛のうちだ。――俺は、おまえのすべてが欲しい」

　くちゅ、と耳のなかに舌が入り込んだ。ぁあ、と小さく声が出て、強い目眩がした。握られたままの性器が腫れぼったい。静鷹のもう一方の手が後ろの孔をさぐり当て、くるくると撫でられれば、下腹部全体がぼうっと熱を帯びた。

わかるか、と静鷹が囁いた。

「肉体と忠誠だけでは足りないんだ。おまえの心が、恋焦がれる愛が欲しい。たとえ他人に謗られても、おまえのことはそばに置きたい」

「静鷹、さま、……っん、く、ぅっ」

性器を解放されたかと思うと、濡れた指が後ろに触れた。おまえのだ、と静鷹が笑う。

「こんなにこぼすほど、おまえだって俺が好きだろう?」

「ふ、ぁ、……ッ」

指が埋まる。的確にあの感じすぎる場所を押し上げられて、じゅわりと腹のなかが濡れる錯覚がした。

「見ろ。ここだって、すでにこんなにやわらかい」

「違……、これは……、ぁ、あッ」

「違わない。俺を好きだから反応するんだ」

耳朶を食《は》んだ静鷹が、息を吸い込むのが聞こえた。

「偽らずに、好きだと言ってくれ」

ずきん、と胸が痛んだ。普段は張りのある声が掠れていて、心なしか震えているようだった。緑月を喘がせたいかのように、体内の指はしつこく感じる場所をいじってくる。わずかに苦しいが痛みはなく、配慮した丁寧な愛撫だ。

(——静鷹様)

らしくなく呼びつけるような真似もこんな場所で抱こうとするのも、ただの肉欲だと思うこともできる。でも、声や眼差し、仕草はごまかせない。のしかかる重さも体温も、嘘はつけまい。

静鷹は、本当に自分を欲しがっているのだ。

(好きだって、言ってくださったときもそうだった。本気だって……わかってた)

びりびりと性器に快感が響くのを覚えながら、緑月は泣きたい気持ちで視線を頭上へ向けた。開け放した窓から緑が見える。まだ十分に眩しい午後の光。

人に聞かれたら、どう思われるだろう。伽科で気に入られ、そのまま身体で籠絡したと言われるだろうか。顔と性技だけしか取り柄がないとか、身のほどを弁えないとか――きっと陰口にはことかかない。

でも。

（でも、この人のそばにいたい）

認めないわけにはいかなかった。否定しても、緑月の心のなかにはもう情がある。静鷹の心に関係なく、緑月自身が彼を好きなのだ。大切にしたいししてほしい。寄りそうだけでは足りなくて、もっと強く、なにものも邪魔できないほど強く結ばれてしまいたい。

だから今、こんなにも嬉しい。

そろりと手を伸ばし、静鷹の背中を抱きしめる。

脱がせやすいよう腰を浮かし、緑月は声を絞り出した。

「どう、ぞ」

「緑月」

背をしならせて顔を離し、静鷹が瞳を見つめてきた。

「もう一度聞く。俺が、好きか？」

「――――は、い」

頷くだけでは足りないのだろうと、小さく声を出した。静鷹は満足そうに頷くと、一息に裳を取り去った。自分も衣をゆるめ、分身を取り出すと、緑月のものとまとめて握り込んでくる。

「もっと出せ。濡らさないと、おまえを傷つけてしまう」

「……っん、ふ、……っ」

出せ、と言われなくても、ひくついた性器からは、どんどんと先走りが溢れてくる。ぴったりと密着した静鷹の砲身の硬さや熱がたまらなかった。先端の小さな穴を指でいじられればどぷりと溢れてきて、静鷹はそれを己へとまとわせた。

　膝を上げさせられ、後ろへと鋒があてがわれて、緑月はできるだけ力を抜いた。十分に慣らしていないからきっと痛い。つらいだろう——と思ったのだが、力を込めて打ち込まれた途端、びくん、と全身が震えた。

「——ッ、は、……ッん……っ」

　ぱたぱたと精液がこぼれる。穿たれただけで達したのだ、と遅れて気がついたときには、静鷹が腰を使いはじめていた。

「嬉しいものだな。繋がった途端に気をやってくれるとは」

「ぁ……っ、待っ、ぁっ、……ん、ぁ、あ……ッ」

　達したばかりで身体が過敏になっているからか、内側を行き来する静鷹の杭のかたちが、ことのほかはっきりと感じ取れる。狭い奥目がけて突かれれば熱がこもったようなだるさが襲い、濡れきらない襞を巻き込むように引かれれば肌が粟立つ。痛みと苦しさに似ているのに——気が遠くなるほど、気持ちいい。

「ふ、ぁっ……、ん、く……っ、んんっ、ぁ、……ぁッ」

　声を殺そうとするそばから突き崩されて、甘えた嬌声《きょうせい》がこぼれた。静鷹が手を伸ばして、唇を撫でてくれた。

「心配しないで喘いでいい。おまえを可愛がっていると知られて困ることは、なにもないんだ」

「でも、窓……っ、開いて、ぁッ、……ぁ、ふ、ぅっ」

「窓の外ならさっき仔空が通ったぞ。真っ赤な顔をしていた」

　かまわないだろう、と静鷹がのしかかって口づけてくる。舌を絡めながら味わわれ、だめ、と思いながら彼の首筋に手をかけた。仔空にはあとで弁解をしなければ。研達も通ったらどうしよう。なにを言われるか、想像するだけでも厄介だ。でも――でも、今は。

（やめたくない……このまま、最後まで）

「私は、聞かれたくない……から、ふ、塞いでて、ください」

幾度も口づけを交わしながら見つめると、静鷹はせつないように眉根を寄せた。返事はしないまま、それでもわかった、というように唇が吸われる。そうしながら腰をしっかりと掴みなおされ、緑月は脚で静鷹の腰を挟みつけた。繋がった場所が痺れて燃えるようだ。たぶん終われば痛むだろう。でも、後悔はしない。

（静鷹様が、好きだ）

緑月は自分からも、そっと舌を伸ばして絡めあわせた。

◆　◆　◆

薄墨の衣の男はよく使う宿で御簾《みす》を下ろし、いらいらと爪を噛んでいた。相手は遅れている。もしやもう「あれ」が他人の手に渡ったのでは、と思うと、普段はきつく戒めている癖が、どうしてもやめられなかった。

――毒を売りたがっている男がいる、と報告を受けたのは、もう十日も前のことだ。

聞くかぎり、どうやらあの「無味無臭で、死後になれば毒を使ったとわからなくなる」という毒らしかった。だが、すぐに信用して買うのは危険だ。立ち回りには自信があり、今まで一度も怪しまれたことはないが、これが罠だとすれば、毒を買おうとした時点で捕まることもありえる。だから男には会わずにすませた。

　仮に捕縛されたとして、言い逃れる術はいくらでもある。それでも様子を見よう、と決めたのは、手にしたとき、使いたいという欲求が高まりそうだったからだ。

　己は悪人ではない、と彼は自負していた。人の命を奪うのは、必要なときだけと決めている。それも私欲のためではいけない。

（……あのときはまだ、この感情が個人的なものかもしれなかったのだから、仕方ない）

　だが今や確信があった。このままではいけない。過ちは正されるべきだ。

　昼間盗み聞いたばかりの嬌声が耳に蘇《よみがえ》り、嫌悪で顔が歪んだ。気分の悪さで全身震えるほどだ。窓を開けはなち、人が通るにもかかわらず交わるなどと、ふしだらで淫らで、あるまじき罪だ。

　正せないほど間違った人間は、排除されなければならない。そのためには、確実な方法を用いる必要があった。

「――法術には、頼れない」

　毒を使う正当性を己自身に確かめるために、彼は呟いた。血が濃く、強大な力を操れても、法術は人を殺すのには向いていないのだ。他人に知られてもかまわなければ容易なのだが――たとえばものを操る力で刀を用い、斬り殺すことはできるが、それには己がその場で法術を使わねばならない。心を操る法術は、不測の事態に対応しづらい。確実に殺したいなら、言葉を使った暗示をかけ、その場で相手に声をかける必要があった。

　彼にとって重要なのは、誰が手を下したか、曖昧なまま終わることだ。あるいは、まったく関係のない者がしでかしたように見せかけること。

　これまではしくじっていない。誰も、自分には疑いを向けていない。だから毒を買ったとて、疑われることはない――。

　かし、ともう一度爪を嚙んだとき、ようやく戸が開いた。宿の女がお連れ様です、と小声で言って退くと、おどおどした様子の男が入ってきた。顔を見られたくないのか布で覆い、背中は強く丸まっている。御簾が見慣れないのだろう、驚いて動きをとめてから、慌てて座ろうとしたが、うまく正座もできないでいる。それでも拝礼の姿勢は取った。下男だったことがあるのだ。

「楽にしてかまいません。とあるものを売りたがっていると聞きましたが」

　はあ、と恐縮したようにあぐらをかいた男は、中年特有のひび割れた声をしていた。

「とある旦那に頼まれて、持ち出したものなんですよ。もちろん、盗んだんじゃねえです。そこにあっちゃいけないものだから、取ってきてほしいと言われてね。人のよさそうな旦那さんだったもので、役に立ってやりたくて持ち出したんです」

　男は嘘をつき慣れていないようで、顔を隠した布ごしに、汗を拭う仕草をした。

「それで……今回は、その、うちの妻が病気で、薬代にしたいと思って、こうして売りにきたんです。ものがものだから、誰でもいいってわけじゃあない。そうでしょう？」

「ではおまえは、その持ち出したものがなんなのか、知っているんですね？」

　白々しいと思いながら問いただせば、聞いたんですよ、と彼は両手を振った。

「たまたま、旦那がほかの人に話してるのを聞いたんで。それが恐ろしい毒だったもんで、ずうっとおっかなかったですよ」

「そんな恐ろしい毒なのに、旦那様はおまえが売ってもかまわないと？」

「いやっ……それは、ええ。もちろんです」

男はまた額を拭った。

「奥さんが病気じゃしょうがない、相手さえ選んでくれれば売ってきていいって、はい、おっしゃってくれまして」

どう聞いても嘘だ。これです、と差し出されたのは見事な刺繍の施された布の包みだった。

薄墨の袖を口元にあてがう。包みの刺繍は明らかに西嶺州の品だ。旦那というのは楓雨で間違いないだろう。毒の存在を知る者は多くない。黒雀宮でも自分や皇太子を含め六人、あとは白氏宗主と側室の美葉、楓雨と——彼が「盗ませた」と言っていた、美葉に仕えていた下男だけのはずだ。

（処分した、というのは嘘だったわけだ）

目の前の男は、楓雨のところから盗み出してきたに違いない。

「味も匂いもせなんで、十滴も使えば大の男も死ぬそうです。しかも、調べても毒を使ったとはわからないんだそうで」

「……本物かどうか、たしかめましょう」

御簾の下から手を伸ばし、薄墨の袖を見せながら包みを取った。陶器の瓶の蓋を開けて匂いを嗅ぎ、ほんの一滴舐めてみる。味はしなかった。それでいて、金魚の水槽に五滴ほど垂らすと、ほどなく全部が腹を上にして浮いた。

普段ならば、それでも信じなかっただろう。ちら、と視線を投げれば、御簾でおぼろながらもわかったのか、持ってきた男は正座しなおした。手を前について頭を下げる。

「百銖《ひゃくしゅ》で、買っていただけんでしょうか」

手は荒れていた。貧しいのだろう、袖は丈が足りずに醜い傷跡のある腕がむき出しになっている。顔を隠しても、傷を隠すほどの知恵がないのだ。床に額をこすりつける様は憐れなほどだった。

「薬さえ買えれば、助かるんです……」

小物だ、と思うと警戒する気もうすれて、袂から袋を出した。二十五銖の銀貨を五つ、投げてやる。

「急いで帰ってやりなさい」

「は……こりゃあ、ありがてえ」

男は慌てて散らばった銭を集めている。懐にしまうと、気が変わるのを恐れたように、そそくさと出ていった。詮索もなしか、と彼は笑いそうになり、手にした瓶を見下ろした。

特別な毒を手にできたのも、「罰を下せ」という天の思《おぼ》し召しかもしれない。なぜなら自分は、この毒を使うにふさわしい人間だからだ。

使い方はすでにいくつか考えてあるし、万が一のときには楓雨にも罪を着せられる。自分に危険が及ぶことはない——と考えかけ、彼は瓶を懐に入れた。

先回りしてあれこれと考えてしまうのは心配なせいだ。よろしい、認めよう。疑いの目が、自分に向きつつある。失敗は一度もしていないのに、それでも疑いがかけられている気配が、そこかしこから立ちのぼって感じられた。具体的にはなにが引っかかるのか、言葉にすることはできないが、それでも感じるのだ。

誰かが、自分の行いを見ている。

こんなことは今までになかったから、不安はある。だが大事なのは、過ちを正すことだ。

「……大切なのはひとつだけ。そのために、正しいことをしなければ」

呟きをかき消すように、どこかの部屋から嬌声が聞こえた。実に穢らわしい。淫らな女と同様、あの緑月も汚れている。皇太子に触れられて女のようによがる、恥ずかしい人間。愛などという言葉に唆され、本気になるような低俗な人間。

許せない、と彼は爪を噛んだ。自分は罰せられてもかまわない。仮に我が身がほろびようと、あれだけは必ず、排除しなければ。

◆　◆　◆

九月、実月祝の日は例年どおり、美しい晴天だった。

本宮で春官府に仕える占い師たちが火を使って占ったあと、そこに並べられていた祝膳が、ぞくぞくと運ばれてくる。正院の広間で、緑月は配膳を指示する作業に追われていた。

「配膳が終わったら念のため、各膳に不足などがないか確認してください。数が多いですから、緑月と研達で手分けするように」

緑月のさらに後ろで、灰藍が指示を出す。研達は露骨にいやそうな顔で緑月を睨んだが、逆らうことはなく、下座から確認をはじめた。向かいあわせの長方形になるよう並べられた、反対側の列を順にたしかめながら、緑月は風に乗って聞こえてくる歓声に耳を澄ませた。一の庭で、祝い事にはつきものの舞や大弓を、選ばれた若雀たちが披露しているのだ。そちらは緑月の補佐役になった黄氏の若雀が、場を仕切っているはずだった。

（仔空の舞、見たかったなぁ）

膳の準備のために、緑月たちはあちらを見にいくことができないのだ。意外なことに仔空は舞だけは得意らしく、見てほしかったと残念がられて、緑月も寂しかった。あとで静鷹様に感想を聞こう、と考えて、ぽっと顔が熱くなる。

執務の間で求められてから十日あまり。表向き、二人の関係は変わらないように見えるはずだが、あれ以来、黒雀宮で見かけるたびに視線があう。静鷹はほんのわずか微笑んでくれることもあるし、一昨日は片目をつぶってみせてきて、緑月をくすぐったい気持ちにさせた。

浮かれてはいけない、と自分を戒めてはいるものの、十日前までと違って、心は晴れやかだった。静鷹が幸せそうなのがなにより嬉しいし、肚が決まったせいか、勉強にもかえって身が入り、充実している。

絹の房飾りに隠すようにつけた、金と真珠の帯飾りを、こっそりと眺める。つい頬がゆるみそうになって咳払いしてごまかすと、緑月様、と侍人の声がかかった。

「お酒をお持ちしました」

「ありがとう、今確認します」

いったん広間を出て、運ばれてきた徳利や盃をたしかめ、置く位置を指示する。そうしているうちに、ひとり二人と、若雀たちが集まりはじめた。急いで残りの膳の確認も終え、緑月も自分の席についた。ほどなく、仔空もやってくる。彼は緑月の隣に座ると、笑顔で胸を張った。

「かなりよくできたよ。静鷹様にも褒めてもらったんだ」

「私も見たかったなあ。次の宴のときは、春官役じゃなくなってるといいけど」

「来月の試験のあとでまた変わるんだっけ。僕は補佐から外れたいなー」

忙しいもん、とぼやきつつ膳へと目を向けた仔空が、「あ」と声をあげた。

「桂花糕《けいかこう》だ。嬉しいな、好きなんだ」

「お膳の内容を決めるときに味見させてもらったけど、おいしかったよ」

緑月は芸豆巻がよかったのだが、秋の祝いの甜品だから、季節を先取りするものがいいと教えられ、桂花糕になった。この菓子は香りづけに金木犀《きんもくせい》を使うのだ。仔空につられて自分の前の膳に目を落とし、緑月はふと違和感を覚えた。

確認のためにいやになるほど見た祝膳と、なにかが違う。なぜだろう、と見つめると、仔空が隣で首をひねった。

「やっぱり、薄墨先生は黒雀宮の人かなぁ」

「薄墨先生って、前に言ってた、書庫で会える人？」

「うん。この桂花糕、下に白い層があるでしょ？　桂花糕はいろんな見た目があるけど、普通はこの黄色い部分だけのことが多いんだよ。これは薄墨先生がくださったのとまるっきり同じだから」

　さらっと言われて、緑月のほうが驚いてしまった。違和感も忘れて振り返る。

「仔空、会ったの？」

「うん、一週間くらい前かな、初めて会えたんだ。実月祝の舞、頑張ってくださいって言われちゃった。しかもね……」

　仔空は嬉しそうに、内緒話でもするように身体を緑月に寄せた。入り口から入ってくるほかの若雀たちから見えないように、懐から布袋を出してみせる。なかには白い陶器の瓶が入っていた。

「昨日もお会いしたんだよ。最初にお会いしたときに、滋養強壮の薬もいただけませんかって頼んだら、これをくれたの。すごいでしょ？」

「……ある意味ではすごいよ。お菓子をもらった挙句におねだりもしたってことでしょう」

　意外と図々しいんだから、と睨むと、仔空は瓶の入った袋をしまいながら、違うよ、と頬を膨らませた。

「緑月のために頼んであげたんだよ。同室の子がいつも勉強を頑張ってるし、静鷹様のお相手でも疲れてるから、精のつく薬をいただけませんかって」

　こないだなんか執務の間で……とにやにやしはじめたので、緑月は「仔空！」と小声で遮った。

「あれはたまたまで、いっつもしてるわけじゃないって説明したでしょ！」

「照れてる緑月も可愛いよ」

「っ、またそういうことばっかり――」

「しっ、静鷹様だ」

　言い返そうとすると仔空がさっと姿勢を正した。

ひときわ豪華な服に身を包んだ静鷹が入ってくると、広間の空気が変わる。若雀たちが揃って拝礼の姿勢を取るなか、悠々と上座に進む気配だけでも、圧倒するような威厳があった。常よりも覇気が強いように感じられるのは、黒雀宮に来る前に皇太子として公の場に姿を現す必要があったからだろうか。

　静鷹が座るのを待って顔を上げる。彼は緑月のほうを見ていて、目があうとふいににこりとした。

「緑月。おまえのと膳を替えてくれ」

「――膳を、ですか？」

　祝膳は身分にかかわらず同じものが用意されている。替える意味がわからないし、普通そんなことを頼む者はいない。

「通るときに見たら、おまえの桂花糕が一番大きかったんだ。好物だから替えてくれ」

　重ねて頼まれ、緑月はよけいに戸惑った。静鷹らしくない。灰藍も、呆れたようにたしなめた。

「静鷹様。なにをふざけておられるのです。膳はどれも同じ、大きさも、慎重に同じになるよう切り分けられているんですよ」

「そうか？　おまえの膳をこっちに持ってきてみろ、緑月」

　肘置きを使って頬杖をつき、静鷹が楽しげに命じる。どうやら妙に機嫌がいいようだが、広間には戸惑った空気が広がった。向かいに座った研達は、首席の役割である宴のはじめの挨拶《あいさつ》をしたためてあるらしき紙を握りしめて苛立った表情だ。仕方ない、と緑月は膳を持ち上げた。

「さきほど灰藍様、研達、私で確認をしました。膳によって料理の大きさに違いがあるなどという問題は見当たりませんでした」

　上座まで運んで、静鷹の前に置く。並んだ膳のなかは器の数はもちろん、料理の盛りつけ方も寸分違わぬように細心の注意を払ってある。指摘された桂花糕も、大きさや置かれ方まで揃っていた。

ほら同じでしょう、と言おうとして、緑月はぎくりと動きをとめた。

「——傷、が」

感じた違和感が蘇った。さっきは原因がわからなかったが、桂花糕の横、羹《スープ》の椀の蓋に、小さな傷がついているのだ。黒漆に金粉を閉じ込めたなめらかな表面の、ごく小さな傷。

「どうした、緑月。大きい桂花糕を譲りたくないか」

「違います」

機嫌のいい静鷹の冗談めかした声に首を振って、緑月は手足が冷えていくのを感じた。どうして、と疑問が頭を駆け巡り、両手を握りしめる。昨日厨房《ちゅうぼう》で最終確認したときは、どの器にも傷などなかった。小さいとはいえ、この傷をさっきの確認の際に、研達や灰藍が見落とすはずがない。祝いの席に用いるものに、傷があるなんて縁起が悪いからだ。

（……私の膳を確認したのは研達だったはず）

気に食わない緑月へのいやがらせで、わざと見落としたり、彼自身が傷をつけたのならいい。そう思いながら、緑月は顔を上げた。

「椀に、傷があります。ですので、静鷹様のとお取り替えはできません」

「そういうことがないよう、確認しているはずだろう。誰が最後に見た？」

静鷹はまだ楽しげだ。緑月が言葉につまると、灰藍が言った。

「緑月の席のあたりは、研達が見ました」

「な……っ、私は、」

研達が焦ったように立ち上がる。静鷹は彼のことなど眼中にないように、緑月の膳から、桂花糕の皿を手に取る。

「！　静鷹様！」

食べるのか、と焦ってとめようとすると、静鷹は顔を上げた。

「金木犀というより、茉莉花の匂いがするな」

「……え？」

ぽかんとして、緑月は静鷹を見つめてしまった。意味がわからない。だが、静鷹がそれを口に入れようと箸を伸ばすと、灰藍がさっと近づいた。

「いけません！　毒だったらどうなさいますか」

（毒？）

まさか、と緑月は青ざめたが、静鷹は平然と落ち着いていた。

「それをたしかめるんだ」

箸で細かく桂花糕を切り分けて、皿を持って立ち上がる。近くの池に投げ入れると、泳いでいた鯉が一斉に跳ねた。魚の立てる水音だけが広間に響き、研達がうめくような声をあげた。

「毒など……入れられるわけがございません。傷がついていたのは椀のほうなのですし、無関係ではございませんか」

「だが、桂花糕から茉莉花の匂いがするはずもあるまい」

静鷹が振り返って研達を見据える。灰藍が眉根を寄せて呟いた。

「たしか、茉莉花のなかでも黄茉莉花は毒があり、その蜜は茶や甜品にまぜて殺すのに使われる毒だとか……」

「私をお疑いか！」

研達は顔を土気色にして怒鳴ったが、身体がぶるぶると震えていた。怯えたかのような様子に、もしかしたら、という予感が湧く。まさか彼が、毒を仕込んだのか。緑月を殺そうと、企《たくら》んで。

「あ！」

大声を出したのは仔空だった。

「見て、鯉が――！」

　幾人もの若雀が、広間を出て庭に張り出した廊下につめかけた。緑月も流されるように池が見える位置へと押しやられ、水面に白い腹が浮いているのを目にして息を呑んだ。――死んでいる。

　全員が、一斉に研達を振り返った。

「わ、私は違う！」

　慌てふためき、研達はすがるように緑月を、静鷹を、仔空をはじめとする若雀たちを見、最後に灰藍を見つめた。

「私はただ、あの――」

「研達」

　冷ややかな、突き放す声音で灰藍が遮った。今にも倒れそうな研達を睨む。

「正しいことを、しなければなりませんよ」

　びく、と研達の肩が揺れた。汗が整った顔を伝い落ち、ただしいことを、とうわごとのように繰り返す。明らかに異常な様子に、一同が不穏なものを感じた、瞬間だった。

　研達の身体がゆらりと沈んだかと思うと、低い姿勢のまま、緑月目がけて走り出した。袖と裾とが膨れ上がって見え、緑月は呆然と立ち尽くした。起こっている事態がうまく把握できない。なぜこちらに向かってくるんだろう。数人の若雀が驚いてとびのくのにもかまわず突進してくる。ぶつかる。

（――あのときと同じだ）

　夜に襲われたとき。だがあのときは刀が振り上げられていて、今は武器がない。ぶつかっても転ぶだけですむ、と思った直後に、研達の右手に短刀が握られているのが見えた。ごく小さな、けれども傷を負わせるには十分な、鋭利な刃物だった。

　逃げなきゃ、と必死にあとずさろうとした。眼前で研達がさらに身体を低くする。

（っ、刺される！）

動かそうとした足がもつれかけてよろめき、誰かに支えられたのと同時に、研達の身体が音を立てて転がった。真後ろには静鷹が立っている。常に腰に帯びている刀を手にしていたが、鞘からは抜かれず、どうやら鞘ごと殴ったのだ、とわかって、緑月はぺたりと腰を落とした。

「緑月！　大丈夫？」

支えてくれたのは仔空だった。気遣う表情の彼に言葉を返せないまま、緑月は呆然と静鷹を見上げていた。

皇太子はすでに研達を見ていない。対峙しているのは灰藍だった。

「正しいことをしなければ、が、鍵の言葉なのか」

張りのある、厳しい声音に、しんとあたりが静まり返った。灰藍は黙ってあるじを見返し、それから首を左右に振った。

「なんのことでしょう。私は過ちを犯した研達を諌めようと、そう言ったのですが」

「そうか？　ならばなぜ、緑月の膳に研達が毒を盛るのを見過ごした？」

「私とて、完璧ではありません」

「以前から研達は怪しい、と言っていたのにか」

若雀たちのあいだから抑えた声が湧きのぼった。まさか、という声や、緑月を憎んでいたものな、という囁きが聞こえる。静鷹は灰藍を見据えたまま、視線はわずかも動かさなかった。

「懐に、入れているものがあるだろう」

「……私をお疑いですか」

灰藍はゆっくりと膝をついた。綺麗な姿勢で座る動作を、全員が固唾を呑んで見守る。注目を浴びながらも灰藍は落ち着き払い、懐へと手を入れた。白い絹が、床をすべらせるようにして静鷹のほうへ差し出されるのを、緑月は息もできずに見つめた。

丁寧にひらかれた絹のなかから、金色と白が層になった菓子が現れる。誰かが小さく悲鳴を漏らしたが、今度はざわめきは生まれなかった。衝撃が強すぎて、かえって声が出ないのだ。

　緑月も、まばたきひとつできなかった。ひどく静まり返った広間に、灰藍の声が響く。

「調べればわかることですが、黄茉莉花の毒は研達が用意したものです。私はそれを危険だと判断して没収し、緑月殺害のために、自分で菓子をすり替えたのです。人まかせにして、失敗するのはいやでしたから」

　いっそやわらかなほどの口ぶりは、静鷹と雑談でもするかのようだ。微笑んでいるのがそら恐ろしく見えた。静鷹は対照的に、厳しい顔のままだ。

「ならばなぜ、研達に法術をかけたんだ」

「術はずいぶん前にかけたのです。大切なことを成し遂げるには、準備を怠るべきではありません。二重にも三重にも備えるのが、私のやり方です——あなたに、教えていただいたように」

「緑月を殺めるのは、それほど重要なことか」

「当然です。静鷹様のご寵愛が行きすぎでないと思っている人間など、この国には存在しませんよ。緑月がいては、静鷹様の評判に傷がつくだけです。これから帝となり、崇拝を集めて民を導くお方に、くだらない愛猫がいるなど、あってはならないことです」

　灰藍はかるく息を吸い、ひときわ美しく微笑した。

「ご存じでしょう。私は静鷹様のためでしたら、どんなことでもするのです。——本当に、よかった」

　心から嬉しげに静鷹を見上げて、彼は胸に手を当てる。

「緑月へのご寵愛は黒幕を暴くためでしたね。途中からはあまりにも行きすぎているので、私まで騙されたほどですが、こうして糾弾されて安心しました。私をお疑いだったからこその、あの振る舞いだったのですね」

「安心してほしくておまえの罪を暴いたわけではない」

静鷹は苦しそうに眉根を寄せた。

「俺のため、と言って道を踏み外すような真似は、してほしくなかったぞ」

「静鷹様のおそばに穢らわしい害悪が残らないのでしたら、私がどうなろうが、かまわないのです。今後は、おそばにはもっとふさわしい者を置いてくださいませ」

「おまえの言うふさわしい者とは、俺のためだと言って弟も殺そうとするような人間か。自分にとっても血縁の、年端もいかぬ少女を殺す男か」

「ええ、もちろん」

苦い静鷹の問いに灰藍は頷き、呆然としたまま成り行きを見守るしかない若雀たちを見回した。

「あなたたちも、よく覚えておいてください。紫杏を白氏の姫に殺害させたのも、俊鈴に怪我を負わせるよう仕向けたのも私です。紫杏の父母は贅沢三昧、娘が皇太子を産めば宮中でわがもの顔に振る舞うのは目に見えていました。そんな親の言いなりになるばかりの愚かな女に、静鷹様のご子息の親になる資格はありません。俊鈴は分不相応にも兄を敵視し、静鷹様を害する計画を立てていました。――彼も、殺してしまえるとよかったのですがね」

あっけないほど淡々とした調子が、緑月は聞いていて苦しかった。ここにいる誰もが、同じように苦い気持ちを抱えているのだろう。皆一様に表情が硬い。

「私がしたことは私欲ではなく、すべてあるじのため。お仕えする方の命令に反することになっても、主君を第一に考えるのが臣下としての務めです。黒雀宮に入った以上は、義務でもある。黒雀宮は皇太子のための宮、静鷹様に忠誠を誓う者だけが集う場所です。なにがあっても静鷹様をお守りし、支えるべしと、肝に銘じておいてください」

「――もういい、連れていけ」

　静鷹が浄身を呼び、灰藍から顔を背けた。一瞬だけ視線が緑月の上を過ぎ、彼は思いなおしたように再び灰藍を見つめた。

「俺は、おまえが餌になど引っかからないでくれればと思っていた」

「おや、信じてくださったのですか？」

　控えめに腕を捉える浄身に従いながら、灰藍はいつもの、静鷹を諌める顔になった。

「でしたら、今回のことは教訓にしてくださいませ。静鷹様には孤高でいていただかなくては」

「――おまえと緑月は、似ていない。本当は真逆なのだな」

　諦めたように、静鷹がため息をついた。手だけで合図し、灰藍を連れ出させる。

「おまえたちも全員下がれ。祝膳を食うのは中止だ」

　本来は儀式である宴を中止にするのは縁起が悪いのだが、誰も不満な顔はしなかった。明かされたばかりの事実が大きすぎ、神妙な面持ちで広間をあとにしながら、仲のいい数人で言葉を交わしあう。

「僕たちも房に戻ろう」

　仔空が寂しげな声で促してきて、緑月は頷いた。立ち上がったが、どうしても去ることができずに静鷹を振り返る。供もなく佇んで庭を見下ろす姿に、迷った挙句に近づいた。

　――胸が、苦しい。

　重い石で塞がれたように痛むのは、灰藍の罪の大きさにおののいたせいだけではなかった。

「静鷹様」

　声をかけても、静鷹は振り返らない。いっそう痛みが強まるのを感じながら、緑月は聞いた。

「私は、餌でしたか？」

「――」

「灰藍様の罪を暴くための罠で、父のことを調べに西嶺州まで行ったのも、街まで連れていってくださったのも――言ってくださった言葉も、したことも全部、私を餌にするためでしたか？」

　信じたくなかった。だって、「好きだ」と言われたとき、本音にしか聞こえなかった。あの熱や掠れた声も、抱きしめたときの強さや求める目つきも、全部が嘘だとは思えない。

（泣いたときだって、つきそってくれたじゃないか。いい子だって言ってくれた。守るって言って、笑って、抱きしめて……大切にしてくれてるって、思ったのに）

「――全部、私を欺くためでしたか？」

　違う、と言ってほしくて見つめた先で、静鷹は振り返らなかった。

「悪かった」

「……！」

「おまえの能力は評価する。ただ、比翼にはなれないと思ってくれ」

「それは」

　瞬間的に怒りが込み上げて、緑月は身体を震わせた。

「それは、もう用済みだということでしょうか」

「いやなら、黒雀宮を去ればいい。おまえの立てた誓いは、すべてなかったものとする」

　静鷹が身体の向きを変えた。緑月を見ることなく、前だけを見据えてすれ違う。動けなくて、緑月は庭のほうを向いたまま立ち尽くした。

　なにも考えられなかった。一瞬の怒りは潮のように引き、あとには悲しさだけが残っている。悔しさとか、失望とかがあればまだいいのに、ただ悲しい。

「緑月」

　仔空が心配そうに袖を引いた。

「みんなもう行ったよ。ここを片づけるから、僕たちも戻ってくれって」

　促されてのろのろと足を動かしても、心は凍りついたようだった。自分たちの房まで戻って、黙ったまま寝台に倒れ込む。うつ伏せで手足を投げ出して目を閉じると、麻痺したような自分の心が、どこか他人のもののように感じられた。なにも考えられないのに、痛いほど悲しい。

　今日の出来事が現実でなければいいのに、とぼんやり思い、緑月は胸の痛みに震えた。

（静鷹様は、私を裏切った）

　悲しいのに、声を出すことも、泣くこともできない。


いつのまにか眠って目覚めると真夜中で、そこから先は眠れなくなった。頭がぼうっと霞んでいる。眠れないのだが、起き上がることはおろか考えることもできず、じっとしているうちに夜が明けてきた。ほのかに外が白んだかと思うとほどなく鳥のさえずりが聞こえ、やがて、遠く物音が聞こえはじめる。黒雀宮の住人たちが活動をはじめる時間だった。

「緑月？」

　寝台を遮る簡素な衝立から、仔空が顔を覗かせた。

「もうすぐ朝食の時間だよ。支度しないと」

「――うん」

　今日も授業はある。起きなければ、とだるい身体を無理に動かしたが、頭を持ち上げるとひどい目眩がした。頭を枕に落としてしまうと、仔空が慌てて近づいた。

「大丈夫？」

　手を伸ばして支えてくれようとした仔空は、はっとしたように緑月の額に手を当てた。

「熱があるじゃないか！　大変、すぐお医者様を呼んでくるね」

「――いいよ」

　飛び出していきそうな仔空の袖を摑んで、緑月は首を横に振った。今はたとえ医者でも、誰とも顔をあわせたくない。

「慣れてるから、これくらいなら平気。寝てれば治る……けど、講義は休むって、先生に伝えて」

「それはもちろん伝えるけど……」

　仔空は心配そうに緑月を見つめ、それからそっと布団をかけなおしてくれた。

「ゆっくり休んで。お水は近くに用意しておくね。朝ごはんは食べられそう？」

「ううん、いい」

「じゃあお昼は運んでくるよ。食堂に頼んで、お粥《かゆ》にしてもらうから」

　ぽん、と胸のあたりを叩いて仔空が離れていく。ほどなく盆に載せた水差しと杯を持ってきてくれ、微笑みかけると房を出ていった。緑月は目を閉じて深く息をついた。仔空が同室でよかった。友人というのはありがたい存在だと、改めて思う。彼に会えただけでも、黒雀宮には入った甲斐がある。

（――これから、どうしよう）

　もうここにはいられない。熱があるからだけでなく、自分のなかから、出世して静鷹のために働こう、という意欲が失《う》せていた。彼が自分を必要としないなら、努力したって意味はない。

　黒雀宮は出るしかないが、出ても行くあてはない。西嶺州に戻って楓雨の手伝いをすることはできるだろう。でも、ほぼ無償で子供たちに教えるだけの彼から賃金をもらうことはできないから、なにか仕事を探さなければならない。西嶺州では役所で働くのも難しそうだ。試験を受けても、州司がいい顔をしないはずだから。

（ひとまず、農作業の手伝いくらいしかできなさそうだなぁ）

　畑仕事は嫌いじゃないけれど、汗を流す自分を想像すると、心が暗く沈んだ。たぶん、以前のように爽《さわ》やかな気分を味わうことはできない。実りを手にしても達成感はないだろう——全部が、思い出しても胸が痛まない過去になるまでは。

　好きだったんだな、と緑月はぼんやり思った。静鷹のことを好きになってしまったから、こんなにも苦しいのだ。

　ため息も出てこなくて、だるい身体をゆっくりと起こす。用意された水差しから水を注いで口に含むと、冷たく感じられた。一息に飲み干して、天井を見上げる。

　自分が去ったら、静鷹は誰をそばに置くのだろう。灰藍はもういない。黒雀宮で、静鷹が緑月以外に目をかけている人間はいなかったはずだ。ちゃんと誠実な人がそばにいてくれるといいのだが。長年身近にいた腹心を失うのは、緑月が想像するよりもずっとつらいはずだ。その苦しみも癒せるような、いい人が現れてほしかった。

（誠実なだけでなく、できれば強い人がいいな）

　灰藍以外にも、よからぬことを企む人間がいない、というわけじゃない。これから先、静鷹は、ずっと周囲を警戒しなければならないのだ。

　そう考えると苦しくなってきて、緑月は胸を押さえた。空になった杯を盆に戻し、仰向けに寝てみても、心臓のあたりが締めつけられるようだ。痛いほど静鷹が心配なのか。

（あんな裏切り方されたのに、なんでだろう。あんまり、腹は立たないんだな）

　客観的に見て、怒る権利が自分にはあると思うが、怒りよりも悲しさと寂しさが強かった。自覚するよりも、静鷹様のことを好きになっていたのかもしれない。

　こんなに苦しいとは、と苦笑しそうになって、唇の隙間から息が漏れた。ひゅー、と掠れたような、隙間風のような音がして、緑月はぎくりと目を見ひらいた。

　喉が潰れたみたいな音だ。こんな呼吸をしたことはない。吸おうとするとうまく空気が入ってこなくて、背筋が冷たくなった。

　息が、できない。

　慌てて身体を起こそうとしたが、できなかった。心臓がばくばくと速くなっている。なのに息が吸えない、吐けない。かろうじて手を伸ばして床に手をつき、寝台からころがり落ちると、がしゃん、と水差しが倒れた。蓋が取れ、水が盆に流れ出す。頭に、昨日の桂花糕と、庭の鯉の腹が浮かんだ。

「……っ」

　毒だ。口にしたのは水だけだから、入っていたとしたらこれしかない。侍人が来た気配もなかったから、もし毒なら、入れたのは——。

(仔空)

　どうして仔空が、と思いながら盆の端を摑み、緑月はそのまま気を失った。

◆　◆　◆

　ものめずらしそうに、楓雨は室内を見回した。

「さすが、宮中ともなると、内装も豪華ですね。壁が美しいなあ。刺繡を施した布を木枠にはめて、それを壁に埋め込んでいるのは、南渚州の古くからの技法ですよね。本宮はかつて赤氏の治めていた国のころからの建物だと聞きましたが、外朝殿も古いのですね」

　どことなく白々しく感じるのは、静鷹の穿ちすぎだろうか。「ことがすんだ」と呼び出したのは静鷹だが、楓雨は経緯を聞くでもなく、臆する様子もない。静鷹は長椅子の上に片脚を乗せ、目立たない装いの楓雨を眺めた。

「本当は前にも見たことがあるんじゃないか？」

「いやだな殿下、初めてですよ。今後拝見する機会もなさそうですから、近くで見てもよろしいですか？」

　楓雨は苦笑して見せ、静鷹の返事を待たずに壁に近づいた。背筋の伸びた後ろ姿を、静鷹は視線だけで追いかけた。

「気に入ったなら、ここでの職をやろうか。褒美だ」

「いいえ、けっこうです。宮中も首都も、私には向いておりません。それに、静鷹様には緑月がいるでしょう」

　灰藍の使っていた机に、楓雨が触れる。見るとそこに座っていた灰藍の姿が思い出され、じっとりと胃の底が熱くなった。

「……緑月なら、たぶん黒雀宮を出るだろう。俺はあいつを比翼にする気はない」

「おや、私はあなたが緑月を一番の側近にしたいからこそ、灰藍殿の罪を暴こうとしたんだと思っていましたが、違うんですか？」

　だから協力したんですけどね、と楓雨は首をかしげる。静鷹はしぶい顔で楓雨を睨んだ。

「俺がいつ、灰藍の名前を出した？」

「例の薬を直接薄墨の衣の男に渡したのは私ですよ。御簾があっても一度会った人間なら、気配でわかりますし、最初に殿下から計画を聞いたときから、犯人は灰藍殿だろうな、と思っていました。だって、ほかの人間なら、もっと楽な方法があったはずですからね」

　楓雨は平然と笑う。けっこう楽しかったです、などと言うのが本音なのかどうかも、静鷹にははかりかねて、いやな男だと思った。

「おまえが御簾ごしに灰藍だとわかったなら、なぜ灰藍は気づかなかったんだ」

　灰藍は基本的に用心深い。静鷹の命じたことも、入念に準備して遂行するような人間だ。毒を売りにきたのが楓雨だと気づいたら、手は出さなかったのでは、と静鷹は思う。

「一応変装したんですよ。衣の下に綿入れを着て体型をごまかして、腕には傷跡を描いておいたんです。声も酒を使ってがらがら声にして、間諜《かんちょう》ごっこみたいてわくわくしました」

　声は法術を使っただろうに、楓雨はさらりと嘘をつく。信用しかねる男は、笑顔のまま首をかしげた。

「静鷹様は、いつから灰藍様が怪しいと睨んでいたんですか？」

「――もうずいぶん前だ」

　紫杏を殺した白氏の姫と、俊鈴に怪我を負わせた者たちの背後に、薄墨の衣の男がいる、と聞いたときから、静鷹のなかには疑いが生じていた。薄墨の衣の男は、少なくとも法術を使える人間であり、白氏か墨氏しかありえない。白氏なら、同じ氏の人間を積極的に使うとは思えないし、墨氏なら、なぜわざわざ氏のわかる衣のままで行動するのかがわからない。だからどちらかの氏の血を引くが、そこから外れた者ではないか、と感じた。それもかなり本家に近い、能力を保持してきた家系の者だ。かつ、宮中でもある程度自由に動き回れる者、と考えれば、静鷹が思いつくのは灰藍しかいなかった。彼の本当の母親が、墨氏出身の妓女だからだ。

「灰藍殿も存外正直な方ですよね。母親が氏から外された元墨氏の妓女だと知られるのをいやがっていたわりに、墨氏の色の衣を使うなんて」

「――俺のためだと信じていたから、できたんだろう」

　灰藍のことを、他人の口から聞くのは気分が悪い。

顔を背けてから、静鷹は自嘲の笑みを浮かべた。なるほど、緑月の言い分もあながち間違いではなかったのだ。

(俺は灰藍を、ほかの誰よりも信じられると思っていたんだ)

　昨日から消えない苛つきも、灰藍を失ったせいだ。だが、こうなるとわかっていて、許せなかったのだから仕方がないことだった。

　楓雨は足音を立てずに移動して、また壁を眺めはじめる。

「灰藍様がいない今、殿下にとってはいっそう緑月が重要だと思いますけど、緑月が自分から、黒雀宮を出ると言ったんですか？」

「おまえを比翼にする気はないから、不服なら出ていけと言った」

「なるほど。じゃあまず、緑月本人に確認しないとわかりませんね。私も久しぶりにゆっくり話がしたいです」

「忘れたのか。黒雀宮にいる以上は客とは会えない」

「私は殿下の客のようなものでしょう。皇太子の客と若雀が会えないという決まりはないはず。ここに緑月をお呼びになったらいいじゃないですか」

　ちらりと視線だけよこして、楓雨はくすくすと笑う。

「あの子は単純なところがありますから、昨日言ったことは撤回する、やっぱりおまえしか比翼にできないと言えば、すぐ仲直りできますよ」

「………喧嘩はしてないぞ、子供じゃないんだ。それに比翼にもできない。比翼など、不幸なだけの身分だからな」

　静鷹はにこにこしている楓雨に向けてため息をついた。

「それとも、おまえは自分が可愛がってきた緑月が、出世さえすればいやな思いをしても平気なのか？

正妃も側室もいて夜毎に女を抱きに出かける男のそばで、自分は家族も持てずに一生を過ごせと？」

「緑月がそう望むなら、私が口を出すことではありません」

「それだけじゃない、宮中では誰もが常に悪意に晒される。緑月みたいな人間には宮中で働くこと自体が負担だろう。なにしろ、おまえのことだって無条件で信じるようなやつだぞ。おまえが法術を使えると知っていて、たぶん白氏の血を引いていると思う、なんて言うんだ」

　おまえの秘密は握っている、とちらつかせたのに、楓雨は少しも気にしたそぶりを見せずに小さく肩を竦めた。

「おや、緑月が話しましたか。あの子は他人の秘密をかるがるしく漏らすような子ではないんですけど……殿下のことは、よほど信じたんでしょうねえ」

「そこだ。俺のことも、あまり信じるのは危うい」

　そう言うと、楓雨は意外そうに目を見ひらき、それから穏やかに微笑んだ。

「これはこれは。殿下は思ったより優しい方なのですね」

「――無礼だぞ」

「そこまで緑月のことがお好きとは驚きましたが、緑月にとってはいいことです」

「おい、誰もそんな話はしていないだろう」

　むっとして静鷹は身体を起こした。起こしてから、自分がひどく怠惰な格好のままで楓雨と対峙していたことに気づいて舌打ちしたくなった。昨日、少し酒が過ぎたからか、今朝からめずらしく気合いが入らなかったのだが、言い訳にはならない。背筋を伸ばして座りなおす。

「緑月はここに呼ぶ。呼んだら、おまえが西嶺州に連れて帰ってくれ。報酬は金でよければすぐに用意させよう」

「殿下は、はるか西の小さな島国に、変わった国があるのをご存じですか？」

　静鷹の言葉が聞こえなかったかのように、楓雨はゆっくりと室内を歩き回った。

「その国を統べるのは王ではなく、必ず女王なのだそうです。男が生まれると婿として政略結婚に使われるのですが、海峡を渡った大陸では、どの国でも王が治めているので、男が嫁いでくるのは敬遠されてしまう。ゆえに王子は、同じ国の貴族のもとに婿にいくのが大半なのだとか。そのせいで、近い遠いの差はあれど、貴族はすべて王家ゆかりの者になったそうです」

「……なんの話だ？」

　突然はじまった変な話に、静鷹は眉をひそめたが、楓雨は子供をたしなめるように人差し指を口元に当てた。

「最初に聞いたときは奇妙だと思いましたが、たしかに同じ親から生まれた子供なら、男であれ女であれ、血筋は同じ。どちらが継ごうがいいのですから、女王のほうがいいと判断する国があってもおかしくない。嫁ぐのが男でも女でも、子供に流れる血の濃さは同じですよね。――灰藍様の姉上のおひとりは、赤氏の分家に嫁がれておいでしたでしょう」

「だから、なんの話だと聞いて――」

　意味ありげな視線に苛立ったとき、外から侍人の慌てふためいた声が聞こえた。困ります、と訴えるのに、足音がいくつも入りまじる。ほどなく勢いよく戸が開いて、黒雀宮の制服を着た、小柄な姿が飛び込んできた。

「静鷹様！」

　仔空だった。泣きそうな顔で転がるように駆け寄ってくると、拝礼するのも忘れてまくしたてた。

「早く来てください！　緑月が――緑月が、倒れてしまったんです！　意識がなくて……すごく苦しそうで、僕……っ」

　はっとして立ち上がり、楓雨と顔を見あわせる。楓雨は険しい顔で頷いた。

「行きましょう。医者は呼んであると思いますが、あの子の体調なら私のほうが詳しいです。同行してかまいませんね？」

　静鷹は黙って頷き、大股で執務の間を出た。まさか、といやな予感が膨れ上がってくる。後ろでは楓雨が、半泣きの仔空を励ました。

「落ち着いてください。今朝、緑月に変わった様子はありましたか？」

「変わった様子どころか、いつもと全然違ったんです。昨日あんなことがあったから仕方ないですけど……起床の時間になっても起きてこなくて、声をかけたら熱を出してたんです」

「熱は高かった？」

「いえ、そこまでは……少し風邪をひいたくらいの熱だったと思います。緑月も平気だって言ったけど、講義は休むと言うから、寝かせておいてあげようと思いました。昼ごはんはお粥を作ってもらって運ぶつもりで、でもやっぱりどうしても心配で、最初の講義が終わったあと、様子だけでも見ようと思ったら倒れてて、そばに水差しが、」

　そこで、仔空は小さく悲鳴のような声を出した。

「――そうだ！　僕、薄墨先生にもらった滋養強壮の薬っていうのを、水に入れたんです」

　ぎくりとして、静鷹は思わず仔空を振り返った。視線の険しさに、仔空は怯えた顔をしてあとずさる。

「ま、前に静鷹様にもお伝えしましたよね？　どなたかが、僕たちに差し入れしたりして励ましてくださっていて、薄墨先生って呼ばれているって。あの方に、僕もお会いして……」

「会ったらすぐに言えと、命じたはずだが？」

　仔空を怯えさせても仕方ないのに、どうしても声は低くなった。すみません、と仔空は首を縮める。

「だってお菓子をもらっただけだったから、お忙しい静鷹様に言うのも悪いと思って……それで、滋養強壮の薬のほうは、もともと緑月のためにもらったやつだから、風邪にも気落ちしたのにも効くと思って水差しに入れたんです。――あ、あれが、毒だったり、しませんよね？」

　目からはもう涙が溢れはじめている。その背中を、楓雨が撫でた。

「大丈夫ですよ、落ち着いて。その薬は、白い陶器の瓶でした？」

「え、ええ。そうです。これくらいの大きさの」

　全然大丈夫じゃない、と静鷹は舌打ちした。足を速めて黒雀宮を目指し、いくらも行かないうちに駆け足になる。

（飲んだのはいつだ。吐かせれば大事にはならないかもしれないが、もう苦しんでいるなら――）

間に合わないかもしれない、と思うと目の前が暗くなった。心臓が握り潰されたように痛む。なぜ今日になって、と恨みたい。灰藍を排除すればもう緑月には危険がないはずで、それでも彼にはなにごともないよう、ひそかにつけた浄身もそのままにした。黒雀宮と緑月の日々の様子は仔空に報告させて、万が一にも彼を損なうことがないようにしてきたはずだった。

（なんのために俺が、手放す決意をしたと思ってるんだ）

　ぎり、と奥歯が鳴った。外朝殿から黒雀宮への距離がもどかしい。本宮の横を抜けて玄《げん》の門を抜け、黒雀宮の正門からさらに奥を目指す。侍人や若雀が驚いてとびのくのを蹴散らすように緑月の房まで駆けつけると、薄黄の衣に前掛けをつけた医師が慌てて拝礼してよこした。その前に、緑月が横たえられている。弱々しくもがき、胸を押さえて苦しげだ。

顔は青白く、汗をかいているのが見てとれて、静鷹は膝をついた。

「緑月」

　頭を抱え起こして膝に乗せ、濡れた額に手を当てる。熱があると仔空は言ったのに、ひどく冷たかった。

「楓雨！　解毒できないのか」

「宇然先生の毒を中和する方法は存じあげませんが」

　遅れてたどり着いた楓雨は妙に落ち着いていた。

「抱きしめてあげればいいんじゃないでしょうか」

「――――なんだと？」

　ふざけている場合ではない。振り返って睨むと、楓雨はぽんと手を打った。

「そうだ、口づけもいいですね。たぶん効きます」

「たぶんとはなんだ。俺は真面目に――」

「ついでに囁いてあげてもいいかもしれません。おまえを比翼にする、愛しているから戻ってこい、とか」

　そんなことで毒が消えるはずがない。怒鳴ろうとしたが、楓雨がすっと遮るように手を上げた。

「静鷹様が思うよりも緑月は強い子です。愛があれば、子供のくせに十一年も意地を張りとおし、努力することができる。危なっかしいくらい一途ですが、それも強い証拠でしょう。ですから、愛のためなら、生死の境からでも戻ってこられます」

「……しかし」

「でも愛や信じていたものがなくなれば脆《もろ》い。――ご存じでしょう」

　ひたと見据えられると声が出なかった。抱えた緑月を見下ろす。

（……知ってる）

　頑なに父親を信じていて、自分のせいで罪を犯したと知って泣いた緑月。それでも親の愛に報いようと、出世する気になって頑張っていた緑月。静鷹の言葉を真面目に聞いて心を寄せて、愛されていると思い込んだときは月どころか花のようで――まやかしだと知ってあんなにも傷ついて。

　緑月がまたもだえた。相変わらず苦しそうだ。息は荒く、何度も胸や喉をかきむしる。乾いた唇が動き、かすかに言葉をつむいだ。

「静、鷹、さま」

　胸を、矢で射抜かれた心地がした。まだ呼んでくれるのか。昨日、突き放されて呆然としていたのに。魂を抜かれたみたいに――父の死の真相を知ったときのように、傷ついたのに。

（そうだな。おまえは強くない。信じていたものに裏切られて泣く人間だ。なのにそれでもなお、信じろと言うし、信じ続けるんだ）

　傷つくことは苦しいだろうに。

　そっと前髪を払うと、血の気をなくした額のかたちがあらわになる。意識は朦朧《もうろう》としているのか、目は一度もひらかない。囁いたところで聞こえなさそうだったが、それでも静鷹は呼んだ。

「緑月。戻ってこい。――おまえの誓いは、すべて受け取るから」

　触れあわせた鼻先も冷たくて、耐えがたいほど胸が痛んだ。死んでほしくない。命だけは守ると誓ったのに、死なせるわけにはいかなかった。

（接吻で毒が中和されるわけもないが……吸い出せれば、多少でも楽になるかもしれない）

　そっと唇を塞ぐと、医者が息を呑んだ。うろたえているようだが無視して、舌で緑月の口のなかを探る。息が荒かったせいか口内も乾きがちで、潤すように舐めてやると、ん、と小さなうめき声が聞こえた。長いまつ毛が震えて動き、瞼が持ち上がる。

　思わず頬を包んで呼びかけ、ぼんやりと焦点を結ばない目を覗き込む。緑月は苦しげに咳をして、静鷹は急いで抱きなおした。

「緑月、こっちを見ろ」

「……静鷹、さま？」

何度もまばたきする表情はまだ苦しげだ。大丈夫か、と聞きながらたまらずに抱きしめて、もう一度唇を重ねた。毒を己の身にうつす気持ちで吸い上げれば、緑月は弱く抗った。

「ん……っ、ぅ、だめ、……だめです、毒、が」

「大丈夫だよ、緑月」

驚きから醒《さ》めない医者を押しのけるようにして、楓雨が近づいて緑月に微笑みかけた。

「きみが飲んだのは毒じゃないから」

「————なに？」

呆然とこぼれた呟きに、仔空の「ええっ!?」という声が重なった。楓雨はにっこりとして頷く。

「まあ、ある意味では毒ではありますが、死ぬようなものではありません。魚や小さい動物なら長時間意識を失いますし、量が多ければ死にますが、人間ならひと瓶丸ごと飲んだって、数時間苦しむぐらいですね。緑月が飲んだのは多くても数滴というところでしょう。水を飲んだのが講義がはじまる前として、楽になってくる頃合いです」

「ほ……ほんとに、毒じゃないんですか」

にじり寄った仔空が楓雨の袖を摑む。楓雨はにこやかに頷いた。

「きみが手にしたのは私が毒に見せかけて作ったものです。噂の薄墨先生とやらに、本物の毒を渡すわけにはいきませんからね」

苦々しい気分で、静鷹は楓雨を見上げた。

「おまえ——灰藍も騙したのか」

「だって、相手は他人を操って呪殺させたりするような輩ですよ。可愛い弟分の緑月が口にするかもしれないし、皇太子殿下の口に入る可能性もないわけじゃない。自棄《やけ》になった人間が、無差別にばら撒かないともかぎりません。そのときに罪を着せられたのではたまりませんからね」

「待って……待ってください」

　こほこほと咳をしながら、緑月が身体を起こした。静鷹が支えてやるのに、無意識にかもたれかかって楓雨を見つめる。

「ということは、薄墨先生も、灰藍様だったんですか？」

「嘘……！」

　仔空が目をまん丸にして口を押さえる。楓雨が視線をよこして、静鷹は仕方なく頷いた。

「そうだ。ひそかに黒雀宮のなかで自分の手駒にする者を選別するために、若雀と接触していたんだ。使えそうだと見込んだ者に法術をかけ、俺の害悪になりそうな人間を排除するつもりだったようだ。——おまえも危なかったんだぞ、仔空。接触したということは、緑月を殺したあとで、おまえのことも消すつもりだったはずだ」

「っ、僕、灰藍様に睨まれるようなことはしてませんよ！　静鷹様にこっそり頼まれたことだって真面目にやってたじゃないですか」

「変な小説を書いてただろう。俺と緑月の」

　はしゃぐからだ、とたしなめれば、仔空はしょんぼりと小さくなった。あの、と緑月が手を上げる。

「いろいろ、わからないことがたくさんあるんですが、説明してもらってもいいですか？　どうして楓雨先生がここにいるかとか、楓雨先生がどうして黒雀宮の事情を知ってるのかとか、仔空に静鷹様が頼んだこととか、灰藍様のこととか——毒の、こととか、全部です」

　頭痛でもするのか、片手で額は押さえているが、頬には赤みが戻ってきている。死なないのだとほっとして、腹の底からゆるむような心地がした。

　ほぼ無意識に、緑月を抱き寄せる。

「わかった。話すから——まずはよく顔を見せてくれ」

　ぴくん、と肩を揺らした緑月が振り仰ぐ。見ひらかれた目が静鷹と見つめあい、戸惑うように揺れる。まだどこかあどけない、けれど意志の強さを映し出すような、最初に惹かれた目だ。

「やはり、おまえを手放すのはやめる。考えてみたら、命は守ると約束したのに、そばにいなければ助けてやることもできないからな」

「……静鷹様」

「口づける前に言ったのは、聞こえたか？」

　迷うように寄せられた眉のあいだを撫でてやる。緑月は数秒黙って見つめ、小さく頷いた。

「不思議ですけど、聞こえました。戻ってこい、おまえの誓いはすべて受け取るって」

「お互い、約束を破りたくはないだろう？　このまま黒雀宮にいてほしい」

　口にしてしまってから、なんだか面倒な気になって、静鷹は言いなおした。

「違うな。約束はどうでもいいんだ。ただ、」

　緑月の目は、猫のようにじいっと静鷹を見つめている。いくつもの表情が、その上をよぎった。慣れない房事に緊張していた顔や、父の話をして得意げだった表情、湯煙に彩られた艶っぽい眼差し。街で見せた飾らない表情と優しい笑み、傷つき呆然とした顔。

「ただ——俺は、船で遠くにいくときも、隣にはおまえにいてほしい。おまえを、一番信じているから」

　緑月の大きな目の表面に、ぱっと膜が張ったように見えた。崩れるように微笑する顔は泣き出す一歩手前のようで、それでも緑月は涙をこぼすことなく、腕を静鷹の首筋に回した。

「お供します。どこまでだって——最後まで、必ずです」

◆　◆　◆

「――つまり、灰藍様のことを、静鷹様はずっと疑っていたんですか？」

朱雀《すざく》殿の前に広がる中庭の一角、四阿で、緑月は仔空と顔を見あわせた。初めて静鷹にお茶に呼ばれたときの四阿だ。静鷹の後ろに控えていた灰藍の姿はなく、給仕する侍人もいない。かわりに仔空と楓雨とが、卓についていた。

静鷹が頷く。

「そうだ。紫杏が殺されたときは、俺も疑いはしなかったが、俊鈴が怪我をした際に、矢を撃ったと思われる二人から薄墨の衣を着た占い師と会った、という話が出て、疑念が湧いた。紫杏を呪殺した白氏の姫も、同じ占い師に会って、法術をかけられていたからだ」

「でも、灰藍様は青氏でしょう。太后のご血縁だと聞きました」

青氏は法術は使えない。だが、仔空がはっとしたように身を乗り出した。

「そういえば、灰藍様の母上は墨氏の方だという噂がありましたよね。本家に近い血筋だったのが、家長の罪で氏を抜かれて、青氏の家で妓女になったとか。……でも、その女性が法術を使えるという噂は、一度も聞いたことないですよ」

「灰藍の母は、自分が法術が使えることを隠して妓女になったようだ。青氏のあるじに手をつけられて、産んだ子が灰藍だったが、外聞が悪いというので、灰藍は正妻の子として届けられていた」

「事情を知る者はどこにでもいますからね。静鷹様の乳母兄弟に召し上げられて、いっときはふさわしくないと噂が流れたようですが、静鷹様が重用されたので陰口も下火になった――と風の噂で聞きました」

楓雨がそう言って、緑月は素直にびっくりした。

「楓雨先生、宮中の事情にもお詳しいんですね」

「ちょうど都にいたころのことだったんですよ。灰藍が出自にもかかわらず静鷹様の信頼を勝ちえている、と聞いて、羨ましいなあと思っていました。科挙の試験が難しくて受かる気がしなかったので、なんでも羨ましく思えてたんです。もう十五年は昔のことです」

静鷹は露骨に顔をしかめた。睨まれても気にしない楓雨が、「殿下は」と質問する。

「いつごろ、灰藍が法術を使えるとお気づきになったんですか？」

「子供のころだ。座学がいやで逃げ出したことが何度もあるんだが、灰藍がいつもごまかしてくれていたんだ。毎回その役をやらせるのも可哀想だと思って、一緒に街に行こうと誘う気で戻って、灰藍が完璧に俺の声でしゃべって先生を追い払うのを聞いた」

声を操れたのか、と灰藍の姿を思い返し、緑月はもう一度仔空と視線を交わした。

「薄墨先生が女性みたいな声だったのも、灰藍様が誰かの声を法術で使っていたんだね」

そうなるな、と呟いて、静鷹がお茶を口にした。九月の、どことなく寂しい庭を眺めわたす。

「なぜ紫杏と俊鈴が狙われたかを考えると、灰藍が首謀者だという気がした。だが証拠はない。問いただして認めればいいが、俺がためしに、父の庶子が考えたことじゃないかと言ったら、そうかもしれませんねと賛同したんだ。それで——諦めた。灰藍は自分の罪を隠蔽するつもりなんだ、とわかったから。紫杏のことも、俊鈴のことも、俺は愛していたわけではない。だが俺の人生に関わる、重要な人間であり、血縁であることに変わりはない。殺めたり、損なったりするのは、俺は望まない。それを、灰藍も了解していると思っていたが、違ったんだ」

苦くも聞こえる口調が、緑月にはせつなかった。信じたかっただろう、と思う。静鷹は誰も信じないとは言うけれど、灰藍のことだけは、信じていたはずだ。

「ただ、俺への忠誠心だけは強かった。強いからこそ、ふさわしくないと考える紫杏を殺したし、俊鈴を狙った。あいつの賛成で庶子が犯人だと思い込んだように見せかけて、犯人をおびき出したいからと黒雀宮の入宮資格を改めたときは反対されたくらいだ。無駄に危険を招いているとしぶい顔で……」

「忠誠を尽くす気持ちが強かったからこその、犯行だったということですよね」

楓雨がそっと言いそえる。

「灰藍の気持ちもわからなくはないです。大切な人のためならどんなことでも成し遂げるという人間は、意外と多いのでしょう」

緑月は口をつけられずにいるお茶を見下ろした。ある意味で、父と灰藍は同じだったのだと思う。父は緑月のために、灰藍は静鷹のために。

「俺は灰藍が尻尾を出さないかと期待して、緑月に入れ上げることにする、と伝えたんだ。皇太子にふさわしくないと敵が思えば、なにかしら動くだろう。次こそ俺を殺しにくるかもしれないし、その手駒として緑月を使うかもしれないからそばに置くんだと説明したら、灰藍も一応納得はしたが、緑月のことはどうしても許せなかったようだ。薄墨の衣の占い師を連想させるような姿で若雀と接触したのは、これまでと同じ方法で、俺にとって害悪になるものを取り除こうと考えてのことだったんだろう。――いつ緑月を排除するか、機会をうかがっていたはずだ」

ぞわっと背筋が冷たくなった。灰藍に好かれていると思ったことはないが、冷ややかなだけだと思っていた彼の視線の奥に、殺意があったのだと思うと恐ろしい。

「……灰藍様、西嶺州から戻ったあとは、少しお優しくなったと思ったのに」

「認めたふりをして、若雀二人に襲わせたんだ。斬りかかられた夜のこと、覚えているだろう？」

静鷹もわずかに悔しげだった。

「狡猾《こうかつ》にも、法術をかけたのは研達だと俺に思わせようとして、研達にも自分が沐信たちを操っているのだと思い込ませたんだ。露見を恐れて、赤氏は斬り殺して、沐信も獄中で死んだ。致命傷ではなかったのに、だ」

緑月はぐっと唇を嚙んだ。ひどい。静鷹のためと言いながら、そんなことまでするなんて——静鷹が喜ぶはずがないと、灰藍は思わなかったのだろうか。

「その段階でも、灰藍様がすべての首謀者だと、明らかにすることは難しかったんですか？」

緑月の腕に手をそえて、いつになく真剣な顔で仔空が聞いた。

「証拠はなかった。赤氏の若雀は斬ったが、あの状況では罪には問えまい。研達は自分が首謀者気取りで、自分が会った薄墨先生が犯人だとも、それが灰藍だとも考えていなかった。仔空に頼んで黒雀宮内の噂や様子を報告してもらっていたが、仔空が注意して見ていても、薄墨先生とやらがどう出入りしているかさえわからなかっただろう？」

「それは——たしかに、そうでした」

僕がもっとしっかりできてればよかったですね、と仔空は申し訳なさそうだったが、緑月にはそれよりも気になることがあった。

「仔空は、なにを、いつから静鷹様に頼まれてたわけ？」

「西嶺州から戻る道中でだよ。あっちを出発してすぐだったかな。黒雀宮で流れる噂とか、誰がどんな様子だったとかを教えてほしいって。特に緑月のことはいろいろ教えてくれって言われて、うっとりしたんだぁ」

しょんぼりしていたくせに、仔空は一転うっとりした表情で目を閉じた。

「静鷹様ったらこっそり知りたいくらい緑月のことがお好きなんだなって思ったら、僕もうどきどきしちゃって！」

「命は守ると約束したから、様子が知りたかっただけだ。――同室だからちょうどいいと思ったんだが、人選を間違えたな」

静鷹がややうんざりした顔でぼやいた。お茶の椀を両手で包み、楓雨が楽しそうに笑う。

「意地を張らずに、そのころから緑月のことを好きになっていたと認めてもいいんですよ」

「うるさい」

静鷹が不機嫌そうに眉根を寄せたが、その耳がじんわり赤くなるのがわかって、緑月はそわそわと視線を逸らし、咳払いした。

「え、ええと、そんなことより、経緯の続きが知りたいです。私と静鷹様が襲われたけど、灰藍様を捕らえることもできなかったわけですよね？」

そうだ、と静鷹も咳払いした。

「証拠がないとしても、これ以上罪を重ねられては困る。彼自身が手を下さねばと思うような状況にして緑月を狙わせるしかないと思って、街にも連れ出すと伝えておいたし、惚れてるふりもした」

「……ふり」

緑月は思わず静鷹の言葉を繰り返した。さっきはあんなことを言ったのに？　と困惑したのだが、不機嫌に聞こえたのか、静鷹が焦ったみたいに腰を浮かせた。

「ふりのつもりが、とっくにそれが本音ではあったんだ。――ただ、自分でも、それを認めるわけにはいかないと思っていた」

　きゃぁ、と仔空が歓声をあげる。恥ずかしかったが、静鷹に見つめられると視線を逸らせなかった。

「それじゃあ、その、やっぱり、街で言ってくださったのも？」

「あのときは周りに誰もいなかっただろう。でも、言ってしまった。……おまえには残酷だと、わかっていたんだが」

　今度は申し訳なさそうに静鷹の声が揺らぎ、緑月は新鮮な思いで彼を眺めた。尊大で常に堂々として、敵も怖いものも、迷いもないように振る舞っているくせに、こんなふうに動揺したりもするのだ。

　そういえばいつも感じる、怖いほどの威圧感がない、と気がついて、途端にぎゅっと胸がよじれた。

　飾ることもなく弱い部分も見せてくれるのは、つまり、信頼されているからだ。

（私だけじゃない。先生や、仔空も――ちゃんと、信頼してくださってるんだ）

出会ったときから、静鷹は立派な皇太子で、変わる必要がないほど完成されて見えた。けれど彼も、こんなふうに変化していたのだ。

　なにより嬉しくて、抱きつきたいくらいだった。そうするかわりに、「はい」と頷く。

「大丈夫です、わかってます。そうやって追いつめたから、灰藍様は毒を盛ろうとしたんですよね。仔空を通じて私に飲ませようとした。――でも、実月祝のお菓子は？」

「あれは半分は研達の処分をかねていたのだと思う。俺たちが襲われたあとから勝手な行動が目立ったようで、自分で毒を用意しはじめたりしたから、それを利用して緑月を殺せればいいし、最低でも研達は黒雀宮から追放できると考えたんだろう」

「そういうの、やだなあ」

　仔空が小声でぼやいて、緑月もまったくそのとおりだと思う。楓雨が考え込むように顎に手をやった。

「たしか、その宴の席で灰藍を捕らえたと言っていましたよね。そこまで入念にしておいて、彼がよく認めましたね」

「懐からすり替えたお菓子が出てきたんです。あれじゃ言い逃れできませんよ。僕、忘れられませんもん、あのときの灰藍様の顔」

　仔空が怒ったように唇を尖らせた。

「落ち着いてて、僕たちに向かって、黒雀宮に入った以上は自分のように静鷹様にお仕えしろ、みたいなこと言ったんですよ。ひどいです」

「まあ、臣というのはあるじのためには、戦で人を殺めるのも務めではありますがね」

　緑月は静鷹の斜め後ろあたりを見つめた。以前はそこに立っていた灰藍の姿が目に浮かぶ。けれどどんな気持ちだっただろう、と想像して胸が痛むのは、彼の心ではなく、静鷹の心のほうだった。

　子供のころから一緒で、唯一信じてきた相手が、自分のために手を汚しているのではないか、と疑った日から、どんな思いで灰藍と会話したのだろう。その言葉や態度になにか片鱗《へんりん》がないかと探りながら、寂しくはなかっただろうか。灰藍がよかれと思ったことでも、静鷹にとっては裏切りだ。いっそう誰も信じられなくなったとしても当然だった。

「――灰藍様は、今は？」

「宮の外の、牢に入っている」

「でも、証拠があるのは、実月祝での桂花糕だけですよね」

　仔空が受け取った毒は、薄墨先生が灰藍だと証明できなければ証拠にはなるまい。自白した紫杏や俊鈴のことも、なんの証拠もなければ、減刑されることになる。

「そうだな。自白させるか、ほかの方法を取るか――秋官にまかせるしかないな」

「俊鈴様からは話が聞けるでしょう」

お茶をすすり、楓雨がさらりと言った。静鷹が胡《う》乱《ろん》な目で彼を見やる。

「弟はあれ以来声が出ない。知らないか？」

「知ってますよ。灰藍様は声を盗む法術が使えたのですから、操る術があってもおかしくないでしょう。おそらくは俊鈴様の声が出ないようにしているのだと思います。呪術に近いものかもしれませんが、常にそばにいなくてもいいよう、なにかしら仕掛けが俊鈴様のお近くにあるはず。なんなら、私が調べて差し上げてもかまいません」

「えっ、楓雨先生は法術にもお詳しいんですか？」

すっかり敬語な仔空が目を丸くして、楓雨はやや照れくさそうに頷いた。

「恥ずかしながら、どこかで血をひろっているようで。貴族でもないのに、ひとつだけ法術が使えるんです」

する、と水で撫でたように声が切り替わる。

「聞いた声が真似できるというだけの、くだらない法術ですが、人を笑わせるくらいには役に立つんですよ」

「――僕の声だ！」

すごーい、と手を叩く仔空につられて笑みが浮かんできて、緑月は急に悲しくなって目を閉じた。ここに灰藍もいたらよかったのに。彼が間違った方法を取らずにいたら、いつかはここで、五人でお茶を飲むこともあったかもしれない。そうしたら静鷹が、もっと幸せでいられただろうに。

だって、この席は緑月にとっては楽しくて嬉しい人たちばかりだけれど、静鷹にとっては、出会ってまもない、友と呼べない相手しかいないのだ。

「……そういえば、秘密だったのに、静鷹様に言ってしまいました。先生、ごめんなさい」

「いいんです。もう自分でばらしてしまいましたしね」

楓雨はいつでも優しい。泣きたい気持ちを振り払うために、緑月は無理に笑顔を作った。

「もしかして、私が言う前に静鷹様もご存じでした？　先生とはいつから結託してたんです？」

「西嶺州をお発《た》ちになる前に、文《ふみ》を残してくださったんですよ。いろいろと聞きたいことがあるから、一度玲汐に来いとのご命令でした。横暴だなあと思ったんですが、大事な緑月のためにもなりそうだったので、来たんです」

「言ってくだされば よかったのに」

街で見かけたのは、やっぱり楓雨だったのではないだろうか。聞こうと楓雨に向けて口をひらきかけると、彼がゆるやかにかぶりを振った。

「さあ、これで気がすんだでしょう。決めるべきこと、たしかめるべきことはあるでしょうが、今日はそろそろ、殿下と緑月を二人にしてあげたほうがよさそうです」

「えっ」

まだ話し足りない。楓雨とだって久しぶりなのに、と思ったが、静鷹が「そうしてくれ」と答えてしまう。

「外朝殿で待っていてくれ。今夜は客房を用意しよう」

「じゃあ僕は黒雀宮に戻りますね。午後もやることありますし」

仔空は心なしかいそいそと立ち上がる。だったら私も、と腰を上げると、静鷹がさっと手を伸ばして手首を掴んだ。

「おまえは残れ」

「……でも」

「でもじゃない。そんな顔をして」

ぐっと引き寄せられて膝の上に抱き上げられ、緑月はどきっとして仔空たちのほうを見た。仔空は袖でわざとらしく顔を隠し、楓雨はさりげなく背を向ける。そのまま立ち去るのを見ていると、静鷹が顎を摑んで振り向かせた。気遣わしそうな表情で、緑月の目を覗き込んでくる。

「どうして悲しそうな顔をしている？」

「……そんな顔、してますか？」

「してるから、心配しているんだ」

　緑月は静鷹の手に顔を預けるように傾けた。

「静鷹様の気持ちを考えていたんです。灰藍様のことを疑うあいだ、つらかっただろうなって思って。一番信頼できる人をなくしたら、寂しいだろうなって」

「なんだ、そんなことを考えていたのか」

　ほっとしたように目尻をゆるめ、静鷹は緑月の頭を撫でた。

「少しも寂しくない、と言えば嘘になるが――でも、おまえがいれば十分だ」

「十分じゃないですよ。楓雨先生や仔空のことは信じてくださってるみたいだから、それはいいとして、若雀とか、廷臣のなかにももっと信頼できる方を作らないと」

　もっと静鷹を支える人間がいるべきだ、と緑月は思う。灰藍以外にも誰かがいたら、今回みたいな騒動だって起こす前に、灰藍を捕まえることとか、諫めることもできたかもしれない。

「廷臣同士、若雀同士も、いい信頼関係を築いておかないと……」

　ぎすぎすしている場合じゃない、と考えながら呟くと、静鷹がふっと噴き出した。

「本当に比翼のようだな。そんなに俺のことばかり案じてくれているなんて」

　笑う顔はあのあたたかみのある雰囲気だったけれど、緑月はじろっと睨んだ。

「べつに比翼になりたいから言ってるわけじゃないですよ。笑いごとじゃなく、大事なことだから真剣に考えているんです。もし私がただの友人だったとしても、心配くらいはして当たり前じゃないですか」

「緑月はただの友人じゃないだろう」

楽しげに笑い声を立て、静鷹はゆったりと緑月の頬を包んだ。笑みが消えると、かわりにまっすぐな、決意を秘めた光が、瞳の奥から浮かんでくる。

「おまえは、俺にとってかけがえのない人間だ」

「――静鷹様」

「灰藍にだって、こんな気持ちになったことはない。絶対に手放したくないし、この世の誰より、おまえに信頼されていたい」

じん、と胸が震えた。口にされた言葉が、どれだけ静鷹にとって特別かがわかる。ただ黙って見つめ返せば、彼はそっと鼻先を触れあわせた。

「先にこれだけは言っておく。おまえだけにすべてを捧げさせて、俺はなにも手放さないというのも釣りあわないし、おまえを手に入れる以上は、なるべく幸せにしてやりたい。――信じて、くれるか？」

ずるい人だ、と思った。緑月の決断は緑月のもので、べつに幸せにしてくれと頼む気はない。なのに、信じてほしいと言われたら、頷くしかないではないか。

「――わかりました。静鷹様を、信じます」

間近に見える深い青をした瞳に誓いを立てる。静鷹は下から緑月の頭を引き寄せて、ごく静かに、唇をあわせた。

二度目の試験は首席を取り、黒雀宮での役割も天官役へと変わってほどなく。朝晩はめっきり冷え込むようになった十月の末、緑月は慣れない衣をまとわされ、輿《こし》で朱雀殿まで運ばれた。侍人たちにわざわざ房の奥、寝台のそばまで輿ごと連れていかれ、かごに下ろした御簾が上げられると、ちょうど真向かいで静鷹が待っていた。

「なかなか似合うな」

「――悪趣味だと思います」

いつぞや街に連れ出されたときに着たのに似た、薄紅色の衣だ。帯は紅色で、内衣も裳もない。これが後宮への、姫の輿入れのときの装いなのだそうだ。裸足《はだし》なのも内衣や裳――女性ならば裙《くん》だが――がないのも、もともとは逃げ出せないようにするためだろう。立つと素足がむき出しになる格好なので、歩かずにすむよう輿で寝台まで運ばれ、相手以外と顔をあわせることなく「妻」となる。

「ここは雛姫宮ではないし、私は黒雀宮の一員であって、静鷹様の側室になるわけじゃありませんけど」

「でも緑月は、身体も心も捧げてくれるのだろう？　側室役も担ってくれていいじゃないか」

楽しげに笑って静鷹が輿から手を引いてくれる。足を下ろさないよう抱き上げて寝台へと移すと、侍人たちは深く拝礼して輿とともに下がっていった。

緑月はぽかんと口を開けて見回す。

「この寝台……どこまでが寝台なんですか？」

飾り枠で飾られた内側に布団がしきつめられていて、普通の寝台の八倍くらいはある。縦にも横にも広すぎた。小さな窓までついている。

「全部に決まっているだろう。ほら、来い」

静鷹は真ん中あたりに陣取って、膝の上へと緑月を抱き上げた。満足そうに首筋に顔をうずめ、いい匂いだ、と囁いた。

「金木犀だな」

「……ちょうど咲きはじめたのが、お風呂に入ってたんです」

身体そのものに甘い匂いをつけるのも後宮のしきたりらしい。香では強すぎるし、口にすると毒になることもあるから、無害な花を湯に入れる――と湯女に聞いて、死にそうに恥ずかしかった。世話をしてくれた全員が、今夜の静鷹からのお召しの意味を知っている、というのは、やっぱり恥ずかしい。

「――いずれしきたりも変えるって、前に静鷹様は言いましたけど、現状、このように同性で愛しあうのは眉をひそめられる行為なんですよ。あんまり大っぴらにするのはどうかと思います」

「おまえに危害が及ばないようにすれば、噂だの評判だのはどうでもいいし、建前だけでもほかの人間を抱くのは、俺はもうしない」

唇をうなじに押し当てられ、緑月は驚いて静鷹を振り仰いだ。

「まさか、それで最近雛姫宮に行ってないんですか？」

おかげですでに陰口が流れているというのに、静鷹は平然としていた。

「そうだ。もうすぐ、正妃候補として赤氏の女性が雛姫宮に入るが、彼女と交わることもないし、彼女も了解ずみだ」

「了解ずみって、でも」

「腹違いだが姉でな。俺も逃げたくなるくらい気が強い才女で、子供のころから頭が上がらないから、うっかり間違って寝ることもない。ちなみに後家になるから、子供つきだ。もうすぐ一歳になるらしい」

「――は？」

ぽかんと、緑月は口を開けた。意味がわからない。静鷹はいたずらが成功したみたいに嬉しそうな顔をした。

「いい案だろう？　姉上には朝廷で仕事をしてもらう約束で入内を認めてもらった。嫁ぎ先は赤氏の分家だったから、子供は皇太子にしても問題ない。血でいえば、俺が赤氏の姫と子をもうけたのと同じになるからな。もちろん、姉上とは結婚しない」

「そ……そんなの無茶です」

誰も賛成しない、と思ったのに、諫めようとした唇は、静鷹が指で押さえた。

「おまえが黒雀宮を卒業するまであと二年と少しある。その二年で、俺が誰とも結婚しないことだけは、絶対に国中に認めさせる。姉上の子を俺の後継にするのがだめなら、俊鈴でも、俊鈴の子供でもいい」

「……たしかに、俊鈴様は順調に回復されていると聞きましたけど」

声が出ないようにする呪術が、楓雨が予想したとおりに施されていたらしく、呪をとかれた俊鈴は日に日に元気になっているそうだ。たしかに、弟や弟の息子なら、反対の声も出にくいだろう。

「でも、お世継ぎと静鷹様が正妃を娶《めと》られないのとはまたべつの話でしょう。――私は平気ですよ？」

幸せにしたい、と言ったから無茶なことを考えているのかもしれない。緑月はそっと寄りそって言ってみた。

「比翼で十分ですし、比翼じゃなくても、近くでお仕えできればかなり幸せだと思います」

「だが、おまえは俺以外とは契らない約束だ。だったら俺も誰も抱かない。――これはおまえのためというより、俺が、そうしたいんだ」

静鷹は丁寧な手つきで、緑月を横たえた。上から覆い被《かぶ》さって、じっと見下ろす。

「本当なら結婚するのも緑月とがいいが、さすがに俺が生きているあいだに、そこまで変えるのは難しいだろう。だったらせめて比翼は緑月にして、愛しあうのはおまえとだけにする。これは緑月がどう言おうと、もう決めたことだ」

「――」

「だから今日、おまえにこの格好をさせたんだ。事実として、妻もおまえだけだと示すために」

すう、と薄紅色の衣の襟を、掌が撫でていく。帯を摑んでほどかれると、一枚だけしかない衣がはだけて胸があらわになった。ひく、と震えてしまった緑月の胃のあたりに、静鷹は掌を当てた。

「とはいえ、あまりに寵愛がすぎると、また緑月の粗忽が発揮されて足があざだらけになるかもしれない。不届きな者が足を踏んづけそうになったらこう言え」

胃の上から下腹、脚のつけ根へと掌は移動する。するりと太腿も撫で下ろされ、緑月を見つめる静鷹の目が、熱っぽく濃さを増した。

「皇太子は愛する月のすみずみまで可愛がる、と」

「っ、静鷹様！」

膝から脛《すね》まで手が動き、焦って身体を起こそうとしたが、間に合わなかった。静鷹は緑月の右足を持ち上げて、玻璃《はり》の置物にでも触れるようにそっと顔を近づけた。唇が、すっぽりと指を含み込む。

「……っ、ぁ、……っ」

あたたかく濡れた感触が足の指を包み込み、熱いほどの舌が指のあいだに入ってくる。にゅるにゅると舐めこすられて、頭のなかが真っ赤になった気がした。

「や……っ、き、汚いです、静鷹様」

「清めてきただろう？　歩いてもいないのに、汚いはずがない」

静鷹は左足も掴んで口に含む。愛おしそうな表情で母趾《ぼし》を舐められ、緑月は思わず敷布を握りしめた。足がぴくぴくと震えてしまう。足を舐めるだなんてありえない、と思うのに、くすぐったいのに――。

「っ、ふ……、ん、……ッ」

「よかった。足も気持ちがいいんだな」

わずかに顔を上げ、静鷹が得意げに微笑む。

「好きなだけ喘げ。朱雀殿には今誰もいない。庭の浄身も、なるべく離れておけと命じておいた」

「……浄身を遠ざけたら、いざというとき守ってもらえないじゃないですか」

「おまえのことは俺がいれば守れる。それより、存分に声が聞きたい」

ちゅ、と静鷹は足の甲に口づけた。そこから、足首、くるぶし、と唇を移動させ、強く皮膚を吸い上げてくる。

「ん……っ、い、痛っ、ぁ、……っ」

ちりちりした痛みが皮膚を襲い、静鷹の唇が離れると、くっきりと紅《あか》い跡が残った。静鷹は膝裏にも口づけ、太腿にもいくつか跡を刻むと、ぐっと左右に脚をひらかせた。

「静鷹様、……っ待って、まさか、そこは、……ッぁ、……は……、んッ」

くちゅ、と含まれたのは睾丸だ。そこにも跡を残されるのかと緑月は竦んだが、きつく吸うかわりに丁寧に舌で転がされ、内腿が不随意にびくびくした。

「ぁ……っ、だめ、それ、……ッ、ぁ、う……っ」

痛みが与えられないかという恐怖と、弱い部分を丹念に舐められる快感とが入りまじって、頭がぼうっとした。気持ちいい。緑月の分身はたちまち反り返って、静鷹は悠々とそこも口に含んだ。

「————ッ!」

びん、と背筋が強張る。熱さと蕩けるような感触。性器の芯が燃えるようにかゆい。じょろ、と漏れてしまう感覚があって、下腹が弱く波打った。

(気持ちいい……っ、どうしよう……、こんなに、気持ちいいなんて)

舐められた場所だけではない。怖いほど、全身に甘い悦びが満ちてくる。

「可愛いな、もうこんなにこぼして」

静鷹は口を外すと、ぷくんと雫《しずく》を生む先端を眺めた。膝を閉じて隠したいのに力が入らず、だって、と緑月は喘いだ。

「き……気持ち、よすぎるんです……っ」

口淫がこれほど、激しい快感を生むとは思わなかった。溶けてしまいそうで、我慢できずに腰がくねる。

「なか……っ、おなかの、なかも、……っ、とけそ、……っ」

「今からもっとよくしてやる。知っているだろう？」

静鷹は身体を起こすと、着ていたものを脱ぎ落とした。帯をとき、襟をひろげ、裳を引きずり下ろすように取り去って、内衣も脱いでいく。徐々に現れる裸体を、緑月は息を呑んで見つめた。

装飾品や皇族にだけ許された衣の色がなくても、静鷹には君臨する者の威厳がある。鍛えられた肉体と、まとう龍気とが、彼が生まれながらの皇《おう》なのだと知らしめている。

これが自分のものだ、と思うと、全身、粟立つような心地がした。

恐怖にも似た、激しい喜びだった。

裸になった静鷹は、改めてのしかかってくると、脱力した緑月の太腿の裏を押し上げた。膝が胸近くまでくるよう曲げさせられて、優しく、けれどきっぱりと「持っていろ」と命じられ、緑月は震える手を膝裏にかけた。身体中燃えるように熱い。羞恥はある。だがそれ以上に、強い期待で息が乱れる。

静鷹はしゃべれない緑月を見つめて微笑むと、そっと顔をそこに近づけた。隠すもののない孔を唇がすっぽりと包む。息をこぼして、緑月は喉を反らせた。

「は……ふ、……ぁ、ぁ……ん、ぁっ」

ぬるついたものが差し込まれ、抜けてまた差し込まれる。なかで小刻みに揺らされてきゅんと疼きが走り、尻が小さく揺れてしまう。静鷹は舌を抜くと、かわりに指で撫でた。

「驚いたな。久しぶりなのに、すごくやわらかい。なかから香油が出てきたぞ」

「……っ、す、ぐ、」

綻んだそこをじっくりと見られ、緑月はぴく、と腰を跳ね上げた。

「静鷹様、が、すぐ……つながりたいかも、しれないと思って、……っん、ぁ、……あッ、あっ」

「指が二本、簡単に入るな。――痛くはないか？」

内襞をほぐすように挿入した指を動かしながら、静鷹が太腿に口づけてくる。緑月は小さく頷いた。痛くはない。でも、指だけでも壊れそうだ。挿入されたところから、崩れてなくなっていきそうな錯覚がする。

でも、入れてほしかった。忠誠を示すためでも、静鷹のためでもなく、繋がりたい。

静鷹様、と囁くような声で呼ぶと、静鷹の眉根がぐっと寄った。

「おまえの顔は、心臓に悪いな」

「え……？」

「いつもそうだ。人の理性をめちゃくちゃにする」

文句でも言うように呟いて、静鷹は己のものに手をそえた。右手で緑月の腰を掴み、すでに猛《たけ》った分身を股間に馴染ませる。鋒があてがわれると、自分でも窄まりが吸いついたような気がした。

「――――っは、……ぁ、……あ、あッ」

一息に、静鷹が切り込んでくる。焼けるような、抉られるような感触のあとからずっしりと重さが襲ってきて、視界の奥にちかちかと光が舞った。性器からは白濁がしたたったが、緑月自身はそれを知覚する余裕がもうなかった。ただ、身体のあちこちが、弾けるように感じる。

「可愛い達き方だ。たらたらこぼすだけなのに、なかはずいぶん震えている」

静鷹が感嘆したようにため息をつき、緑月の下腹を撫でた。

「吸いつくくせにやわらかい。――もっと奥まで、受け入れてくれるか？」

「お、く……？」

彼の声が、水を通したようにぼやけて聞こえた。腹が熱い。限界まで広がった窄まりの縁が、じんじんと痺れていた。前よりも太いものを受け入れたみたいだ、とぼんやり見上げると、ずく、と体内の肉杭が蠢いた。

「この、先だ」

「っ、――ひ、……ぁ、……ッ」

奥深くで内臓がひしゃげるのがわかる。裂けてしまいそうな予感が襲ったが、竦む心地とは真逆に、身体からはくったりと力が抜けた。静鷹がうっとりと目を細める。

「ゆるんだ。……突くぞ？」

「ッや、待っ、……ぁ、――ッ、あっ、ァ、あ、ぁッ」

みし、と骨が軋んだ。狭い場所を貫かれて、苦しい、と感じたのも一瞬で、燃え上がるような快感が全身を包んだ。貫かれた場所から頭まで、火花が散ったみたいに、全部が気持ちいい。

「っ、これは……、話に聞くより、すごいな」

うめくような声を漏らして、静鷹は緑月の腰を摑みなおした。狭まった襞から抜いてはまた押し込み、捏ねるように突き上げてくる。緑月の口からは、あぅ、と甘えた猫のような声が勝手にこぼれた。

「は、ぅ……っ、ぁッ、……ぅ、ぁッ、……ぁ、ァ、…ぁッ」

「おまえも気持ちいいか、緑月」

ぐぅっ、と奥の奥まで己を埋めて、静鷹が覆い被さってくる。敷布を摑んだ緑月の手を握り、指を絡めて唇を吸う。

「俺は気持ちいい。――誰かを抱いて気分がいいのは、初めてだ」

「せ……ぃ、よう、さま」

陶然と見つめてくる紺色の瞳が眩《まばゆ》く見える。緑月はぼやけて焦点のあわない目をまばたいて、無意識に微笑んだ。

「わたしも、うれし……、です……」

下半身の感覚はない。快感かどうかはもうよくわからない。でも、ひどく気持ちよくて、嬉しくて、幸せだった。

緑月からも指を握り返すと、静鷹はもう一度口づけてくれた。身体を起こして狙いを定め、ゆっくりと律動を再開する。

「ッ、ぁ、……ふ、ぁ……っん、ぁ、…ぁっ、……ぁ、あっ」

甘く、強弱のついた緑月の漏れる声にあわせ、静鷹の動きが速くなる。なすがまま揺さぶられながら、緑月は意識が押し上げられていくのを感じた。高く高く、青空のもっと上まで昇っていくようだ。熱が渦を巻いて身体を包み、感覚を満たしていく。達するというより飛ぶようだ、と思った直後に、きん、と耳鳴りがした。

宙に浮いたつま先がぎゅっと丸まる。腰がしなり、身体を波打たせて緑月は達った。わずかに遅れて、静鷹が深く奥を貫く。たっぷりと放たれるものが粘膜に染みていくのを、緑月は満ち足りた思いで感じていた。

◇　◇　◇

皇太子静鷹の姉である紅華は、腹違いにもかかわらず、弟によく似た面差しの女性だった。深く拝礼してから顔を上げた緑月は、御簾も下ろさずに小さな赤ちゃんを抱いた女性を、緊張して見つめた。きりりとした顔立ちは、噂どおり性格の激しさも表しているようだ。じっと緑月を見つめる視線は観察しているようだった。

たっぷり数分、無言で緑月を眺めた彼女は、上座

へと顔を向けた。

「おまえときたら、昔も今も面食いなのねえ」

「……そういう言い方は誤解を招きます、姉上」

　めずらしく疲れたように、静鷹が応じた。誤解じゃないでしょう、と紅華は悪びれない。

「わたくしの好みではありませんでしたけど、紫杏だって顔だけはよかったものね。親があれで本人がああでは、誰も幸せにはなれないのに、静鷹もひどいことをするものね、と思っていましたが……わたくしもこの子の顔は好きだわ」

　にこ、と微笑むと、紅華は一気にはなやいで見えた。赤ちゃんをゆらゆらあやしつつ、楽しそうな顔を緑月に向けてくる。

「犬顔より猫顔のほうがいいわ。それに頭もいいんでしょう？　お茶を飲むときの話題にも困らないならありがたいわ。緑月といったわよね？　明日からは週に一度くらい、わたくしの屋敷に――じゃなかった、朱鷹殿の庭でお茶をしましょうね」

「は……はあ。ありがとう存じます」

　友好的なのはありがたかったが、緑月が知っている貴族の女性とはあまりにも様子が違う。笑顔でも目力がすごく、緑月はたじたじとしながら頷いた。姉上、と静鷹がたしなめる。

「緑月が驚いているでしょう。初対面くらい、普通の女性らしくしていてください」

「あら、これから一緒にいろいろする仲で、取り繕っても仕方ないじゃない。ねえ、風緋《ふうひ》」

　紅華は抱いた赤子に語りかけ、緑月にも微笑みかける。

「近くに来て風緋にも挨拶なさいな。今日からあなたも親のひとりよ。わたくしが朝廷で働く分、乳母だけじゃなくて、あなたにも面倒をみてもらうことになるんだから」

「――はい」

ぐっと肚に力を入れて、緑月は二人のそばまで近づいた。ぽやん、とした顔の男の子は、めずらしそうに緑月を見上げてくる。小さな手が摑みたそうに伸ばされて、思わず指を近づけると、きゅっと握られた。

「……可愛いです」

本音では、こうして会うまで、静鷹の言うことは都合よく歪められているのではないか、と思っていた。妻を持たず比翼とだけ愛しあう、なんて前代未聞で、巻き込まれた女性や子供が幸せだとは思えない。だが、実際に顔をあわせてみると、紅華は思っていたのとは違う雰囲気だ。我が子に向けては優しい眼差しで、「楽しみねえ」と彼女は言う。

「誰もしたことがないことをするって、わくわくするわ。せっかく嫁いだのに夫がいなくなって、これからの人生真っ暗かしらと思っていたけど、今は楽しい予感しかしないなんて最高ね」

「――こういう姉だから話を持ちかけられたんだ」

静鷹も近づいてきて、小さな子供を覗き込む。そうしながら、手だけはしっかり緑月と繋いできて、つい視線を向けると、気づいた彼が笑った。

「どうだ。幸せになれそうか」

静鷹はやっぱり変わった皇太子だ。でもおそらくはきっと、特別な帝になる。誰もがその名を忘れないような、時を超えても大空の上に君臨するような。

吹き込む風は冬の冷たさだ。それでも、緑月には心地よく、爽やかなものに感じられた。胸の奥までその風を吸い込んで、緑月も笑い返した。

「――そうですね。私が静鷹様についてますから、大丈夫に決まってます」

あとがき

こんにちは、または初めまして。葵居《あおい》ゆゆと申します。

このたびは『皇たる鷹は若葉の月を寵愛する』をお手に取っていただきありがとうございます。

よくいろんな題材にチャレンジさせてもらっていますが、今回は初めての中華風ファンタジーです。

中華風ファンタジーは子供の頃から好きでしたが、これまで自分で書いたことはなく、一度はやりたいなと思っていた世界観です。中華風ファンタジーといえば後宮！　陰謀！　呪いに毒薬、五行に占術、忠義と裏切り、愛と悲しみ……！　ということで、楽しげな要素をいろいろ盛り込んでプロットを作ってみました。

設定も基本的には中華圏の文化をベースにしていますが、「比翼」の設定はイギリスの王朝のシステムをヒントにしています。かつて、王様には最もお気に入りの貴族がいて、その人は夜も昼もなく王の一番近くに控え、着替えにもトイレにもつきそっていた——という話を聞いて以来、「BLじゃないですか……」とずっと思っていて、どこかで書いてみたかったのです。

黒雀宮は全寮制の学校みたいなものなので、これもちょっとイギリスっぽいかもしれません。全寮制の学園ものも大好きな舞台のひとつです。

物語の筋をほんのりミステリーっぽくしてみたのも、宮廷ものや学園ものでは定番な気がしたので、そのあたりもわくわくと盛り込んでみました。

キャラクターは、明るく努力家な受と、皇太子らしい傲慢さと主君の器を併せ持つ攻、という組み合わせが自然と決まった感じでした。私にしては少し珍しいカップリングだと思うのですが、いかがでしたでしょうか。

緑月《りょくげつ》は意地っ張りな性格と素直さが共存しているところが、静鷹《せいよう》は溢れる才能と若さ故の頑なさが共存しているところが、書くのが楽しかったです。違いはあれど、似ている部分もあるカップルですね。

個人的には主役の二人ともを楽しく書けただけでなく、サブキャラの仔空《しあ》が予想よりも頑張ってくれて、すごく愉快な子になったのが嬉しかったです。一番初期のプロットでは、仔空はここまで物語に絡む存在ではなかったのですが、気がつけば登場は早まるしよく喋るしBLに目覚めるしで、予想外すぎて面白かったです。仔空が書く静鷹×緑月、できることなら読んでみたい……。

そうそう、名前や地名をどう読んでもらうか、さらに表記を漢字にするかカタカナにするかはだいぶ迷い、迷った結果、「漢字表記で音読み」にしました。でも仔空だけは、中国語読みに近い読み方のままになっています。わかりやすい音だし可愛かったので！　灰藍《かいらん》や楓雨《ふうう》にも、作中では使いませんでしたが、いろんなエピソードや設定を考えてから書いたので、私としては愛おしく思い入れのあるキャラクターになりました。灰藍も幸せになれるとよかったのに……と今でも思っています。

こんな感じで、盛りだくさんな要素と、中華風ならではの用語をどうするか問題など、執筆中悩むことも多かったですが（皇宮図とかも作ったんですよ！）、少しでもわくわくどきどきと楽しく読んでもらえて、キャラクターを愛していただけていれば幸いです。

イラストは、今回初めて壱也《いちゃ》先生にお願いすることができました。壱也先生の絵で中華系の装飾やキャラクターを見られたら幸せだなと思っていたので、願いが叶って幸せです。キャララフのときから静鷹のかっこよさ、緑月の可愛くて気が強そうな感じ、灰藍の秘めた思いが感じられる雰囲気までイメージどおりでうっとりしました！　壱也先生、お忙しいなか素敵なイラストをありがとうございました。

担当さんには、プロットの段階から細かい相談にも乗っていただき、迷いながらの執筆のあとには「面白かったです」と背中を押していただけて、本当にありがたかったです。いつもありがとうございます。校正や制作流通、印刷、営業、販売で関わっていただいた皆様にも、この場を借りてお礼申し上げます。

最後になりましたが、ここまでお読みくださった読者の皆様も、ありがとうございました。二段組でいつもよりボリューム多めでお届けしましたが、お好きなキャラクターはいましたでしょうか？　どきどきしたシーンはありましたでしょうか？　十分に楽しんでいただけていることを祈りつつ、初めての題材ということもあって普段よりもどきどきしているので（笑）、よろしければご感想をお聞かせくださいね。ブログかSNSでは、恒例のおまけSSを公開したいと考えています。そちらもチェックしていただけたら嬉しいです。

またどこかでお目にかかれれば幸いです。

二〇二三年九月　葵居ゆゆ

この本を読んでの
ご意見・ご感想を
お寄せ下さい。

〒151-0051
東京都渋谷区千駄ヶ谷4-9-7
(株)幻冬舎コミックス　リンクス編集部
「葵《あお》居《い》ゆゆ先生」係／「壱《いち》也《や》先生」係

リンクス ロマンス

皇たる鷹は若葉の月を寵愛する

2023年9月30日　第1刷発行

著者……………葵《あお》居《い》ゆゆ

発行人…………石原正康

発行元…………株式会社　幻冬舎コミックス
〒151-0051　東京都渋谷区千駄ヶ谷4-9-7
TEL 03-5411-6431（編集）

発売元…………株式会社　幻冬舎
〒151-0051　東京都渋谷区千駄ヶ谷4-9-7
TEL 03-5411-6222（営業）
振替00120-8-767643

印刷・製本所…株式会社　光邦

検印廃止

ISBN978-4-344-85312-6 C0293
Printed in Japan

幻冬舎コミックスホームページ　https://www.gentosha-comics.net